Re:ゼロから始める異世界生活

Re: Life in a different world from zero

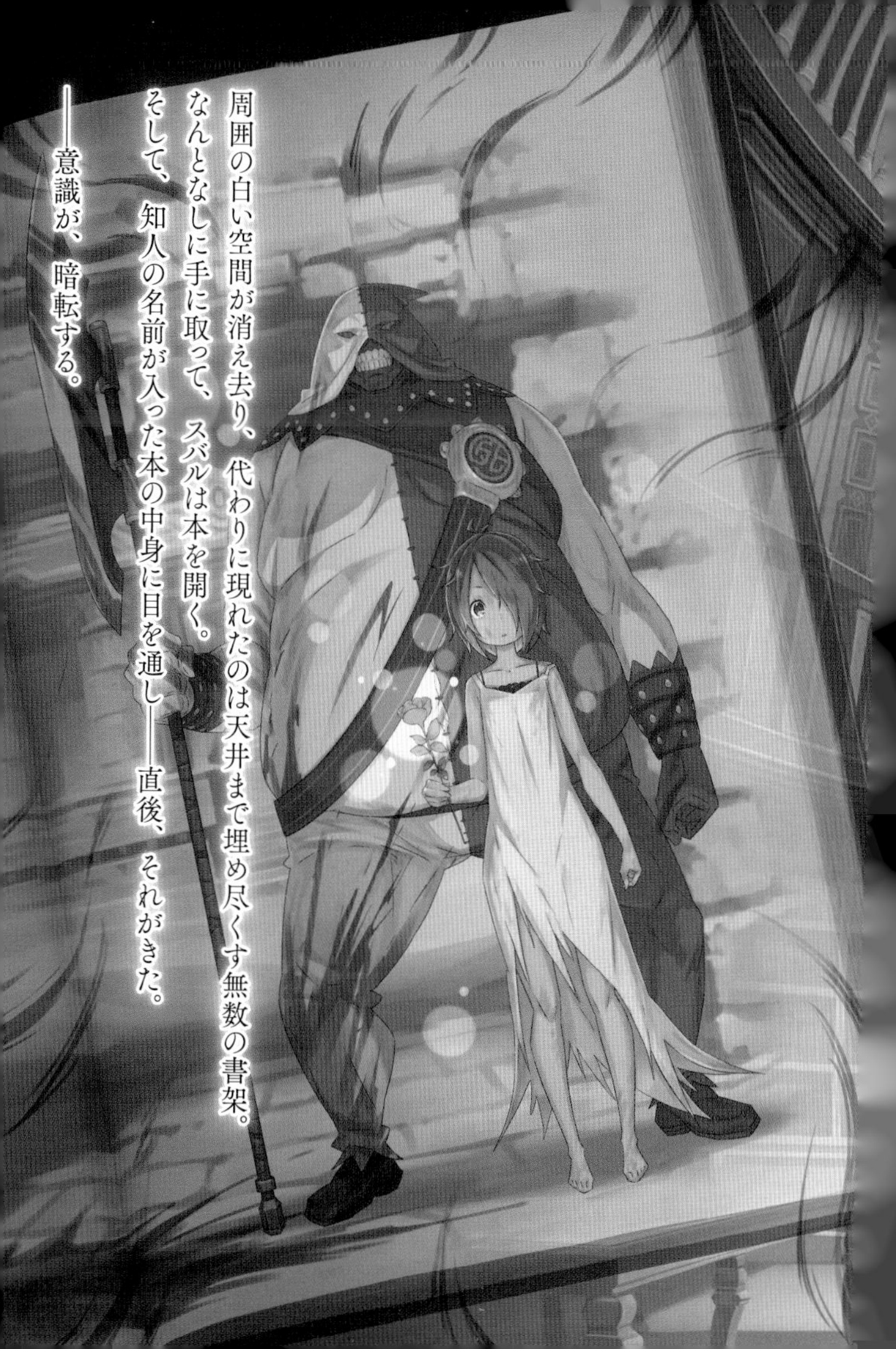
周囲の白い空間が消え去り、代わりに現れたのは天井まで埋め尽くす無数の書架。
なんとなしに手に取って、スバルは本を開く。
そして、知人の名前が入った本の中身に目を通し――直後、それがきた。
――意識が、暗転する。

「――ッ！　ま、待て！」
強い異変の気配に、スバルは
遠ざかる鳥の後ろを慌てて追い始める。
「――ナツキくん？」

掠れたスバルの呟きを聞きつけ、
風に髪をなびかせる人影がこちらへ振り返った。

Characters

Re: Life in a different world
from zero
The only ability I got in a different world "Returns by Death"
I die again and again to save her.

スバル

Subaru

砂漠仕様の我らが主人公。
オレンジのスカーフと黒マントが
どことなくジャージを思い出させる。

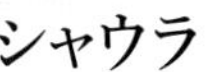

シャウラ

Shaula

プレアデス監視塔の星番。
スバルのことをお師様と呼ぶ。

レイド・アストレア

Reid Astrea

最初の『剣聖』であり、世界を
救った三英傑の一人。
『剣聖』の家系・アストレア家は
彼から始まったと言える。

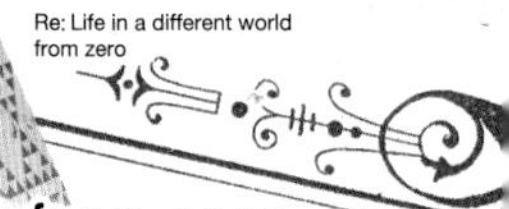

Re: Life in a different world from zero

The only ability I got in a different world "Returns by Death"
I die again and again to save her.

CONTENTS

Re：ゼロから始める異世界生活22

長月達平

口絵・本文イラスト●大塚真一郎

第一章　『大図書館プレイアデス』

1

――水門都市プリステラで発生した魔女教との一大決戦。

勝利と引き換えに多数の爪痕を残した戦いを終え、ナツキ・スバル一行が旅立ったのはルグニカ王国最東端にして、曰く付きの地であるアウグリア砂丘であった。

無数の魔獣の生息地であり、あの『剣聖』ラインハルトの挑戦さえも撥ね除けた難攻不落の砂の海。行く手を阻む砂風や凶暴な魔獣との攻防、仲間との分断による絶体絶命の窮地、そうした数々の苦難を乗り越え、ついにスバルたちは辿り着く。

全知と呼ばれる『賢者』シャウラ、彼の賢人が住まうとされるプレアデス監視塔。

全ては、水門都市で今も救われる瞬間を待ち続けている人々のため。その『記憶』を『名前』を、自らの姿さえも失った彼らを救う術を手に入れるため――、

「だってのに、なんだよ、その目！　俺が、俺が悪いってのかよ!?　俺は悪くねぇ！　俺は悪くねぇ――!!」

「スバル、あまり幻滅させないでくれ」

「少しはいいところもあると思ったけど、所詮、バルスはバルスね」

重大な使命を負い、ようやく辿り着いた塔の中にスバルの絶叫が響き渡る。

しかし、必死の訴えも空しく、スバルに向けられるのは仲間たちの冷たい視線と厳しいコメント——それもそのはず、仲間たちと分断され、その後に合流したスバルは一度も目を覚まさないまま、二晩も眠り続けていたのだ。

当然、仲間たちはスバルの安否に心を砕いてくれていたはず。そのスバルが目覚めたと思えば、半裸の女性にもみくちゃにされていたのだ。安堵を通り越して落胆、それを通り越して軽蔑したとしても不思議はない。

ユリウスとラム、二人の冷たい眼差しもさもありなんである。

「お前、いい加減に離れろ……！　なんだ、この馬鹿力!?」

「いーぃやーぁッスーぅ!!」

そんな蔑視を浴びながら、当のスバルは腕にしがみつく半裸の美女——推定、シャウラを懸命に引き剥がそうとしている。会いたかった『賢者』に乱暴な対応だが、相手の方が礼儀を踏み躙ってきたのだからスバルも容赦はしない。

「けど、剥がせねぇ……！　おい、見てないで誰か手ぇ貸してくれ！」

「鼻の下が伸びてるわよ、バルスケベ」

「伸びてねぇし、組み合わせんなよ！　応用するな！　エミリアたん痛い！　髪の毛引っ張られてもあんまり助けにはならないかな!?」

「あ、ごめんね。全然、助けようとしたんじゃないの」

「そこ謝んだ!?」

強情なシャウラはスバルの腕を放さず、エミリアはやけに無表情でスバルの髪の毛を引っ張ったりしてくる。そして、ベアトリスはスバルと一緒にシャウラのもみくちゃに巻き込まれ、目を回して「きゅ～」と赤い顔で潰れていた。

「と・に・か・く！　全員落ち着け！　俺も落ち着け！　――話を、しよう！」

2

寝起きの喉を駆使して、事態の収拾を図ったスバルにひとまず全員が従う。

その場に車座になり、さあ話し合いを始めようといった姿勢だ。と言っても、シャウラはスバルの腕を解放せず、今も隣で頬をすり寄せてきているのだが。

「ん～、お師様お師様～」

「いやらしい」

「お前、さっきまでの惨状見てた？　俺の右腕、俺が望んでこうしてるように見えるか？　骨がすごいミシミシいってんだぞ。このままだと壊死する」

ラムの軽蔑の視線に嘆息し、スバルは生贄に捧げた自分の右腕を見る。

半裸の美女に抱き着かれている、と字面にすれば役得に思えるが、実態は美女の柔らかさを体感するより、極められた関節と絞られる肉の軋みが痛い。腕がもげる。

「で、腕がもげる前に話を進めたいんだが……まずは、みんなが無事で何よりだった。アナスタシアさんとメィリィも、顔が見れて安心したぜ」

「ナツキくんの方こそ、起きてくれてよかったわぁ。あのまま、目ぇが覚めんくなったらどうしよって、ちょっと責任感じてたんよ」

「縁起でもねぇけど、ない話じゃないからな……。メィリィ、お前も心配してくれた？」

遅れて合流した二人、アナスタシアとメィリィに水を向けると、アナスタシアはやんわりと安堵を示し、メィリィは対照的に顔を背けた。

「わたしが？　お兄さんを？　やめてよねぇ。そんなことして、ペトラちゃんやベアトリスちゃんに睨まれたくないものお」

「どういうこと!?　ベア子もペトラも、そんな心狭くねぇよ!?　なぁ？」

へちゃむくれ状態を脱し、スバルは自分の膝の上にいるベアトリスの頬をつつく。幼女特有の赤い頬をつつかれ、ベアトリスは膨れた頬を萎ませながら、

「当然かしら。そのぐらいでベティーはへそを曲げたりしないのよ。順番を守るなら、メィリィも存分にスバルを心配するがいいかしら」

「と、ベア子もこう言ってくれてる。さあ、存分に俺を心配してくれていいぞ！」

「お兄さんとベアトリスちゃん、離れ離れになってたせいで頭が悪くなったのお？」

「何たる暴言なのよ！」

温かさと真逆のメィリィの言葉に、ベアトリスが顔を赤くして反論する。

そんな少女同士の微笑ましいじゃれ合いを余所に、スバルは車座になっている面々の顔を見回した。全員、無事でいる。

ただし——、

「心配せずとも、全員揃っているよ。とはいえ、その不安は当然のものだ。あとで案内するから、彼女や愛竜ともちゃんと言葉を交わすといい」

「お前、俺の心を読んで……いや、悪い。心配してくれてありがとうよ」

スバルの視線の意図を察し、先んじて口を開いたユリウス。彼の言葉に頷き、スバルは背後に鎮座した竜車と地竜——砂海の冒険を乗り越えたそれらを顎でしゃくり、

「あそこにいるから、ヨーゼフが無事なのはわかる。けど、パトラッシュが見当たらないのと……レムも、竜車の中にはいなかった。二人は？」

「上だ。詳しくはあとで説明するが、治療中……と言っておこう」

「治療……って、まさか！」

ユリウスの口から思いがけない一言を聞き、思わずスバルは飛びついた。

「レムを治療してるのか!?　治せる……起こせるってことか!?」

「——落ち着きなさい、バルス。それは早合点よ」

「……ぁ」

前のめりになったスバルへ、言葉の冷や水を浴びせたのはラムだ。彼女の鋭い視線に息を呑み、スバルは浮かせかけた尻をその場に下ろす。

「……すまない。私も、言葉の選び方が正確ではなかった」

「あのね、スバル。私たちとスバルたちが合流したとき、パトラッシュちゃんは大ケガしてて、今は塔の上で治療中なの。それで、同じ部屋にレムもいて……」

「――。ああ、うん、わかった。大丈夫、エミリアたん、ありがとう。ユリウスも、そんな凹むな。俺が早とちりしただけだ」

深呼吸して、スバルは自分が早合点したのを反省。それから、ほんのりと重くなった空気を手でかき混ぜ、その視線を上へと向けた。

恐ろしく広大な円筒状の空間は、まるで果てがないかのように上へ上へと続いている。上階との行き来は原始的だが、塔の内周に沿って螺旋状に設けられた階段で行うらしい。何千メートルもある巨大な螺旋階段、それを使わなければ上階にはいけない仕組みだ。

「レムとパトラッシュは上にいる。……ひとまず、それは確かなんだろ？」

「……あとで彼女たちのところへは案内する。ちゃんと顔を見て安心した方がいいだろう。さすがに今回のことは皆、肝を冷やした」

「狙撃されてバタついてる最中に、空がビリッと破れてアレだからな……」

砂海での分断直後のことを振り返り、スバルとユリウスが渋い表情を交換する。スバルの左隣に座るエミリアも、「ホントにそう」と頷いた。

「私たちも、破けた空に呑まれて驚いたけど……でも、スバルとラム、アナスタシアさんみたいに戦えない人ばっかりはぐれちゃったからすごーく心配で」

「お姉さんったらすごおく取り乱しちゃって大変だったんだからあ。ベアトリスちゃんも大泣きしちゃって、わたしもあたふたしたんだからあ」

「あ、メィリィはまたそんな嘘ばっかり言って。私が大慌てだったのは本当だけど、ベアトリスは大泣きなんてしてないわ。半分くらいよ。ね？」

「気遣うならちゃんと最後まで気遣うかしら、この天然……！」

「――？」

　半泣きになった事実を暴露され、ベアトリスが拗ねるがエミリアは気付かない。そんな微笑ましいやり取りに頰を緩めつつ、スバルはユリウスに肩をすくめた。

「じゃ、お前も相当ビビったろ。その顔が見られなかったのは残念だった」

「無論、大いに動揺させられたよ。君はともかく、アナスタシア様とラム女史はか弱い女性だ。顔を青くして右往左往する姿を見られず、今は細い肝を安心させているとも」

「ビビッて慌てふためいただけなのになんでそんなに優雅な言い方？」

　前髪に触れる癖を披露しながらのユリウスの答えに、スバルは盛大に唇を曲げる。ともあれ、全員の調子が戻ってきたようで喜ばしい。

　あとは――、

「――その目はなに？　不愉快な目を向けてくるのをやめなさい」

真正面、いつも通りの無表情をしたラムが、スバルの視線に切れ味鋭く言い放つ。

白い肌に薄紅の瞳。言うまでもなく整った顔立ちと涼やかな美貌。可憐と優美の狭間にある妖しげな果実のような麗しの顔貌。どう見ても、いつものラムだ。

「これはもうダメね」

「何も言ってねぇよ⁉　いや、お互い無事でよかったなぁって思ってたんだよ。地下であんなんだったろ？　……最後、お前に庇われたのも覚えてるし」

「……時間の無駄だったわね」

「ありがとうって言ってんだよ⁉」

脳裏を過ったのは、地下で意識を失う寸前の出来事――異形の怪物、ケンタウロスの前に立ちはだかり、ボロボロの体でスバルを庇っていたラムだ。

あちこちに傷を負い、勝算もなしに強敵に立ち向かう華奢な後ろ姿。凛とした彼女の在り方は尊く、しかし喪失の恐怖を味わったことは忘れ難い。

「だってのに、礼の言い甲斐がない姉様だな……」

「大丈夫よ、スバル。ラムはちょっと照れてるだけだから。きっと、起きたときにスバルに抱きしめられてたからバツが悪いんだと思うの。可愛いわよね」

「エミリア様！」

含み笑いのエミリア、彼女の言葉にラムが猛烈に反応した。しかし、直前の発言がそれで消えるわけではない。その意味を深く推し量ると――、

「そういや、竜車で起きたとき、寝かされてたスペースに妙な空白が……てっきりベア子だと思ってたけど、あれってまさか……」

「——忘れなさい」

　直前の記憶を回想するスバルに、ラムの普段以上に凍えた言葉が突き刺さる。

「いやでも……」

「わ・す・れ・な・さ・い」

「わ、忘れた忘れた。はい、忘れました」

「それでいいわ。ポンコツ……ではなく、エミリア様も気を付けてください」

「ポンコツ……それ、どういう言い間違え？　全然似てないけど……」

　と、エミリアが首を傾げたが、ラムは素知らぬ顔でそれを黙殺した。

　どうやらラムは地下の出来事については話したくないらしい。なので、その話題が広げられるのは自然と、地下組最後の一人に絞られた。

「ラムがこの調子なんだが、アナスタシアさんは何があったか覚えてる？」

「あ、うちも話してえの？　てっきり忘れられてるんかと思ったわ」

「身内優先で悪かったよ。で、どうなったんだ？　一応、あの魔獣が消し飛ばされるくらいまでは意識があったんだけど……」

「そらもう、真っ暗闇の中で怖い思いしたわぁ。ナツキくんもラムさんもおねんねやったから、『賢者』さんと交渉できるんもうちだけやったし」

「『賢者』と交渉って……これと？」

アナスタシアの言葉に、スバルはここまで意識的に無視していた右腕――いまだ、そこで頬ずりしているシャウラを指差した。

「とても、交渉なんて高尚なことができる構想が浮かばねぇけども」

「シャレのきいた言い回しやね。でも、うちらも困惑しとるんよ。さっきまで、押しても引いてもほとんど喋らんかった人が、ナツキくんにこんなメロメロなんやもん」

「無口？　これが？」

「もうもう！　さっきから……これじゃなく、シャウラッスよ、お師様～」

苦笑するアナスタシアへの答えに、むくれたシャウラがスバルを上目に睨みつける。

長い睫毛、整った目鼻立ち、メリハリのきいたナイスバディと、間違いなく美女の条件は揃っており、本来ならすり寄られるのは役得以外の何物でもないのだが。

「いきなり好感度MAXでこられると、相手が美人でもこっちの好感度がゼロだから戸惑うどころの話じゃないんだよな……」

「――！　今、あーしのこと美人って言ったッスか!?」

「都合のいい耳だな、オイ！」

目を輝かせ、さらにぐいぐいと迫るシャウラをスバルは左手で引き剥がそうとする。しかし、いくら力を込めてもシャウラの怪力から逃れられない。

結局、右腕の支配権は奪われたまま、スバルは「仕方ねぇ」と嘆息し、

「右腕は生贄に捧げるとして、この場は話し合いが優先だ。お前、ちゃんと話せよ」

「はいはーい！　お師様の言うことならえんやこら～ッス」

「なるほど、協力的で大変助かる。では、お尋ねしたい。あなたはこのプレアデス監視塔に隠遁している『賢者』……という認識でよろしいでしょうか？」

「ぷい～ッス」

「答えろよ！　話すって言ったばっかじゃん！」

　ふやけた笑みで快諾したかと思えば、ユリウスの質問を露骨に無視するシャウラ。その態度をスバルが突っ込むと、シャウラは「む～」と頬を膨らませた。

「なーんスか。大体、お師様が言ったんスよ。誰に何を聞かれても、余計なことは言わない話さない教えないいっそぶっ刺せって。あーしはそれを守ってるだけッス！」

「そのお師様だいぶひでぇな」

「そそ。お師様スゲーひどい人なんス。深く反省と陳謝を求める所存ッス」

　そう言いながら、シャウラがぐりぐりと頭をスバルの首に擦り付けてくる。その犬のような懐きっぷりに、スバルは片目をつむり、彼女の額にデコピンした。

「痛っ……くはないッスけど、虐待!?　虐待ッス！　お師様があーしに暴力振るったッス！法廷で会おうッス！」

「どこで学んだんだ、その言い回し。……とにかく、俺以外の奴ともちゃんと話せよ。俺をお師様扱いするんなら、言うこと聞いてくれ」

「……いいんスか？」

「――？　いいよ。むしろ推奨だ。そろそろ真面目に話進めたいからな」

そのスバルの答えを聞いて、シャウラはぽかんと驚いた顔をした。それから彼女は徐々に表情を、驚き・理解・納得・感激の順番に変化させ――、

「うひゃーっ！　やったッス～！　お師様の許可が出たッス～！　これでもう、意味深なミステリアス美女路線でキャラ作りする必要なくなったッス～！　バンザーイ！」

「そんな要素、欠片もねぇから！」

満面の笑みで大はしゃぎするシャウラ、その彼女のオーバーリアクションにポニーテールが振り回され、スバルの顔や頭をぺしぺしと叩く。

それを左手で防ぎながら、スバルは「ともかく」と前置きして、

「それで、お前が噂の『賢者』ってことでいいんだよな？」

と、プレアデス監視塔へ訪問した理由、その本命へと切り込んだ。

その問いかけに、シャウラは梅干しを食べたような酸っぱい顔になる。

「ん～、その質問の答えはムズいッス」

「難しい？　そりゃまたどうして？」

「お師様が探してるのが、シャウラならあーしのことッス。相思相愛ッス。でも、探してるのが『賢者』シャウラなら、あーしにもよくわかんねッス」

唇をへの字に曲げて、ようやくシャウラがまともに話し合いに応じ始める。とはいえ、

最初の質問への答えは不穏な内容だった。

シャウラの、『賢者』の呼び名への無自覚。それが意味するのは――、

「よろしいですか、シャウラ様」

同じ不穏を感じ取ったのか、ユリウスが挙手してシャウラの名前を呼んだ。

「様付けなんて照れるッス。慣れてないんで、あーしのことは普通に呼び捨てにしてくれていいッスよ。そんなシャウラ様だなんて……でへへ」

「では、お言葉に甘えて、シャウラ女史と。――今日まで、『賢者』シャウラの功績は長く人々に語り継がれている。それは、君のことだと思って間違いないだろうか」

「さあ、どうなんスかね？　あーし、ずっと塔から出てないッスもん。案外、変な感じに広まってんスかね？　あーしが『賢者』なんて呼ばれてるぐらいッスし」

唇に指を当てて、シャウラが首を傾げながらそう答える。

「あ、もちろん、お師様があーし以外の女にシャウラって名前付けて、そのシャウラが『賢者』っぽいことしてたら別ッス。……どうなんスか？」

「俺を見て言うな。どっちの意味でも濡れ衣だよ」

「お師様は心当たりがないみたいなんで、やっぱりシャウラはあーしだけの名前ッス。お師様がくれた、あーしだけの名前……他のシャウラなんか、いらないッス」

「なるほど。――罪作りな人物がいたものだね」

「俺を、見て、言うな！　濡れ衣だ！　推定無罪だ！」

合間に挟まれる茶々はともかく、シャウラの言動に嘘っぽさはない。そうなると最悪、言い伝えの方が間違っている可能性が浮上してくる。と、その話し合いを聞きながら、アナスタシアがごそごそと大きながま口から何やら硬貨を取り出した。

「急に銭勘定……ってんじゃないよな？」

「うちの趣味やし、小銭じゃらじゃらしてると考え事は捗るんやけど……それとは違う狙いやね。ほら、王国の硬貨をちゃんと見てみたらわかるわ」

そう言って、アナスタシアが掌の硬貨をスバルに投げ渡す。慌ててそれを受け取ると、投げ渡されたのは銅貨、銀貨、金貨、そして聖金貨の四枚だ。

「まさか、シャウラへの賄賂ってわけじゃないだろうけど……」

「それが通じるならええけどね。ほら、硬貨に刻まれとる絵があるやろ？　貨幣と国の歴史は切っても切り離せん。せやから、硬貨にはその国の歴史が刻まれる」

アナスタシアの口上を聞きながら、スバルは貨幣の刻印に注目する。これまで、あまりジッと貨幣を見る機会がなかったが、なるほどそれぞれ刻まれた絵柄は別だ。

「聖金貨が『神龍』、金貨が『初代剣聖』、銀貨が『賢者』で銅貨が『ルグニカ王城』になってるの。知らなかった？」

「え、エミリアたんが物知りキャラみたいなこと言い出しただと……！」

「こんなの知ってて当たり前よ。スバルはお買い物のとき、無意識なの？」

エミリアの痛い追及に、スバルは口笛を吹いて誤魔化す。確かに、貨幣の刻印は説明の通りのご様子だ。聖金貨には龍、金貨には目つきの鋭い男、銅貨には王城がそれぞれ刻まれており、そして銀貨に刻まれているのは——、

「若いイケメンのお兄さん、だな。シャウラとは似ても似つかない」

「でも、世間的にシャウラと思われてるのはこの絵の奴なのよ」

刻まれているのは長髪の、精悍な顔立ちをした美丈夫だ。当然、角度を変えてみても半裸の美女には見間違えられそうもない。

「へー、上手く刻み込むもんッスね。お師様そっくりッス」

「どこが!?　あ、いや、そこに刻まれてる『賢者』ってのがお前のお師様なら、記憶の中のお師様には似てるってことか？」

「もー、何言ってるんスか。あーしのお師様はここにいるお師様だけッスよ」

「じゃあ、改めて言い直すよ。どこが!?」

しげしげと横から銀貨を覗き込んで、シャウラが悪気ない顔で暴言を飛ばす。しかし、シャウラはスバルの反応に「え～ッス」と不満げな目をした。

「あーしの見た感じ、かなり特徴捉えてるッスよ。髪の毛あるし、目と耳は二つ付いてるし、鼻と口もあるッス」

「そういうレベル!?　ド下手の福笑いでもパーツぐらい揃うわ！」

「私も、さすがにこの銀貨の人とスバルは似てないと思うかな……」

幼稚園児レベルの特徴の捉え方だった。スバルはもちろん、エミリアの判定もアウト。

というか、シャウラ以外は全員が苦笑いの判定だった。

「ぶーッス。だって、あーしは人の顔比べるの苦手なんスもん。男か女かが違うくらいで、あとは大体似たようなもんじゃないスか。……あ、あと大きさもあるッス」

「こいつ、今、ベティーを見て付け足しやがったかしら」

「ベア子が小さくて可愛いのはオンリーワンだからいいの。それより、お前そのガバガバな審美眼でよく俺がお師様だとか言えたな！　人違いだよ、完全に！」

シャウラの言い訳に便乗し、スバルはここまでの不名誉な濡れ衣の返上にかかる。これで接点がないとわかって一安心、とはならなかった。

「あ。あーしがお師様のこと見つけたのは見た目の話じゃないんでノープロブレムッス」

「見た目じゃないって、じゃあどうやって見極めてんだよ。オーラか？」

「臭いッス。こんな鼻が曲がりそうなぐらいどす黒くてえぐい臭いプンプンさせて平気な人なんて、お師様以外に考えられねッスもん」

「そこまで傷付けられたのは初めてだよ！　なに、俺そんなひどいの⁉」

臭い、というキーワードが出た時点で、一瞬だけスバルは覚悟したつもりだった。が、直後のシャウラの言葉の選ばなさに覚悟が一発で砕かれる。

「なんで怒るッスか？　あ、えぐいって言ったからッスか？　大丈夫ッス！　お師様の臭いはマジひどいッスけど、ゲロとかじゃなく、また嗅ぎたくなるゲテモノ系ッス！」

「女の子がゲロとか言うな！　あと、フォローになってねぇ！」

　スバルは掌で顔を覆い、その場に泣き崩れるようにして恥じらう。

「なんなの……もうそろそろ言われ慣れてきたと思ってたけど、こんな風に辱められるなんてひどすぎる。俺が何をした……」

「だ、大丈夫よ、スバル。私、わかってるから。あとでちゃんと水浴びしましょう？」

「わかってもらえてねぇ！」

　さめざめと泣きながら凹むスバル、それをエミリアが慰める姿勢に入ると、その状況に業を煮やしたラムが「とにかく」と割って入った。

「バルスの許可でいいなら、こちらの質問に答えなさい。──あなたはシャウラだけど、『賢者』ではない。それなら、『剣聖』と『神龍』に心当たりはある？」

「ケンセーとシンリュー？」

「名前はレイドとボルカニカよ」

「うげぇッス」

　ラムの質問に、シャウラが苦いものを噛んだ顔で舌を出す。

「知っているのね？」

「そりゃ知ってるッスよ。『棒振り』レイドと皮肉屋のボルカニカは古馴染みッスもん。別れてからいっぺんも会ってないッスけど、元気でやってるんじゃないッスか？」

「レイドは死んでいるわ。とっくに」

「マジッスか!?　殺しても死なないような奴だったのに死んだッスか!?　なんで死んだッ

スか⁉　変なもの拾い食いしたッスか⁉」

「寿命よ。天命には誰も逆らえないわ」

「寿命……ああ、そっか。そッスよね。レイド、一応人間だったんスもんね」

知己の死を知らされ、シャウラがしんみりとした態度で目を伏せる。心なしかポニーテールまで元気をなくし、肩を落とした彼女は寂しげだった。

「じゃ、ボルカニカは元気なんスか」

「そっちはドラゴンだから」

「そッスか。レイドより、ボルカニカの方が死んでたらよかったッスけどね～」

「すげぇ言われようだな、オイ」

ただ、その寂寥感も一瞬で、彼女はすぐに意識を切り替え、もう一人の知己に対してあけすけにボロクソ言った。

そうしてさっぱりした顔のシャウラに、ラムは思案げに片目をつむって、

「改めて聞くわ。――いたはずの『賢者』、あなたのお師様はいったい何者なの？」

「――？　変な質問ッスね。本人と一緒なのに、連れのあんたたちが知らないんスか？」

「残念だけど、あなたのお師様はトイレの便器に頭をぶつけて色々抜けたのよ」

「トイレに限定した意味ある？」

「お師様、またやったッスか……」

「また⁉」

シャウラに同情的な目を向けられ、スバルは受ける必要のない屈辱を味わう。だが、その答えに納得したのか、シャウラはぴょんと飛ぶように立ち上がった。

「じゃ、あーしの口から大発表ッス。お師様の名前……そう、その名も高き大賢人！　この世界で『賢者』なんて呼ばれるとしたら、相応しいのはお師様だけ！」

「前置きはいい！」

「せっかちッスね～。でも、それもまたお師様ッス」

派手な身振りを入れて焦らすシャウラだが、スバルの要請に悪戯っぽく舌を出した。それから彼女は自分の頬に指を立て、やけに幼い仕草で続ける。

その名前は――、

「――フリューゲル」

「……あ？」

「お師様の名前はフリューゲルッス。大賢人フリューゲル、シャウラのお師様ッス」

豊かな胸を張り、シャウラは心底からの親愛を込めてその名を口にした。

そこには純粋な尊敬と感謝の念があり、彼女が嘘をついているなどとは到底思えない。

思えないからこそ、スバルたちの反応はまちまちなものとなった。

なにせその名前、覚えがある。だってそれは――、

「……木ぃ植えた人の名前じゃん」

ずいぶん前に一度だけ運命の交差した偉人の名前だったのだから。

3

「うおっ、怖っ！　高っ！　手すりのない不安定感がヤバい！」

「ちょ、ダメなのよ、スバル！　そんな端っこいくと危ないかしら！」

慌てるベアトリスに引き止められながら、スバルは螺旋階段の縁から下を覗き込む。

眼下、塔の最下層で待機するヨーゼフと竜車が豆粒みたいに小さく見えた。塔の内周を時計回りに上る螺旋階段、まだその半ばだが、すでに十分肝の冷える高さだ。

「下の階から上の階まで数十メートル……大掛かりな螺旋階段のせいで、距離だけなら数千メートルって不便すぎるだろ。塔の建築家は何考えてやがんだ？」

「でもそれ、さっきの話だとフリューゲルさんなんでしょ？　四百年も前の人だし、今とは色々考え方が違っちゃってるのかも」

「ジェネレーションギャップにも限度があるでしょ。それにそもそも……」

手を繋ぐスバルとベアトリス、そのすぐ後ろを歩くエミリアに答えて、スバルは視線を彼女のさらに後ろ、一行の最後尾へと向けた。そこでは――、

「やだあ、裸のお姉さんったらあんまり揺らさないでちょうだいよお」

「えぇー、人の背中に乗ってるくせに偉そうなちびっ子ッス」

「だってえ、こんな何百段もある階段の上り下りなんて疲れちゃうんだものお」

「だからって、背中でぴぃぴぃ騒がれたらこしょばい……あ！　髪引っ張るなッス！」

そう言って、シャウラが背中におぶっているメィリィに唇を尖らせる。ただし、そのやり取りに刺々しさはなく、不思議と二人の息は合っている様子だ。

――現在、スバルたちは螺旋階段を使い、最下層から上層へ向かっている。

先頭をユリウスとアナスタシアが進み、その後ろにラム、スバルとベアトリス、そしてエミリアが続き、最後尾が前述のメィリィ・シャウラ組の編成である。

最後尾がそんな組み合わせになったのは、疲れたから階段を上りたくないとごねたメィリィを、シャウラが背負ってもいいと自主的に申し出たからなのだが――、

「まさか、無類の子ども好きってわけでもなさそうだが……」

「スバルも、もし疲れたならいつでも言ってね。私も、いざとなったらスバルをおんぶしてあげるくらいできるんだから」

「それはいざとなれないね。男の子だから」

エミリアからのありがたい申し出だが、それは男子的に丁重に断った。そんな絵面最悪な頼り方をするなら、ユリウスに貸しを作った方がマシである。

ともあれ――、

「あれ？　なんスか、お師様。そんな熱っぽい目であーしを見て……もしかして、あーし

の魅力に四百年越しで気付いたッスか!?」

「気の長ぇ話だな！　あー、お前がメィリィとポニテで遊んでるとこ悪いんだが……」

「ポニテじゃないッス。スコーピオンテールッス」

「うん？」

「スコーピオンテールッス」

「ああ。わかったわかった。それで……」

「スコーピオンテール……」

「わかったっつの！　何の拘りだよ！　スコーピオンテールな、スコーピオンテール！　スコピテスコピテ……略しづら！」

　やけに強めに拘るので、それを尊重しつつスバルは話を進める。議題はもちろん、エミリアとの会話の中でもちらと出た名前で――、

「下での話の繰り返しになるけど、お前のお師様はフリューゲルで間違いないんだな？」

「もちッス。お師様、自分の名前なのにいい加減しつこいッスよ？　……あ！　もしかして、何度も同じこと言わせて、あーしの気を引いてるッスか？」

　目を輝かせ、シャウラがもじもじしながらスバルを上目遣いに見る。

「そんなことしなくても、あーしの気持ちはいつでもお師様のモノッス。あーしのこの一途な気持ち、受け止めてフォー・ユーッス！」

「ぺいっ」

「投げ捨てられたッス!?」

ジェスチャーで投げ渡された想いを階段下へ投げ捨て、スバルは「こほん」と咳払い。

この調子でシャウラのペースに付き合っていると、話が永遠に終わらない。

「とはいえ、フリューゲルさんって、『フリューゲルの大樹』の人だろ？」

「なあにそれ？　タイジュって、大きな木のことお？」

想いを投げ捨てられ、凹むシャウラの背中でメィリィが首を傾げる。少女の疑問に、スバルは「そうそう」と頷いた。

「リーファウス平原ってとこに、そりゃもう雲に届くんじゃねぇかってでかい木が生えてて、それがフリューゲルの大樹って呼ばれてたんだ。あれは男心がくすぐられたぜ」

「へえ、そうなんだあ。そんなにすごいんだったら、わたしも見てみたいかもお」

「すまん。あれは俺が切り倒した」

「お兄さんのいけず！」

速攻でメィリィの願望ごと切り倒してしまい、人でなし扱いされて苦笑するスバル。

――フリューゲルの大樹。

それは約一年前、スバルも参戦した『白鯨討伐戦』の切り札になった一本の木だ。

三大魔獣の一角であった白鯨との戦いで、あの巨獣にトドメを刺すために切り倒された大木。雲を衝く巨木は『霧』の魔獣を下敷きにして動きを封じ、十四年の歳月をかけて魔獣を追い詰めた『剣鬼』の剣をその命へ届かせた。

「それを植えたフリューゲルさんと、まさかこんなところで再会するとはな……。そういや、『賢者』って呼ばれてるとは聞いてたけど」

「だけど、何したのかイマイチわからない『賢者』なのよ。……それで『賢者』扱いされてたことが、そもそもおかしいと言えばおかしいかしら」

「ただ功績だけで考えると、『賢者』の呼び名に見劣りするのは事実だわ。よほど自分の功績を喧伝するのがうまかったのか……バルスみたいな奴ね」

「俺がいつ、自分の功績を誇張しましたかね！」

心外な評価にすこぶる不機嫌になるスバル。だが、当のラムは涼しい顔だ。

と、そのやり取りに「なるほどなぁ」と前方を歩くアナスタシアが頷いた。彼女はユリウスに手を引かれながら、首だけでこちらを振り返り、

「この感じからすると、アレやね。シャウラさんとフリューゲルさん、二人の功績が後世だとひっくり返ってる……もっと言ったら、なすり付けてるんと違う？」

「フリューゲルさんが、自分のやったことをシャウラがしたみたいに広めたってこと？」

アナスタシアの推測に、エミリアが目を見開いて驚く。その反応に顎を引いて、アナスタシアは改めてシャウラに目を向けた。

「と、うちは睨んでみたりするんやけど、お師様はそういうことしそうな人やった？」

「ん～、あーしにも正直、お師様の考えはわかんないとこが多いッス。でも、お師様は目立つのあんま好きじゃなかったんで、面倒そうな噂話の矛先をあーしに向けて逃げるって

のは、お師様らしいかもな〜って思うッス」

　微妙に推測も交えながらだが、シャウラはアナスタシアの推論を肯定気味だ。ただ、そう聞くとスバル的に首をひねりたくなることもある。

「本気で隠したいんなら、後世に『賢者』って伝わってるのはなんでなんだ？」

「ええと、前に読んだ本だと……フリューゲルさんの名前が広まった理由は、大樹の上の方に『フリューゲル参上』って刻んであったからなんだって」

「どういうエピソード⁉　修学旅行生かよ！」

　隠すどころか、自己顕示欲が爆発したエピソードにスバルは仰天する。

「確かに、俺も似たようなことしようとしてレムに止められたけど……実際に実行してたんなら、フリューゲルさんも相当アホだな」

「その名前が独り歩きして、『賢者』フリューゲルは謎の偉人として語り継がれることとなったわけだ。だが、それが時を経て、こうして別の『賢者』の口から本物の偉人であったと聞かされるとは……ふむ。歴史の欠落を埋める場に立ち会って、少し胸が弾むな」

「歴オタみたいなこと言い出すなよ……」

　数百年前の歴史の裏を知り、ユリウスはどこか感慨深げだ。

　魔法に関して見識が深い、というより説明するときに口数の多くなる傾向にあるユリウスだが、ひょっとすると知識オタク的な側面があるのかもしれない。

「学者は変人が多いって聞くし、学者肌のこいつもその可能性が……」

「考え事の最中にすまないが、足下に気を付けたまえ。――上層だ」

「お？」

その声に顔を上げると、ちょうど螺旋階段の終わりが目の前にきていた。

一足先に上層へ到達したユリウスとアナスタシア、二人に続いてスバルたちも階段を上り切ると、最下層とはまた別の開けた空間に出迎えられる。

そこで最初に目についたのは――、

「うお、ものすげぇでかい扉……」

目の前に聳え立つ、縦にも横にも優に十メートル以上はあろう巨大な扉に思わず感嘆する。材質は石っぽくも見える不思議物質。塔の壁と同じだろうか。

「これが、塔の出入りをする正式な扉なのよ。無駄に大きいけど、ちゃんとベティーたちが入るときは開け閉めしてくれたかしら」

「なるほど。ベア子たちはここから出入りしたのか。……ん、待てよ？」

塔の出入りに利用すると聞かされ、スバルは違和感に首を巡らせる。周囲、だだっ広い空間には、スバルたちが上がってきた螺旋階段以外に下層と繋がる道が見当たらない。

「そしたら、最下層のヨーゼフと竜車はどうやってあそこまでいったんだ？　この螺旋階段の幅でもさすがに竜車は通れないだろうし……」

「あ、竜車と地竜はシャウラが運んでくれたのよ。下までひょいって持ち上げて」

「……パードゥン？」

何かの聞き間違いかと聞き返すが、可愛いジェスチャー付きで答えてくれたエミリアの態度は平然としたものだ。他の仲間たちも、その発言を訂正しない。

その様子を見て、シャウラは自慢げに豊かな胸を張り、小鼻を膨らませる。

「言われた通り、運んだのはあーしッス。いやぁ、あのぐらいなら楽勝ッスよ」

「感謝の気持ちより、ドン引きの方が勝ってるよ。ラインハルトでも無理そうだぞ」

スバルの中で一番のビックリドッキリ人間は文句なしにラインハルトなのだが、その彼でも竜車をひょいと担ぎ上げるのは無理だろう。剣圧で世界を割ったり、水の上を歩いたり、一回生き返るぐらいはできても、そこまでの怪力を発揮することは――、

「あれ、できんのかな？　ちょっと不安になってきた。あいつが人間かどうか」

そんな友人への雑感はともかく、竜車が最下層にあった経緯は理解した。となると、目前にある巨大な扉の開閉も、まさかシャウラの怪力頼みの人力なのだろうか。

「少なくとも、私が押したところでびくともしなかったのは事実だ。おかげで、分断後に塔内へ入れられたあと、アナスタシア様や君の捜索もままならなくてね」

「なるほど、見た目通りの重量感ってわけだ。そういうとこ、すげぇ歴史のある古代遺跡っぽくてテンション上がらなくもないんだが……」

この手のファンタジー感満載な建造物はスバルも嫌いではない。が、生憎と今はいちいちそこに足を止め、感慨深く品評している時間も惜しい立場だ。

扉を眺めていると、微かに砂利っぽい感触が舌の上に混じる。外と直接繋がっているフ

ロアであるためだろう。よく見れば黄色い砂が周囲に舞っているのも見えた。

「砂風が強いのもあるけど、風に乗った砂が入り込んでくるから注意せんとね。うっかりここの砂を舐めすぎたら、体ん中から悪ぅなるかもしれんし」

「砂丘の砂は瘴気を孕む。微量だからと甘く見ない方が賢明だろう」

「だな。俺も同感だ。しかし――」

アナスタシアとユリウスの言葉を受け、頷いてからスバルは天井を仰ぐ。

最下層から長い螺旋階段を上がり、ようよう辿り着いたこのフロアの上にも、なおもプレアデス監視塔の高い高い壁は続いている。

少なくとも、一つ上のフロアへは再び螺旋階段を上がっていく仕組みだ。

「また階段ってのが萎えるが……ようやく、実感が湧いてきた」

「実感？」

「ああ。――ここが、俺たちの目指してたプレアデス監視塔だって実感が」

スバルの静かな一声に、隣にいたエミリアを始めとして、仲間たちがそれぞれ頷く。

そう、そうなのだ。まだ目的を達したわけでも、スバルたちの帰りを待つ人々を救う手立てが見つかったわけでもない。だが、第一関門は突破された。

前人未到の地、アウグリア砂丘の果てにあるプレアデス監視塔へ、辿り着いたのだ。

「ちっちっち、訂正するッスよ、お師様」

しかし、そんなスバルの感慨に、立てた指を左右に振るシャウラが待ったをかける。ス

バルが彼女に振り返ると、シャウラはにんまりと悪い笑みを浮かべ、

「その理解度じゃ、せいぜい百点満点中の九十九点ッス」

「ほぼ満点じゃねぇか！」

「肝心なところが足りてないッス！　あと、採点はあーしのお師様への愛情の分だけおまけのおまけのおまけのおまけがついたッス！」

ぺしっと自分の額を叩いて、シャウラが甘々な判定を反省する。と、それから彼女はメイリィを背負ったまま、一行の前に走り出て、大げさに振り返る。

そして両手を広げ、巨大な扉を背にしながら、

「プレアデス監視塔ってのは仮の名前、仮の役割ッス。こうしてお師様が戻ってきたんなら、ここは元の役割に戻るッスよ」

「元の役割……？」

「はいッス。──知りたいこと、気付きたいこと、何でも探せる大図書館」

「──っ！」

シャウラの語った説明に、スバルの表情を激震が走る。

何故ならそれは、スバルたちが──否、スバルが求めてやまなかった答えそのもの。無知なるものを救済する全知の手段、それが欲しくてここまできたのだ。

その、求める答えの名前こそが──、

「──大図書館プレイアデスは、お師様のお帰りを大大大大、大歓迎するッス！」

4

——辿り着いた目的の部屋、その扉は緑色の蔦でびっしりと覆われていた。

「これは……」

何とも不気味な外観を前に、スバルは思わず言葉を失う。

アウグリア砂丘に入って以来、まともに植物らしきものを見たのはこれが初めてだ。瘴気を孕むとされる砂風は植生にも悪影響らしく、広大な砂海には自然と呼べるものは砂以外には何一つ見当たらなかった。

「唯一の例外は、花に化けてたグロい魔獣ぐらいか……」

本来なら森に生息するらしい花魁熊。その、砂海で不自然な花畑を演出していた魔獣の群れだけが、ここ数日で目にした数少ない色付きの自然物だったと言える。もっとも、その異物感がすごすぎたせいで、擬態の役目は全く果たせていなかったが——、

「————」

と、考え事に足を止めたスバルの隣を、スッと抜け出る人影が蔦だらけの扉に触れた。躊躇いなく。その途端、蔦の向こうにあった扉が滑るように開いて、

「こないの？　バルス」

「……いくよ、俺も」

扉を開いたラムの試すような問いかけに、スバルは不安を蹴飛ばして前に出た。先を行く細い背中に続いて、堂々と蔦を踏み越え、室内に入り込む。

外からも想像がついた通り、扉に絡みついていた蔦は部屋の中をも侵食していた。元々は普通の石造りだったと思われる部屋は、床も壁も天井も、見る影もなく緑に征服され尽くしている。何百年も放置された秘境の遺跡、といった風情だ。

「ジャングル感がすげぇな。シャウラは『緑部屋』なんて呼んでるらしいが……」

そのまますぎるネーミングだなと、スバルはそんな感想を抱く。それからなんとなしに振り返り、「うえ!?」と驚く。——入口が、蔦によって封じられていたのだ。

「おい、ラム！　分断されたぞ!?」

「ビビりすぎよ。——この部屋、入れる人数が限られるらしいわ。部屋の主の意向ね」

「部屋の主、ってのは」

「——精霊よ」

警戒するスバルに短く言って、ラムはさっさと部屋の奥へ足を進める。一瞬、スバルは閉じられた扉の方を見るが、すぐに頭を掻いて、ラムの背中を追った。

室内を縦横無尽にのたくる蔦を踏み越え、潜り抜け、緑の支配するエリアをずんずん進む。そうして、いくらか奥まった空間へ辿り着くと——、

「レム……と、パトラッシュ」

緑の部屋の最奥に、入口からここまでの雑然とした雰囲気と異なるスペースが見えた。
そこには生い茂る緑の草が折り重なり、所々に小さな花を咲かせたベッドがあった。
その緑と花に彩られたベッドの上に、変わらない寝顔のレムが横たわっていた。

「――――」

白い頬には色は差さず、寝顔には何の変化もない。微かな呼吸で胸が上下しているが、生きている証は触れている熱以外にはその生命活動だけしかなかった。
そんな『眠り姫』の病状に侵される姿だが、膝の力が抜けそうなぐらい安堵する。

「ホントに、無事でいてくれたか……」

「だから言ったでしょう。それとも、ラムがレムのことで嘘をつくとでも？」

「そうは言わねえけど、実際にこの目で見るまで安心できなかったんだからしょうがねぇだろ。……パトラッシュ、お前も無事で何よりだ」

ラムの言葉に微苦笑し、それからスバルは草のベッドに眠るレムの傍ら、そこで四肢を畳んで座っているパトラッシュへと歩み寄った。こちらも、緑色の下草を巨体の下に敷いており、厩舎で過ごしているときのようにお行儀よくスバルを見つめていた。

「地下じゃ、また俺を庇って無茶してくれたからな。ホントに、お前って奴は」

スバルが掌で首筋を撫でると、パトラッシュがその鼻先を胸へ擦り付けてくる。その愛情表現に安堵しつつ、しかし、スバルは心を鬼にした。

「お前が守られるより守る系のヒロインってのはわかってるけど、あんまり心配させないでくれよ。今回は本気でヤバいと思った……痛い痛い痛い！」

「――ッッ」

地下での勇敢なパトラッシュの姿勢を注意した途端、鱗で首を豪快に削られた。

「な、な、なんで……」

「オットーがいないから、代わりにラムが翻訳してあげるわ。――バルスが言うな、だぞうよ。ラムも、全くの同意見ね」

己の肘を抱くラムが、スバルとパトラッシュのやり取りに忌憚ない意見を飛ばす。

実際、パトラッシュの目つきからすると、ラムの翻訳はほぼほぼ正しく思われた。

「クソ、お前は無茶するくせに、俺が無茶するのはダメだってのかよ……」

「生き残る可能性の問題でしょう。どう考えても、バルスよりもそっちの地竜の方が生き残る地力が高いわ。バルスは消えかけの蝋燭じゃない」

「蝋燭の火は消える瞬間が一番強く光るんだぜって、うるせぇな」

ラムと愛竜に厳しく睨まれ、スバルは肩を落とす。それから、パトラッシュの体を確かめると、鱗の抉れた傷口の周囲を淡く温かな光が取り巻いているのが見えた。

「精霊の力で、治癒が早まる効能があるそうよ」

「部屋の主が精霊って話だったな。……肝心の精霊はどこにいるんだ？」

「精霊使いのくせにわからないの？　この部屋が、その精霊そのものよ」

改めてパトラッシュを撫でてやりながら、ラムの言葉にスバルは息を呑む。

言われてから意識してみれば、部屋の中に満ちている濃密なマナ――それが、この緑色に染まる部屋の植生に多大な影響を与えているのだと気付ける。

まるで高濃度の酸素の中にいるように、体の内側から癒されるような感覚。

「何となく、わかる。確かにこいつは精霊だ。……話せないっぽいか？」

「ここの精霊は変わり種……といっても、変わっていない精霊なんていないわね。エミリア様の大精霊様然り、ベアトリス様然り……特段、ここの精霊には意思らしい意思はないそうよ。ただ、入った生き物の傷や病を癒そうとするだけで」

そう言いながら、ラムがレムのすぐ傍らへ。すると、妹を見守る姉を慮るように、ラムの後ろで蔦が蠢き始め、それらは複雑に絡み合うと緑色の椅子となった。

その椅子にラムが腰掛けると、入院患者を家族が見舞うような光景が出来上がる。

「なんかすげぇな」

「少なくとも、今まで見知った精霊の中で一番紳士的なのは確かかね。バルスも少しは見習った方がいいわ。この精霊と、騎士ユリウスの立ち回りを」

「どっちにしても釈然としねぇ」

見習え、と言われた両者を頭から追い払い、スバルはパトラッシュの首をくすぐり、「ゆっくり休めよ」と声をかけ、もたげた頭を優しく下ろさせる。

「パトラッシュの傷を治してもらえてるのはわかった。けど、レムに効力はない……ってのは、下で言ってた通りか？」

「傷でも病でもないものは癒せない。精霊はそう判断したようね」

「……そうかよ」

下層で味わった落胆、それを今一度味わいながら、スバルは息を吐く。

しかし、治療の対象ではないとしながらも、この部屋の精霊は眠り続けるレムを労わることは惜しまないらしい。先のラムへの対応が、その証拠と言えるだろう。

「結局、このままじゃ何も変わらないってことだな」

「……変えたいなら、塔にきた目的を果たさなきゃダメでしょうね」

「大図書館プレイアデス、か」

ラムの隣に並び、レムの寝顔を見下ろしながら、スバルはそう呟く。

――大図書館プレイアデス。

それがこのプレアデス監視塔の本来の名前であり、本来の機能。シャウラの話を信じるならば、まさしくスバルたちが求めてやまない『答え』がここにある。

「その答えを手に入れて、レムを取り戻す。――その目的はブレてねぇ」

「……そう。ならいいわ」

眠り続けるレムの手を握り、ラムは決意表明するスバルに一瞥もくれない。すげないラムの態度だが、レムを任せられるという意味では実に頼もしい。

「ところで、ラムには出した草の椅子が俺にはない。これって露骨に男女差別じゃね？」

「動物は自然と自分の中で相手を階級付けするそうよ。精霊もそうなのかしらね」

「それ、前にレムにも同じようなこと言われたぞ」

まだ仲良くなる前のレムに、アーラム村の子どもたちとの関係をそう評された。今となっては懐かしい記憶だ。アーラム村にも、もうずいぶんと顔を出していない。

「過去を懐かしむ前に、だよな」

湧き上がる寂寥感、それをスバルは吐息一つで追い払い、自分の頬を張った。

「うし！　……俺はみんなのところに戻る。お前は？」

「誰かがレムを見ていないと、いくら何でも不安でしょう？　それなら、ラムがその役目をするわ。元々、そのためにここまでついてきたんだから」

「それはまぁ、そうだな。それじゃ、レムのことはお前に任せた」

「見守るぐらいしかできないけどね」

「お前が見守ってくれてることに意味があるんだよ」

珍しく自分を卑下するラムにそう言って、スバルはレムの寝顔を改めて見る。安らかとも苦しげとも言えない、表情の消えた夢の中に彼女はいる。

その前髪のかかる額に手を伸ばし、そっとくすぐるように、愛おしく触れた。

そうできることに安堵があった。そして、それ以上を求めてしまう自分がいるのもわかっていたから、スバルは唇を緩めて、

「じゃ、いってくる」

「――――」

無論、返事はない。

ラムも自分が言われたわけではないとわかっているから、無粋に口を挟まない。そのことに満足して、スバルは『緑部屋』の扉へと向かった。

「紳士って話だからな。……レムとパトラッシュをお願いします」

出ていく前に壁の蔦に触れ、この部屋を守護する精霊にそう頼み込んでおく。会話の成立しない相手でも、誠意は伝わるかもしれない。感謝も、もちろんある。

自己満足に過ぎないかもしれなくても、それを伝えてスバルは部屋を——、

「そういえば、レムの傍にいるのが役目って言ってたわりに、なんでわざわざ下まで下りてきてたんだ？」

「——」

「まさか、俺が起きたって聞いて大急ぎで駆け付けてくれたわけじゃないだろ？　なんか理由があったんなら教えておいてくれると……」

「とっとといきなさい」

「え？　いや、だけど、何か引っかかってんならヒントになるかも……」

「早くいきなさい」

強烈に噴き上がる鬼気に気圧され、スバルはそれ以上何も言えず、すごすごと『緑部屋』から退散するしかなかった。

5

「ラムが何考えてんのか大体いつもわかんねぇけど、最近は特によくわからん」

「んー、そうでもないと思うけど。ラム、あれで意外と素直だもの。その素直なところを隠そうとするの、私は可愛いと思うし」

「珍しく年上みたいな発言を……実際、年上ではあるのか」

「そうよ。私、お姉さんなんだから。この場にいる誰よりも……じゃなかった」

「ふふん。ベティーの方がお姉さんなのよ。これは誰にも塗り替えられない厳然たる事実かしら。慕ってもいいのよ」

『緑部屋』を出て、待っていた顔ぶれと合流したところでそんな会話が生じる。

チーム最年長の座を奪われてエミリアは悔しげ、ベアトリスは満足げに胸を張っているが、正直なところ、どっちにしてもお姉さんの態度ではない。

それに、現状の面子で最年長が誰なのかという会話は実は非常にデリケートだ。

「んん？　ナツキくん、なに？　なんや、うちに言いたいことでもあるん？」

「別に。見た目と実年齢が噛み合わない面子が多いなって話」

「そう？　うちもよく、実年齢よりお若いですねーって言われるんよ。喜んでいいんかちょっと難しいとこやけど、侮られるんは侮られるんでやりようあるしね」

商売っ気と茶目っ気を交えた顔でアナスタシアは笑うが、その本心は不明だ。

確かにアナスタシアは外見と実年齢に差がある童顔タイプだが、スバルが指摘したかったのはそうした上辺の話ではなく、アナスタシアの中身——襟ドナのことだった。

襟ドナの出生がベアトリスと同じなら、最年長レースの対抗馬なのは間違いない。もっとも、そんな流れで明かすには、少しばかり重すぎる秘密には違いない。

「それに、最年長レースなら有力候補がもう一人ここにいるしな」

「およ？　どうしたッスか、お師様。ははーん、さては『緑部屋』の草臭さが嫌になったッスね？　わかるッス。あーしもあの部屋、いけ好かなくて嫌いなんスよ～」

「レムとパトラッシュの面倒見てくださってる精霊さんになんてこと言いやがる。お前、口の利き方に気を付けねぇと、鼻の穴に草突っ込むぞ」

スンスン、と鼻を鳴らしてすり寄ってくるシャウラを遠ざけて、スバルはその鼻面にビシッと指を突き付ける。

「そんなことより、大図書館プレイアデスについて聞かせてくれ」

「ん、そうね。さっきまではほとんど何にも話してくれなかったけど、今のシャウラならもうちょっと詳しくお話してくれるんじゃない？」

「いいッスよ～。あーしがお師様に求められて断れるわけないッスもん」

スバルとエミリアの追及に、シャウラがへらへらと笑いながら頷いた。そうして、彼女はブーツの爪先で床を軽く叩くと、

「さっきも話したッスけど、この塔の真名は『大図書館プレイアデス』ッス。入口があっ

たのが第五層『ケラエノ』、階段下の第六層が『アステローペ』。で、ここが第四層の『アルキオネ』と、ここまではいいッスか？」

「わざわざ階層ごとに名前付けてるってのがあれだが……ひとまずＯＫ」

そのシャウラの説明に頷いて、スバルは軽く周囲に目を向ける。

現在、スバルたちがいるのは第四層——塔に出入りする扉のあった第五層より一つ上の階層へ、またしても螺旋階段を利用して辿り着いていた。『緑部屋』の存在からもわかる通り、塔は四層からその装いを大きく変えている。

まず、ワンフロアぶち抜きではなくなり、円形の広い空間にいくつもの部屋が点在するようになっているのが一番の違いだ。五層からの螺旋階段は四層の中心に繋がっていて、全ての部屋を巡るには結構な時間を要するだろう。

「四層『アルキオネ』は、あーしの住処みたいなもんッス。結構好き放題に散らかしっ放しにしてるんで、じろじろ見られると恥ずかしいッス～」

「——」

「お師様、目がマジッス。怖いッス。あ～、あれッス！　普段はこの階層からあーしは砂丘の様子を見張ってるッス。で、塔に近付く奴は片っ端から撃つべし撃つべしッス！」

「やっぱり、アレはお前か……」

半ばわかり切っていたことではあるが、本人の証言でそれが確信に変わる。

砂丘でスバルを二度殺害し、その後のチームの分断の一因にもなった、あのプレアデス監視塔からの白光——その下手人は、やはりシャウラだ。

「アレのせいで、こっちはとんでもねぇ目に遭ったぞ。なんだったんだよ」

「塔にお邪魔虫を近付けないための狙撃、ヘルズ・スナイプッス」

「……なんて？」

「ヘルズ・スナイプッス」

にこやかに横文字で言われて、スバルは渋い顔になる。

なんというか、まぁ、わかるネーミングだが、なんてネーミングセンスだ。

「いやー、でもヘルズ・スナイプがお師様に当たんなくてよかったッスね。ディメンジョン・ゲートが解除されなかったら、あーし、当たるまで攻撃しっ放しだったかもッス」

「待て待て待て、新出の単語が多い！　ディメンジョン？」

「ディメンジョン・ゲートッス。塔まで辿り着かせないための小細工ッスよ」

シャウラの話しぶりから、スバルはそのディメンジョン・ゲートこそが、あの『砂風』に紛れて砂海の空間を歪めていたトリックだと理解する。最後には破けたが——、

「でも、アレのおかげでお師様がお師様だってわかったんで結果オーライッス。当たってたら、さすがのお師様もあーしを怒ったッスもんね？」

「あー、うん、どうだろ。怒るだけで済んだかな」

実際には当たって二度ほど死んでいるので、怒る段階までいけたか不安だ。

殺害の実行犯と顔を合わせて、怒りがメキメキと湧き上がらないのも珍しい。それが一

種のもらい事故で、シャウラを問い詰めても無駄という諦めの境地に近いが。

「でもお、あんなの当たってたらお兄さん死んじゃったんじゃないのお？　そおしたら怒るとか怒らないってお話じゃないと思うんだけどお」

と、諦めと許しの境地にあるスバルに代わり、メィリィがシャウラの脇をつついた。その少女の言葉に、シャウラはゲラゲラと豪快に笑った。

「ぷはははは！　な〜に言ってんスか。あーしのお師様があんなんで死ぬわけないッス。元々、お師様は死ぬんだか死なないんだかわかんないわけわかんない人なんスから」

「でもでもお、砂蚯蚓ちゃんはいっぱい攻撃されて死んじゃったわけだしい……」

「蚯蚓も熊も知ったこっちゃないッスよ。あーしのお師様は死なない、これが大事なことッス。——もし死んでたら、お師様じゃないだけッスから」

へらっと笑い、シャウラは嬉しそうにスバルを見つめる。

まるで子どものように無邪気で無防備な信頼。彼女がフリューゲルに寄せるそれは、想像以上に彼女の内側で強固に作り上げられた理想といっていい。

もし仮に、その理想を裏切ることがあれば。——そう考え、ゾッとする。

「……スバルがフリューゲルじゃないと知れたら、どう出るか全くわからないかしら」

「訂正するのも、わからせるのもヤバいってか……」

スバルの内心を察して、ベアトリスが小声で警戒を促してくる。

事実、シャウラがこうして一行——否、スバルに友好的なのは、彼女がお師様＝スバルと勘違いしているからに他ならない。それは、十分警戒するべき事態だった。

「もしもあれが敵対した場合、エミリアとユリウスも加えて、ベティーとスバルの総がかりで押さえ込むしかないのよ」

つまりは、何が切っ掛けで爆発するかわからない爆発物、それがシャウラだ。非常に厄介な性質と言わざるを得ないが――、

「こんなあけっぴろげに接されて、嫌いになれって方が難しいよな……」

現状、その扱いこそ雑だが、スバルはシャウラに目立った悪感情を持っていない。二度の『死に戻り』を考慮しても、地下で救われたことだって事実なのだ。

彼女を敵とは思えない。レグルスやペテルギウスの方がよっぽど気楽な敵だった。

「……なんか、あいつらのこと思い出すと嫌な気分になるな。いや、なって当たり前なんだけど、より身近に嫌な感じがする」

「――？　お師様、どうかしたッスか？」

「何でもねぇよ」

ベアトリスとの会話から派生して、嫌な奴らのことを思い出したスバルは渋い顔。そんなこちらを覗き込んでくるシャウラ、その顔を手で掴んで遠ざけながら、

「ただ、これだけは確認しとくが、お前が塔を目指してる連中を狙撃してたのは……」

「もちろん、お師様の言いつけッス！　四百年、来る日も来る日もずーっとずーっと砂海を見張って、聞くも涙語るも涙の渇きの日々を過ごしてきたッス……！」

「可哀想……」

情感のこもったシャウラの語りに、共感性の高いエミリアがうっすらと涙ぐむ。

そんなエミリアのE・M・Tぶりはともかく、シャウラには自分の行いに対する疑問や罪悪感といったものは見受けられない。それは感情の欠落などではなく――、

「これはただ命じられただけ……道具に、使われ方を問い詰めても無意味かしら」

「そうそう！　あーしはお師様の道具ッス！　ちびっ子、いいこと言うッス！」

ベアトリスの殺伐とした見解に、シャウラは我が意を得たりと満面の笑みだ。

コロコロと変わる表情と機嫌、そして今の自分の在り方への理解――おそらく、シャウラとは価値観が違う。イマイチ、会話がすれ違うのはそのためだろう。

「お前の価値観は色々あれだが、ひとまず後回しだ。いい加減、話が逸れすぎたし、元の路線に戻そう。塔の説明の最中……六層から四層の話は聞いた。なら、その上は？」

「三層『タイゲタ』からは試験会場ッス。――書庫に入る権利を試すッスよ」

「……書庫」

その響きに、スバルは我が意を得たりと拳を固くした。

大図書館プレイアデス。その名が偽りでないなら、当然、知識を蓄える書庫がある。そここそ、スバルたちが遥々砂海を乗り越えた目的があるはずだ。

「けど、試験会場って響きが気になるな。書庫に入る権利ってのも……」

「――それが目下、我々にとって最大の難関となっている障害だよ」

気になる単語を意識するスバルに、片目をつむったユリウスが肩をすくめる。彼は自分が不甲斐ないとばかりに声の調子を落として、その視線を天井へ向けた。

天井——否、その先にある三層、『タイゲタ』と呼ばれる試験会場へ。

「そうか。俺が寝てる間、みんなは試験に挑んでたわけか。手応えはどうだ？」

「期待されているところ悪いが、進捗という意味ではほとんど皆無だ。シャウラ女史の案内もあって、三層へ上がること自体は何の問題もないが……」

「ないが？」

「そこで待ち受けるのは難解な謎だ。解くための手掛かりさえ見つからず、この二日間を途方に暮れて過ごしたというのが正直な話だよ」

謙遜か、自分を過小評価するきらいのあるユリウスだが、他の仲間たちの表情も芳しくない。つまり、本当に何の成果も挙がっていないということらしい。

「でも、試験を受けて失敗しても、何がどうなるってわけじゃないの。別に私たちも、何度も出入りしてるけど何ともないから。……ただ、ずっと不合格なだけで」

「なるほどね。難問ってわけだ。……しかし、試験、試験か」

「——？　何か思うところでも？」

引っかかりを覚えるスバルに、ユリウスが片眉を上げて問いかけてくる。しかし、スバルの覚えた引っかかりは、彼の期待するようなものではない。

「いや、前に『試練』ってのに散々振り回された嫌な思い出があってな。似たような響きだから、それを思い出してたんだ」

「スバルの気持ち、私もわかる。おんなじこと考えてたから」

スバルとエミリアに共通する感覚、それは当然、『聖域』における墓所の『試練』だ。

関門を置いて、挑戦者を試す。いかにも、あの性悪魔女が好きそうなシステムである。

そうなると、スバルには俄然、アナスタシア＝襟ドナが怪しく思えてくるが。

「なに？　うちがどうかしたん？」

「……博識そうなアナスタシアさんでも解けなかったのかなと思って。ほら、カララギに伝わる四百年の知識の集積！　とかで」

「ごめんなぁ。うち、商売のこと以外やとからっきしやから。だからむしろ、うちたちとしてはナツキくんに期待してるんよ」

「俺に？」

明言できない疑惑をさらりと躱され、逆に水を向けられたスバルが驚く。すると、アナスタシアは「そうそう」と頷きながら、シャウラの方をちらと見て、

「その子、ナツキくんにめちゃめちゃ懐いてるみたいやし、一緒に連れてったら試験の内容についてボロ出すかもしれんやん？」

「……他力本願だな。そんなに難しい問題なのか？」

「というより、手掛かりがない。こればかりは、話すより見た方が早いだろう」

それだけ試験問題が難解なのだろうとは思うが、正面から挑むより、抜け道を探す姿勢

になっているのはいい傾向とは言えないだろう。

「話はわかった。とりあえず、その試験とやらを見てみよう。しくじってもペナルティがないってわかってんなら、まごついてても仕方ない」

「ああ、その通りだ。私もアナスタシア様同様、君に期待している」

そう言ったユリウスを先頭に、スバルを加えた全員で試験とやらにリベンジをかける。期待はむず痒いが、エミリアたちが二日も挑んで糸口も見つかっていない難題だ。できることはしておかなくてはならない。差し当たっては——、

「おい、シャウラ。ちょっといいか？」

「——？　スバル？」

三層の階段へ向かう道中、シャウラを呼び止めたスバルをベアトリスが訝しむ。一行の最後尾、仲間たちには聞こえないよう、声を潜めた会話だ。その呼びかけに、シャウラは無警戒に「なんスか？　なんスか？」と笑ってスコピテを揺らしていた。

「お前、俺の言うことなら聞くんだよな？」

「あんまりエッチなことはダメッスよ？」

「最初にそこを確認取るな。ボケ殺しか」

「そういうお師様はボケ倒しじゃないッスか。お互い様ッスよ」

唇を尖らせるシャウラに、スバルはペースを乱されっ放しで頭を掻く。

大抵の相手は、スバル相手だと会話のペースを乱されるので、そこから適当に会話の糸

口を探るのがスバルのやり方なのだが、それが通用しない。

「ま、それなら単刀直入にいくだけだ。シャウラ、頼みがある」

「な、なんスか？　そんな真剣な顔で、お師様ひょっとしてあーしを……」

「――俺と、仲間たちに危害を加えるな」

「――――」

「お師様の命令は、塔に近付く奴を攻撃しろ……だろ？　中に入った俺たちはその対象外のはずだ。なら、もう攻撃する必要はない。危害を加えるな。絶対に」

重ねて、念押しするスバルにシャウラが目を細めた。

そうして間近で彼女の瞳を見ると、その瞳孔が特殊な見た目であることに気付く。美しい緑の目に、小さな赤い光点が浮かんだような不思議な瞳だ。

思わず吸い込まれそうな深い色だと、スバルは呼吸も忘れた心地になり――、

「ん、ＯＫッス。新しいお師様の命令として、あーしもきっちり覚えたッスよ～」

「……いいのか？」

「いいも悪いもないッスよ。お師様の言うことなんスもん。非暴力不服従ッス」

「命令に従うんだから服従はしてるじゃねぇか」

「体は自由にできたとしても、心までは奪わせないッス！」

キリッとした顔をするシャウラ、その額にデコピンを入れて下がらせる。「あうー」とシャウラが涙目で引き下がると、スバルは嘆息する。

今の願い事がどこまで効力を持つかは不明だが、しっかり釘は刺しておいた。

「あとは、俺が期待を裏切らない限りは約束が守られる、と信じるしかねぇな」

「なら、心配いらないのよ。スバルは予想は裏切るけど、期待は裏切らないかしら」

「すげぇ高評価ありがたいけど、この場合、俺は何を頑張ればいいんだろうな……」

スバルが裏切ってはならないのは、シャウラがスバルに向けているフリューゲルとしての期待だ。しかし、知らない相手をどう演じればいいのか、手掛かりがない。

ひとまず、普段通りのナツキ・スバルを完遂するしか思いつかないが。

「そうだ、シャウラ。最後にもう一個だけ質問があったわ」

「なんスか～」

完全に気の抜けた顔で、シャウラがスバルの言葉にふやけて応じる。そのシャウラに片目をつむり、スバルは何の気ない素振りで両手を上げる。

そして、その両手の指を六本、立てて見せた。

「マイア、エレクトラ、タイゲタ、アルキオネ、ケラエノ、アステローペ」

スバルの言葉の意味がわからず、ベアトリスが可愛い顔を困惑させる。そのベアトリスに笑いかけ、スバルはそのままシャウラに立てた指を見せつけて、

「上から順番に、このプレアデス監視塔……もとい、大図書館プレイアデスの階層の名前……で、合ってるか？」

「合ってるッスよ～。第一層が『マイア』、第二層が『エレクトラ』ッス」

「やっぱりか。それなら……」

頷いたシャウラを見て、そこでスバルは立てた六本の指に、もう一本を加える。

七本目の指、それをシャウラとベアトリスが注目したのを確認して、問うた。

「それなら、メローペはどこにある？」

「――――」

そのスバルの質問に、シャウラは再び沈黙する。ただ、その沈黙はさっきの考え込むそれと違い、虚を突かれたことによる驚きの沈黙だ。

微かに息を呑む音がして、スバルは何かしら核心に触れたと判断した。

「わけがわからんのよ。スバル、メローペって？」

「とある七姉妹の最後の一人の名前だよ。プレイアデスなら、七つ揃わないとおかしい」

一層から六層まで、六つの名前が振り分けられた階層。だが、モチーフとされた名前は本来なら七姉妹――プレイアデスの七姉妹は、スバルもよく知る星の逸話の一つ。

だとしたら、七姉妹の最後の一人の名前が付けられた階層が隠れているはずだ。

「七層か、そうでなきゃゼロ層か？　それがあるはずだな」

「ゼロ層ッス。お師様が名付けたんスから、当たり前ッス。……ただ、お師様がいなくなってからできた場所なんで、どこにあるかは知らないはずッスけど」

スバルの当て推量をシャウラが肯定し、ベアトリスが驚く。しかし、スバルには隠れていたものを暴き出した達成感はない。それよりも、納得の方が大きかった。

「ゼロ層ってことは一層の上……いや、お前は六層を最下層とは言わなかった。だとしたらあるのは上じゃなく、地下の方……」

「──ダメッスよ」

存在を確かめようとするスバルに、シャウラが早口でその言葉を遮る。その口調の強さにスバルが息を詰めると、シャウラの表情は変わっていない。

笑みと、信頼の眼差しのままだ。ただ、寂しさが微かに目元にあるだけで。

「まだ、条件が満たされてないッス。お師様は道の途中で、あーしに会いに戻ってきてくれて、それで満足ッス。だから、ゼロ層はダメッス」

口調こそそれまでと変わらないが、代わりに奇妙なほど強固な壁を感じる声音だ。

それは直前に交わした約束を危うくする、そんな危険性を孕んでスバルには聞こえて。

「──。わかった。これ以上は聞かない。さっきの約束だけ、守ってくれ」

「それは了解したッス～。守るッスよ～、超守るッスよ～」

途端、シャウラは破顔して、今のやり取りを忘れたかのように喜悦にはしゃぐ。

その華やいだ声を背中に聞きながら、スバルは深々と息を吐いた。

「スバル、しんどくなったらいつでも言うかしら」

「ん、大丈夫だ。色々、考えることは多いけどな」

ベアトリスの気遣いの言葉に薄く笑い、その頭を優しく撫でてやる。そうするとベアトリスは何も言えなくなるが、これはスバルが落ち着くための儀式でもあった。

シャウラとの会話と、ここまでの情報から浮き彫りになるフリューゲルの異常性。

何のことはない。彼もまた、スバルと同じだ。

スバル、アル、ホーシン、そしてフリューゲル。――この世界にないはずの知識を持ち込み、それを後世へ残した存在。疑う余地もなく、答えは一つ。

――フリューゲルもまた、スバルと同郷の異邦人であると。

「数百年前、か」

長い長い時間に思いを馳せ、スバルは乱暴に頭を掻いた。

フリューゲルは、この異世界で何を思い、何を考え、何を目指し、何を求めたのか。

『賢者』の名前を放棄して、彼はこの世界をどう生きたのか、そんな風に思いながら。

そして、そんなスバルの横顔に――、

「お師様」

「ん？」

気安い調子でシャウラがスバルを呼ぶ。足を止めた彼女に、スバルも半歩遅れて足を止めた。そして振り返ると、シャウラの微笑みと真正面からぶつかる。

はにかんだシャウラ。その表情は、本当に、愛おしむように嬉しげなもので。

「改めて、おかえりなさいッス、お師様。――『賢人』フリューゲルのご帰還、このシャウラ、心よりお待ち申し上げておりました。……ッス」

第二章　『白い星空のアステリズム』

1

──畏まったシャウラの歓待を受け、スバルは複雑な心境を味わった。

騙そうとしているつもりはない。しかし、四百年ぶりの再会を喜ぶシャウラにとって、戻ってきたはずのフリューゲルとスバルとは別人なのだ。

これを裏切りと言わず、なんと言おうか。

「気持ちはわかるけど、心配しすぎなくても大丈夫よ、スバル。もしもシャウラが本当はスバルがお師様じゃないって気付いても、きっとひどいことになんかならないわ」

とは、浮かない顔をしたスバルに気付いたエミリアの言葉だ。

彼女は三つ編みに纏めた自分の髪に触れながら、落ち込むスバルに自信満々に微笑む。

「エミリアたんの太鼓判は嬉しいけど……その心は？」

「だって、シャウラいい子じゃない。私たちやスバルのことも助けてくれたんだし、普通に仲良くなることだってできるわ。そしたら、ケンカする必要なんてないでしょ？」

「……そだね」

いささか楽観的すぎる意見だが、悲観的すぎるのも十分に悪癖と言える。

シャウラが真実を知ったとしても、即座に敵対関係が成立するわけではない。仮に事実が明らかになっても仲違いせずに済むよう、仲良くなればいい。それが理想だ。

「——お兄さん？　ついたわよお？」

そんなことを考えながら案内に従っていると、ふとメィリィの声に呼び止められる。

案内されたのは、ちょうど『緑部屋』から円周上の対極の位置にある部屋だ。蔦の張り巡らされていないシンプルな扉の向こう、室内には上へ続く階段がどんと一つある。

「ふっつーの階段だな。螺旋階段の旬は過ぎたってことか？」

「下層からの長い階段を思えば当然だが、四層と三層を繋ぐ階段は常識的な高さだ。もっとも、ただ上がればいいだけの螺旋階段と違い……」

「試験をクリアできなきゃ、上がったことにはならない、か」

ユリウスの注釈を受け、スバルがそう締め括る。

この階段の先、エミリアたちが幾度も挑んで失敗し続けた試験が待ち受けている。詳しい試験内容は、口で説明するより見た方が早いとのことだ。

失敗のペナルティもない、との有識者たちの意見に従うなら——、

「仕方ねぇ。虎穴に入らずんば虎子を得ず。——いくか」

「うん、その意気」「その意気なのよ」「その意気ッス」

エミリア、ベアトリス、シャウラから三者三様の肯定があり、スバルは率先して階段に

足をかける。段差を踏みしめ、一段ごとに覚悟を固めて。

そして、呆気ないほど簡単に、スバルは三層『タイゲタ』へと足を踏み入れた。

「ここは……」

入ってすぐ、スバルが感じたのは完全なる違和感だった。

違和感の塊というか、違和感しか存在しない空間というべきだろうか。

——白い、白い場所だった。

円筒形の、これまでの階層の延長上にあることは間違いないはずなのに、階段を上がったスバルを出迎えたのは全方位が白く染め上げられた不思議な空間だ。

空間的な広さはこれまでの階の体積と大差ないはずだが、白すぎる空間には壁が、果てが見えない。上を見れば天井の位置もわからず、足下を見れば階段がある場所だけが黒くぽっかりと口を開け、それ以外の床は歩くのが怖くなるほど白い。

床を床と認識できず、あるいはそのままどこまでも落ちていってしまいそうな錯覚に見舞われる。天井と壁も同じ——この場所で、階下へ続く階段を見失ってしまったら、遭難しかねないのではないかとスバルには感じられた。

そして、そんな白い空間の正面——階段の目の前に、浮かぶ不思議な物体がある。

「石板……か？」

その物体を目の当たりにし、スバルの口から漏れたのはそんな感想だ。

それは実際、そうとしか表現のできない物体だった。

四角く、やたらと滑らかな質感の物質で作られた黒い一枚の板切れ。石造りでなければ石板とは呼べないが、かといって金属とも異なるそれをなんと呼べばいいのか。

あえて別の気取った言い方をするなら、『モノリス』といったところか。

物言わぬモノリスは不思議な浮力を得て、床から数十センチの位置に浮いている。この縦幅と横幅、近いものに例えるなら大きめの畳が浮いているような印象だった。

「この不思議物質が、なんなんだ？」

「それが、言ってみればこちらに謎を突き付ける装置といったところだ」

異様な光景に意識を奪われるスバルに並び、ユリウスがモノリスを睨みつける。

すでに何度もモノリスに辛酸を舐めさせられたからか、ユリウスの表情は厳しく、エミリアたちも白い空間の中、あやふやな雰囲気に耐えるように寄り添っている。

「長居はしたくない部屋だな」

「同意するよ。長くいると、平衡感覚が失われかねない。とっさに階段に逃げ込んで足を滑らせては、見ている側の寿命が縮まってしまうからね」

「こーら、ユリウス。余計なこと言わんの」

ユリウスの軽口に、アナスタシアが不服げに頬を膨らませる。その様子を見るに、どうやら戻る途中で足を滑らせたのは彼女のようだ。

だが、その失敗を笑う気にはならない。実際、この部屋は明らかに人間の感覚を狂わせる目的で作られている。作った人間の性格の悪さが具現化したような部屋だ。

「それで肝心の謎っていうのはどうしたら？」

「その板切れに触ったら、それで試験が始まるかしら」

「モノリスに触ればいいのか」

「——モノリス、か。不思議と馴染む呼び方だ。以後、そう呼ぼう」

変な部分に感心しているユリウスを捨て置き、スバルはモノリスの正面へ。間近で見ても、特に妙な威圧感などはない。浮いている以外はただの板切れだ。浮いている部分が一番異質なので、異質の塊と言えばそうなのだが。

「ともあれ、触るぜ？　カウントする？」

「あ、じゃあ、私が言いたい。三、二、一……」

「早い早い早い！」

スバルの呼びかけに、挙手して立候補したエミリアのカウントダウンが始まる。それに合わせ、スバルは慌ててモノリスに向き直った。

そして、

「ゼロ——！」

そのカウントに合わせ、スバルがモノリスに触れる。次の瞬間、モノリスの内側から光が膨れ上がり、途端にスバルの視界がブレる。——否、ブレたわけではない。

スバルが触ったモノリスが、黒く輝きながら一気に増殖を始めたのだ。

モノリスは表面を輝かせながら、その背面から次々に複製したモノリスを射出する。それは凄まじい速度で部屋の中に飛び出し、不規則な位置に散開し、浮かぶ。
無数のモノリスが白い空間の各所に配置され、スバルはその変化に呆気に取られた。そして、呆然となるスバルの鼓膜──そこを通り抜け、脳に直接声が響く。

『──シャウラに滅ぼされし英雄、彼の者の最も輝かしきに触れよ』

「──っ!?」

唐突に聞こえてきたその声に、スバルは思わず驚いてモノリスから手を離す。そしてフラフラと後ずさると、その背中を誰かに後ろから支えられた。その相手は──、
「どうだろうか。私たちの最初の驚き、共感してもらえたかな?」
「底意地悪いことしてんじゃねぇ──!!」
スバルの抗議の声が響き渡り、ユリウスの微苦笑にさらに一役買うことになる。

大図書館プレイアデス、第三層『タイゲタ』の試験。
制限時間『無制限』。挑戦回数『無制限』。挑戦者『無制限』。

──試験、開始。

2

ユリウスの腕を振り払い、スバルは一人で立てるもんして『試験』と向き直る。

眼前、触れたモノリスを中心に、無数の複製モノリスが白い空間の中に広がった形だ。

正直、増えたモノリスの数は数えるのも嫌になる物量だが。

「これが『試験』……ってことでいいのか、シャウラ」

「いいんじゃないッスか？　お師様の、ちょっといいとこ見てみたい～ッス」

シャウラのお気楽な声援を背に、スバルは部屋の中を見回す。無数に増えたモノリス以外、白い部屋の内装に変化はない。――増えたモノリスも、よく見ればコピー&ペーストではなく、それぞれ微妙に大きさが異なっているようだった。

「それ以外に何かヒントになるものっていうと、やっぱりさっきのアレか」

思い出されるのは、モノリスに触れた瞬間に脳内に響いた声だ。

『――シャウラに滅ぼされし英雄、彼の者の最も輝かしきに触れよ』

それは鼓膜を介した音ではなく、頭蓋の中、脳に直接囁きかけられるそれに近い。聞こえた音声は実際の音ではないためか、『誰かの声』といった概念にそぐわなかった。

言ってみれば、自分が考えた文章のように脳内に割り込んできたのだ。

「しいて言うなら自分の声だが……今のが試験問題ってことか？」

「スバル、思案中のところ悪いが、いくつか注意事項がある。先にそれを聞いてから取りかかっても罰は当たらないだろう」

「お前、さっきの今でどの口が言うんだよ」

先ほどの嫌がらせを回想し、スバルは唇を曲げながらユリウスを睨む。しかし、彼は涼しい顔でスバルの視線を受け流すと、

「説明するより見た方が早い。事前に伝えていたことを実行したまでだ。君があぁまで驚くとは思わなかったから、その点については謝罪しよう」

「わかったわかった、ビビりで悪かったよ！　それで？　注意事項って？」

「ああ。では、手近なところにある石板……いや、モノリスに触れてみてくれ」

「お前、そんなに気に入ったの？　いや、別にいいけど……」

やけに呼称に拘るユリウスに肩をすくめ、スバルは傍らのモノリス――最初のものとは別の、複製された一枚に歩み寄った。

「触った瞬間、腕が呑まれるみたいなトラップないか？」

「大丈夫なのよ。もしそんなことになっても、これから一生、ベティーがスバルの右腕の代わりになってあげるかしら」

「あ、じゃあ、私もスバルの左手の代わりをしてあげる。安心してね」

「その想定だと俺の両腕がなくなってるんだけど！」

エミリアとベアトリスの心強い保証に背中を押され、スバルは勇気を出してモノリスに手を伸ばした。何が起きるのか、驚くまいと覚悟を決めて――、

「うお⁉」

無理だった。不安な指先がモノリスに触れると、黒い石板が再び猛烈に光り輝く。その眩しさに思わず顔を覆い、「またかよ⁉」と叫んだスバルが恐る恐る目を開けると、

「あれ？　モノリスどこいった？」

「ふふふ、お師様、後ろッスよ」

目の前にあったはずの——否、白い空間のあちこちに増えた無数のモノリスが、一瞬にしてその姿を消していた。そのことに驚くスバルに、シャウラが無意味に勝ち誇る。

その指摘に後ろへ振り返ると、背後にモノリスが一枚だけ。——それは、この三層へ入った時点からあった、一番最初のオリジナル・モノリスだ。

「これ以外が消えたってことは、つまり？」

「最初の状態に戻った。つまり、『試験』には失格という判断だろう。無論……」

憮然となるスバルの横を抜け、ユリウスが最初のモノリスに不用意に近付く。そして手を伸ばして表面に触れると、途端に脳内に響き渡るあの声——。

『——シャウラに滅ぼされし英雄、彼の者の最も輝かしきに触れよ』

改めて出題されると同時、最初のモノリスから再び次々とモノリスが複製され、それは先ほどと同じ勢いで部屋の各所に散開、『試験』が再配布される。

「なるほど、つまり『再試』か。クリアするまで、何度でも挑んでいいわけだ」

「と、いうのが今のところ我々の推測だ。ちなみにこのモノリスだが、闇雲に触れて回っ

ても答えには至らない……とだけは明言しておこう」

「あ、下手な鉄砲は試したあとなわけね」

マイルドなユリウスの説明を、スバルがストレートに噛み砕く。と、エミリアが恥ずかしそうに顔を赤くしていた。なるほど、全部触る作戦は確かにエミリアがやりそうな内容だった。もっとも、それが上手くいかなかったなら、

「闇雲に答えだけ差し出すのは、出題者の方のお気に召さないらしい」

「あー、いるよな。テストで解答欄に答えだけじゃなく、ちゃんと途中の式も書かないと点数やらないみたいな先生さ。カンニング対策には覿面だけど」

解法抜きに答えに辿り着くのは、学問の本来の目的からすると不正解と言える。かつてはそんな採点方法に、横暴だと教師へ怒りを抱いたこともあったが。

「今となっては先生の方が正しかったって思うぜ……」

「ナツキくんがまぁた思い出に耽っとるとこ悪いけど、ナツキくんの出番はむしろここからやないの。ほら、正気に戻って戻って」

「え、あ、おお、悪かった。でも、俺の出番？」

遠い目をするスバルを呼び戻し、アナスタシアが腰に手を当てている。その要請にスバルが首を傾げると、彼女は浅葱色の瞳をシャウラの方へちらっと向けた。

「その目……まさか、あいつから答えを聞き出せって？」

「言うたやん？　期待してるて。その子、うちらにはよぅ話してくれんのやもん」

「それがイマイチ、信じられねぇんだが……」

仲間たちの話では、スバルが起きるまでシャウラはだんまりを決め込んでいたとのことだが、目覚めて以来、人懐っこいどころか馴れ馴れしいレベルで接してくるシャウラしか見ていないので、どうにもスバルには信じ難い。

そもそも、会話が成立したとしても、それ以前の問題があるだろう。

「あー、シャウラ。お前が滅ぼした英雄って言うのに心当たりがあったら教えてくれ」

「殺した奴の名前をいちいち覚えてるなんざ、二流の仕事……あーしみたいな一流は、百から先は覚えちゃいねえッス」

「だろうね！」

親指を立てたシャウラの力強い返事は、大体予想した通りだった。

「とはいえ、それで終わってしまっては話が進まない。シャウラ女史、本当に君は何も覚えていないのかい？　ささやかなことでも構わないのだが」

「って言われてもッスねえ。あーし、塔に近付く奴を片っ端からヘルズ・スナイプしてただけで、死体はお外の魔獣が掃除しちまうッスもん」

「ん、でもそれやとおかしない？　そもそも、塔の書庫を開放するかどうか決めるための『試験』やろ？　その試験問題が、塔ができたあとのシャウラさんの行動とかかってるなんて時系列が変やわ。問題にするなら、塔ができる前のことやないと」

シャウラの発言から、違和感に気付いたアナスタシアがそう指摘する。

　確かに、この試験問題が、塔の管理が始まった以降のことから出題しているのは時系列的におかしい。そうなると、自ずと『シャウラが英雄を滅ぼした』のは塔の建設前。

「つまり、無作為に乱発する前の話になるのよ。ほら、思い出すかしら。そうやってお乳や尻にばっかり栄養がいってるから記憶力が乏しくなるのよ」

「この見た目はかか様が選んだッスよ〜。でもでも、思い出せって言われても正直出てこないッス。塔ができる前、ッスよね？」

　シャウラを中心に必死で彼女の記憶を呼び覚まそうとする。しかし、全員の期待を一身に浴びるシャウラは、「あひーん」と唸りながら成果が上がる気配がない。

「嘘かホントか、お前は四百年前からいるんだろ？　その頃の有名人、次から次へと名前挙げていったら二、三人殺してるんじゃねぇか？」

「お師様、あーしのことなんだと思ってるッスか。花も齧り合う乙女ッスよ」

「それは乙女じゃなくて毛虫かなんかだよ」

「スバル、さすがに今の言い方はひどいと思うわ。本人も、思い出したくないことだったら無理して思い出させなくても……」

「エミリアたんの優しさは超美徳だし、チャームポイントだけど、こいつは甘やかせば甘やかすほどダメになるタイプだね！　俺にはわかる！　同類だから！」

　断言するが、シャウラは思い出したくないから思い出せないわけではなく、純粋に記憶力が弱いだけだ。記憶に関しては色々と問題を抱える一行なのでデリケートに扱いたい話題だが、シャウラに関してははっきり別枠として扱わせてもらう。

「しかし、仮に滅ぼされた英雄がわかっても、どうしたらモノリスを納得させられる？」

「確かに、ナツキくんの言う通り。答えがわかったところで、それがどうしたら『最も輝かしき』に触ったことになるんかな」

モノリスに触れることで『試験』の合否が出る以上、最終的な解答方法は『正しいモノリスに触れる』ことだろう。問題はその『正しいモノリス』の見つけ方と解答の仕方だ。それが果たして、シャウラの記憶をほじくり返してわかるだろうか。

「だけどお、いつまでも考え込んでても進歩がないんじゃなあい？　裸のお姉さんがせっかく協力的なんだしい、わかりそうなことは聞いたらいいと思うのお」

と、問題の出だしで躓く大人たちに、メィリィが呆れた風に口を挟んだ。彼女はシャウラのスコピテを弄りながら、退屈そうにモノリス群を眺める。

「魔獣ちゃんはいないしい、お話は進まないしい、あんまりここって楽しくないんだものお。早く進めて、お屋敷に帰りたいわあ」

そのメィリィの、ある種、台無しな言葉に全員が言葉を失う。それからすぐ、「どうしたのお？」と向き直ったメィリィ、その頭をスバルは撫でた。

「……何かしらあ？」

「いいや、お前の言う通りだと思っただけ。そうだよな。こんな砂だらけで、おまけに外はおっかない魔獣がうろついてる場所だ。とっとと片付けて、問題も全部解決して……レムを起こして、困ってる人たち助ける方法全部回収して、早く出よう」

試す前から不安で足踏みなど、大切な時間の浪費だ。

それこそ、この『試験』とやらを用意した意地悪い誰かの思う壺な気がする。

「お師様、お師様。実はそのちびっ子のすぐ横に、撫でやすい頭があるッス」

「言ったろ。お前は甘やかすと堕落するタイプだ。だから、こっからはスパルタでいく」

「ええーッス」

不満げに頬を膨らませ、シャウラは完全に拗ねた様子だ。もっとも、ほんの十数秒もするとすぐ忘れた顔で鼻歌など歌い出すので、扱いやすくはある。

「さて、幼い淑女からのご要望もあった。目前にある可能性を試すぐらいのこと、惜しまずにやっていくことにしようか」

「ん、そうした方がええやろね。何回失敗してもええやなんて気楽なもんやん。大抵の場合、人生は一発勝負なんやし……優しい問題やね」

メイリィに発破をかけられる形だが、ユリウスとアナスタシアも合意に達する。

では、改めて、『シャウラに滅ぼされて忘れられた英雄』を思い出させるときだ。

「とりま、覚えのある名前だと……そうだな。あ、レイドは？　初代『剣聖』とかあれだよ、お前が殺したんじゃないの？」

「ひぃぃぃぃぃっ!!」

適当な名前を出した途端、シャウラが悲鳴を上げて飛びずさる。そのあまりの勢いに、たまらず落っこちたメィリィをスバルが「あっぶね！」とダイビングキャッチ。

「あ、ありがとお、お兄さん……」

「いや、俺の不用意な発言のせいみたいだったし……つーか」

危うげなくメィリィを地面に下ろしてやると、飛んで逃げたシャウラが部屋のかなり遠くの方までいって小さくなっていた。

「なに、初代『剣聖』ってそんな怖い人なの？」

「馬鹿な。ラインハルトやヴィルヘルム様、アストレア家の祖に当たる御仁だ。剣の腕もさることながら、人格者であったことは疑いようがない。確かに伝聞として残る逸話には豪放磊落な気が強く、ラインハルトたちとは重ならない部分も散見するが……そうでなければ、今代までのアストレア家の歴史が歪められてしまうじゃないか」

「いやぁ、でも、歴史を紐解くと優れた為政者も見方変えたら結構ひどいなんて日本史とかでもあることだしな。それに比べたら全然マシな疑いというか……」

「やれやれ、話にならないな。いいだろう。ここは生き証人である彼女に語ってもらえばはっきりする話だ。さあ、聞かせてやってくれ」

シャウラの反応から人となりを想像するスバルに、ユリウスがものすごい勢いでまくし立ててくる。その上、予防線を張ろうとするスバルを一笑に付す扱い。

「初代『剣聖』、レイド・アストレアに対する所感。シャウラ女史、忌憚なく貴女の意見を聞かせてもらいたい」

「人間のクズだったッス」

「忌憚なく貴女の意見を聞かせてもらいたい」

「なかったことにすんなよ!!」

都合の悪いことを聞き流そうとしたユリウスに、スバルはシャウラを指差して続ける。

「ほら、聞けよ。お前の知りたかった歴史の真実がすぐそこにあるぞ」

「……大なり小なり、秀でた才を持った人間は自信を持つものだよ。そのことは責められるべきではないし、むしろ誇るべきことだ。歴史に名を残す最高峰の剣士ともなれば、そうした振る舞いをするのも、そう、時代背景を鑑みれば適当で――」

「お前がそんな必死なの初めて見た」

自分でもどれだけ説得力があると思っているのか、ユリウスもしどろもどろだ。

憧れの歴史に若干、裏切られた節のあるユリウスはさて置き、シャウラの『レイド・アストレアの真実』は止まることなく垂れ流される。

「まー、とにかく嫌な奴だったッス。悪ガキがそのまま大きくなったみたいな性格で、弱い者イジメとか大好きだったッス。っていうか、あのクズから見たら大抵の相手は弱かったんで、もう誰と戦っても弱い者イジメッス。あーしも超やられたッス」

どれだけ憎々しい思い出が溢れ返るのか、シャウラの態度から黒いものが消えない。それはまさに、イジメられた人間がイジメた人間の所業を思い出すが如きだ。

「あのクズは覚えておくべきッス。やった方は忘れても、やられた方は絶対に忘れないと

「お前をやり込めるって相当化け物だな。まぁ、そいつは無関係っぽいし、後回しだ」

いう当たり前の事実を……ッス」

「――。――――。その通りだ。今は優先すべきことが他にある」

「今、優先させるのに時間かからなかったか？」

学術的興味か単なる趣味的好奇心かは判別不可能だが、たぶん、しばらくユリウスは使い物にならないとスバルは判断した。

幻想が砕かれたユリウスには悪いが、現状、スバルがラインハルトの祖先のことを気にする理由は残念ながらない。血筋がどれだけすごかろうと、そもそもラインハルト本人が十分すぎるほどすごいので今さらだ。それに少なくとも、『父親』の人間性に関してなら、自分の方が恵まれている自信もあった。

「そうなると、英雄を当てずっぽうで挙げてもらうのは詳しい奴に任せるとして」

「わかった。謹んで受けよう」

「まだお前って言ってないけど、いいよ。やれよ。ベア子、フォローして」

「わかったのよ」

やる気のある人間に仕事を任せる、名采配が光った。フォロー役として、知識だけなら四百年分あるベアトリスを付けるアシストも万全だ。

「それじゃ、私たちはどうする？」

「俺たちは、もうちょっと詳しく周りを見て回るかね」

ユリウスとベアトリスが英雄方面から攻めるなら、スバルは別の角度からアプローチすべきだろう。ひとまず、複製されたモノリス群の配置に目を向ける。

「バラバラだが、法則性があるのか？　ひとまず、階段の正面にあるのが最初の一枚」

「問題を出してくれるモノリス、よね」

触れないように注意、というほど狭い間隔で並んでいるわけではないが、スバルはエミリアとアナスタシアの二人を連れて、部屋の中のモノリスを見て回る。

微妙に大きさの異なるモノリスたちだが、その大きさにもいくらか関係がありそうだ。触れられないので、正確に大きさを測れないが――、

「パッと見やと……最初のモノリスと同じ大きさなんは七、八個かな？」

「かな？　うん、私もそうだと思う。すごーく遠くの方にあるのは、みんな小さいのだと思うわ。あれも触ったらやり直しになっちゃうけど」

「前科ありそうな言い方……あ、ごめん。何でもないです」

エミリアが悲しげな目で見てくるので、スバルは余計な一言を中断した。そうして最初のモノリスの前に戻り、スバルは彼女らと顔を突き合わせて考え込む。

「シャウラに滅ぼされし英雄、彼の者の最も輝かしきに触れよ……なんか、格好いいこと言おうとしてる感はあるが」

「抽象的な物言いには違いないかなぁ。生憎、シャウラさんの記憶頼りやなんて話やとしたら、問題として手落ちなんてお話やないけど」

「それはまぁ、そうだよな」

『試験』と銘打っておきながら、実質、その解答のための方法が他者頼り——それも本来、塔の管理者として置かれている存在頼りとはいかにもアンフェアだ。

スバルたちは友好的に接触——望んだわけではないが、結果的にシャウラと敵対することなく塔の中に入れたものの、そうでない場合は泥沼の殺し合い。首尾よく塔に入ったとしても、シャウラは倒さざるを得ない可能性もあり得た。

「そうなったら、『試験』の合格なんて永遠に無理になっちゃうもんね」

「クリアさせる気がないならそれが正解だよな。防衛機構として強いガーディアンを置いて、そのガーディアンを倒したら『試験』はクリアできないんだから」

「でも、スバルはそう思ってない。……違う？」

「ま、ね」

エミリアに期待のこもった目を向けられ、スバルは微苦笑して頷く。

スバルの弱い目だ。エミリアやベアトリスにこの目をされるとスバルは弱い。レムもそうだし、ガーフィールやオットーもたまにする。ペトラもそうだし、と考え出すと切りがない。パトラッシュとラムぐらいだ、この目をしないのは。

「うーむ。例外を除いて、基本的に問題ってのは解かれることを想定して作るもんだ。本気で隠しておきたいものを隠すなら、見つかる可能性なんて残さない方が賢いし」

「せやけど、ここはそういうんと違う……ナツキくんはそう睨むん？」

「ここは知りたい知識の得られる大図書館、ってシャウラが言ってたろ？　あれをシャウラが思いついたとも思えねぇし、教わった通りに言ってるとしたら、この図書館を作ってシャウラに任せたお師様だけ。お師様には、図書館させるつもりがあるってことだ」

そうして可能性を解いていけばいくほど、今の状況の不自然さが目につく。

この大図書館プレイアデスの創造主は、建物の目的を機能させようとしていたはずだ。そのための篩にかける条件として、『試験』とシャウラをここに残した。

「最初から、シャウラと仲良くできる人間以外は利用できないってことか？」

「でも、シャウラは塔に近付く人は全部やっつけろって言われてたのよね？」

――そう、そうなのだ。シャウラに下された命令は『塔に近付くものを例外なく排除』であり、スバルたちがシャウラと友好関係を結べたのは偶然に過ぎない。

その偶然に恵まれなければ塔に挑む資格もない、というのは乱暴すぎるだろう。

「もしそうなら、必要なんは腕っ節と、運と、シャウラさんと仲良くできる魅力？　なかなか、課題として理不尽なんが並んでるようにうちは思うんやけど」

「……だよなぁ」

シャウラに負けた場合、シャウラを死なせた場合、シャウラに協力してもらえない場合、いずれも大図書館プレイアデスに挑む資格をなくす――。

暴論だが、現状までで出揃っている条件を並べるとそう結論するしかない。

ただ、それで納得するのはどうにもスバルは気持ち悪かった。すると、

「んー。んんー」

「エミリアたん？」

「やっぱり、すごーく気になる。無関係かもしれないけど……」

「気になるなら、今は何でも言ってくれていいよ。別に俺の考えが正しいってわけじゃないし、多角的に考えるのは基本的にいいことだ」

「そう？　それなら……やっぱり、この『試験』って『試練』に似てると思うの」

エミリアの思いつきに、スバルとアナスタシアが同時に黙り込む。ただし、スバルとアナスタシアとでは沈黙の理由が違う。アナスタシアは無理解、スバルは納得だ。

「またしても、俺の前に立ちはだかる気かエキドナ……」

「さすがに、この『試験』とエキドナは関係ないと思うけど……でも、スバル、エキドナのことすごーく嫌がってるもんね」

「救世主が実は黒幕だったって経験を経ると、俺みたいになるよ」

『聖域』以来、エミリアとスバルで『魔女』たちの話をしたのは一度か二度だけ。試練の内容に触れても、エミリアは言葉を濁すため追及していない。

そんな二人の間で共有されているのが、『エキドナは性格ブス』という点だ。エミリアの方はもっとオブラートに包んだ言い方だが、スバルの方はそんなものである。

『試験』の話を聞いた時点で、『試練』と似ているとは話していたのだ。

始まり方まで『試練』と近似の部分があるということになると、これはひょっとするとシステムの一部、あるいは大部分、墓所と似通っているのかもしれない。

「そう考えると、『試練』も一応、挑戦は無制限だったんだよな」

「それに、ここも『試験』があるのは三層と二層と一層で、三つなのよね」

つくづく、そういうことなのだろうか、とスバルとエミリアは顔を見合わせる。

『賢者』の存在、そして四百年の時間。そこを振り返ると、当然、あの『魔女』たちのことが思い起こされる。歴史がすれ違うことは避けられないのだろうか。

「うん、でもごめんね。それがわかったところで、この答えにはならないよね」

と、そこまで考えたところで、エミリアが慌てた顔で話を中断する。

エミリアの結論通り、ここが墓所と無縁ではない可能性があったとしても、それとこの『タイゲタ』の『試験』とは何の関係もない。

相変わらず、『シャウラに滅ぼされし英雄』の名前はシャウラ頼りのまま――。

「……違う、ってことなのか？」

「スバル？」

「ここが解かれることを想定してる場所だとしたら、シャウラをどうにかできないと攻略できない。それがそもそも、間違いなのか？」

ここが『賢者』の塔であり、あそこが『魔女』の墓所であった。

出題者の意地の悪さ、それ以外にも共通点があるなら、思考を進める余地がある。

――『魔女』は『試練』で人を試したが、結果を出せない苦難は与えなかった。

――『賢者』が『試験』で人を試すなら、結果を出せない苦難は与えないはず。

「シャウラの存在抜きで、塔を攻略できる可能性……」

「ナツキくん、なんや思いついたんなら……」

「しー」

考え込むスバルを見て、話しかけようとしたアナスタシアをエミリアが止めた。唇に指を当て、アナスタシアを黙らせたエミリアは期待に満ちた目をスバルへ向ける。そのエミリアの期待の眼差しに気付かず、スバルの頭は回転する。

塔への挑戦者は、シャウラを撃破して塔内に入る可能性がある。だとしたら、この『試験』において、『シャウラ』の存在の有無は重要ではない。

「俺たちはフリューゲルの功績をシャウラのものと間違って信じてた。『賢者』の一番の功績は、仲間と一緒に魔女を封印したこと。だけど、『嫉妬の魔女』は間違っても英雄なんて呼ばれる器じゃねぇし、滅ぼされたわけでもない」

前提が間違っている、という可能性はここで切れる。

あるいはスバルが知らないだけで、『賢者』フリューゲルがシャウラに押し付けた英雄譚が他にあるのかもしれないが、そこにユリウスやベアトリスが思い当たっていないのはあまりにも不自然――必然、浮かぶ可能性。

「シャウラをシャウラと知らなくても、シャウラがあるとしたら、だ」

一度、口にしたものと同じ内容を口にした。

それは考えが堂々巡りした、というわけではない。逆だ。一つの可能性を切り捨てて、もう一つの可能性の方に至った証拠。そしてその内容は――、

「ベア子！　ちょっとこい！」

閃いた可能性に従い、顔を上げたスバルがベアトリスを呼び寄せる。

シャウラに色々と話しかけ、記憶の扉をこじ開けようと苦心するユリウス。その隣にいたベアトリスは、何かを得たと伝わるスバルの声にぴょんと飛び上がった。

「その顔、ベティーの好きなスバルの顔かしら」

「お前、いつでも俺のこと好きだろ？」

「特に、なのよ」

恥じらいなくベアトリスに言われて、スバルは正面に立った少女に手を伸ばす。伸ばされた手をベアトリスが握り返し、つぶらな青い瞳がスバルを見た。

その瞳が「何をしてほしいの？」と聞いている。だからスバルは頷き、

「単純だ。――ムラクで、ちょっと高くジャンプしたい」

「……まさか、諦めて天井を壊して上にいこうって話じゃないかしら」

「露骨に呆れるなよ。もちろん、違うぜ。上からこのモノリス、見下ろしたいんだ」

「モノリスを見下ろす……」

スバルの発言に、背後のエミリアがモノリスを振り返って呟いた。

その意図はわからないまでも、ベアトリスはそれ以上のことを聞こうとはしない。彼女

は小さく吐息をこぼすと、握った手をより強く引き寄せ、

「ムラク、なのよ」

淡く、薄紫の波動がベアトリスの詠唱に従い、スバルの肉体を薄く包む。

重力の影響を遠ざけ、身軽さを先鋭化させる魔法だ。軽く跳ねるだけでも一メートルほど浮かび、力一杯に床を蹴れば――、

「よ、っと！」

ベアトリスの手を掴んだまま、スバルの体が高々と部屋の上へ飛び上がる。その高さは六、七メートルほどに及ぶが、本来は激突するはずの天井に体が当たらない。

どこまでも白い空間の中、まるで天井が存在しないかのように階層は拡張されている。故にスバルの体は上空から、部屋の全景を見下ろすことができた。

「――思った通りだ」

「目的、果たせたかしら？」

「おおよ。この場所、最高に意地悪いぜ」

腕の中、呟きを聞きつけたベアトリスの視線に、スバルは頬を歪めて頷いた。

そのまま、軽やかに自由落下して、スバルはベアトリスをお姫様抱っこしたまま、

「英雄の名前、わかったぜ」

「ホントに!?」

思索と跳躍を見届けたエミリアに、スバルは得た確信のままにそう言った。その言葉に

エミリアが驚き、アナスタシアも目を丸くする。

「今さら疑ったりせんけど……ナツキくん、どうやって答え出したん？」

「そんな大層なもんでもねぇよ。これが解けないのはお前らが悪いわけじゃない。解ける可能性のある奴が、そもそもずっと少ない」

そういう意味で、この問題は最高に意地が悪いのだ。

シャウラという障害を乗り越え、問題の内容を理解し、そしてそもそも『問題の答えを知る可能性』の時点で挑戦者が絞られている。

「シャウラに滅ぼされた英雄——その名前はオリオンだ」

「オリオン……？」

スバルの口にした単語に、全員が怪訝なものを浮かべてシャウラを見る。が、当のシャウラはその視線に、「知らないッス！」と懸命に首を横に振った。

「いやいやいや、あーしの知らない人ッスよ。仮に殺してたとしても、そもそもここまで辿り着けない人が英雄なんてちゃんちゃらって話ッス。だからあーしは悪くないと思うんスよ。どうッスか、この理論武装！　あーし賢いッス！」

「と、見たまま賢くないこいつが忘れた可能性を最初は疑ったけど、そうじゃない。そもそも、この問題の『シャウラ』ってのはこいつのことじゃないんだ」

「シャウラはあーしだけッスよ！　お師様に貰った名前ッス！」

「そのお師様がお前に付けた名前にも、そもそも元ネタがあったって話」

反発するシャウラの鼻面に指を突き付け、詰め寄った彼女を背後へ押しやる。それからスバルは歩み出て、最初のモノリスの前に立った。

「シャウラの名前の由来って……もしかして、またスバルだけが知ってること？」

「俺だけってわけじゃないけどね。——俺の地元の星の名前に、『シャウラ』ってのがある。意味は『針』なんだけど、それが何の針かっていうと『サソリ』の針なんだ」

スコーピオンテール、とシャウラが自分の髪型を強硬に主張していたが、あれはある意味でヒントだったのか、それともシャウラの天然なのか。いずれにせよ、『シャウラ』＝『サソリ』＝『針』を想起させる条件はいくつかあった。

「言い伝えによると、英雄オリオンは調子づいたことが理由で、嫌がらせに派遣されたサソリに刺されて死んで星になった。で、オリオンを殺したサソリもその功績で星になって、今でも空じゃオリオンはサソリにビビってるって話なんだが……」

「スバルが噛み砕くと、英雄譚もなんかしょんぼりな感じなのよ」

「とにかく、星を人とか動物とかの形に例えた星座って考え方がある。アステリズムって呼び方でもいいけどな。——で、上からモノリスを見下ろしたら、だ」

ベアトリスの魔法で身軽になり、跳躍してモノリス群を見下ろした。

白い世界に、黒く点在するモノリス——本来の色としては真逆だが、それは白い世界に浮かび上がる黒い星々の連なりであり、スバルのよく知る『アステリズム』だ。

最初のモノリスと同じだけの大きさのモノリスが七つ。全部で八つ。

オリオン座を形成する、主要な星々のそれと数も配置も一致する。

そして、『最も輝かしきに触れよ』と最後に結ばれたのであれば——、

「最初のモノリスがど真ん中。まぁ、アルニラムあたりとしておこう。そのまま星座の形をイメージして……オリオンをなぞってやると」

「そうすると？」

「最も輝かしき、ってのが意外と曲者な言い回しだ。実は星の光り方も色々あって、ずっと明るいのもあれば、たまに強く光るのもある。そういう意味だと、オリすン座には最も輝くってのに該当する星が二つあって……」

真上から見下ろしたとき、左上に位置するオリオンの右肩『ベテルギウス』と、右下に位置するオリオンの左足『リゲル』の二つが存在する。

恒常的に明るいのは『リゲル』だが、『ベテルギウス』は時折強く光る変光星だ。

どちらとも取れる、というのは問題への解答として美しくないが——、

「俺だったら、『リゲル』の方を取るかな」

ベテルギウスの響きには、似た名前で嫌な思い出があるから。

そうして、スバルはオリオンの左足『リゲル』に位置するモノリスに触れる。

「————」

次の瞬間、眩く白い光が部屋全体を包み込んだ。

音も景色も置き去りにして、何もかもが吹き飛び、やがて——。

「……おお」

光が晴れたとき、スバルたちは石造りの空間――塔の中、無数の書架に囲まれた部屋の中心に立ち尽くしていた。

3

周囲の白い空間が消え去り、代わりに現れたのは天井まで埋め尽くす無数の書架。

触れていたはずのモノリスが姿を消したことを確認して、スバルは自分の考えが正答だったのだろうと確信を得る。しかし――、

「やったわ！　スバル、すご――」

「考えた奴、性格悪ッ!!」

「えええ!?　最初にそんな反応!?」

三層『タイゲタ』が開放されるのを見届け、歓喜の声を上げたエミリアが目を剥く。盛大に顔をしかめて、塔の中に響き渡るのはスバルの罵声だ。

「思った通りに解けたのは我ながらお手柄に違いねぇんだけど……これで解けたのは逆に大問題だと思うぜ。いや、実際、フェアじゃねぇよ」

「そう、なの？　スバルが物知りでよかったって、私は思うんだけど」

「俺が物知りで解けたっていうより、俺みたいなのじゃなきゃ解けなかったってことの方

が大いに問題なんだよなぁ」

頭を掻くスバルだが、エミリアはわからない顔で首を傾げている。

どう説明したものか、と思うが、詳しく説明しても少々厄介な解法だろう。

『試験』の内容は前述の通り、オリオン座の逸話になぞらえたものだ。それ自体は「考えた奴はロマンチストかよ」と自分を棚上げして悪態をつくところだが、大問題は『オリオン座』の知識、それをこの世界では得ようがないことにある。

オリオン座も、もちろんシャウラが星の名前であることも、星座の並び方から何まで全部、スバルのいた元の世界の知識であり天体だ。

——つまり、この問題を考えた人間は、スバルと同じ星空を知る人間。

もっと悪く言えば、異世界の星空に詳しい人間以外には解けない問題を出題する性格破綻者だ。目下、その最有力は『賢者』フリューゲルである。

「お前のお師様だけど、相当、性格悪い奴みたいだな」

「いやいやいやいや、何を言い出すッスか。自分で自分を悪く言うなんてらしくないッスよ！　それに性格悪いのは否定しないッスけど、解ける分だけ有情ッス！　レイドなら絶対に無理難題……自分の分身とか置いていてって、勝てなきゃ通れないとかやるッスよ」

「それもおっかねぇけど、可能性はどっちの方がマシなのかね……」

いずれにせよ、過去に『嫉妬の魔女』を退けた英雄たちは性格に難ありの様子。

この面子だとまだ、異世界の知恵を試されただけマシだったのかもしれないが。

「それにしても、また仰山、本があるもんやねえ」

と、スバルたちの反省会を余所に、周囲の書架を見回していたアナスタシアが呟く。彼女は襟巻きの毛並みを撫でながら、本のみっしり詰まった書架を眺めて、

「ナツキくんのお手柄で『試験』は突破……それはええけど、ここの書庫としての役割ってなんなんやろね。どんな本があるんか、興味深いわ」

「シャウラ女史の説明では、知識の宝庫——といった説明でしたが」

「アレの反応からして、そもそも『タイゲタ』が開かれたのが初めてのことなのよ。見て回って確かめてみるしかないかしら」

「そうだな。……お前、心なしかウキウキしてない？」

「そんなこと……あるかもしれないのよ」

スバルのすぐ横にきて、裾を摘まむベアトリスはいつもより少し早口だ。

微妙に瞳が輝き、興味深げに書庫を見回す視線——その原因に思い至り、スバルは状況も忘れて何となく微笑ましくなってしまう。

「てっきり、お前は禁書庫に嫌な思い出しかないのかと思ってたよ」

「……いい思い出ばっかりじゃないのはホントかしら。でも、どんな場所でもあそこはベティーが四百年を過ごした場所なのよ。それに」

「それに？」

「スバルが『俺を選べ』ってベティーを口説いた場所かしら。忘れようとしても、忘れら

れる場所じゃないのよ」

「お前、可愛(かわい)いなぁ」

「むきゃー、かしら！」

愛(いと)おしさが込み上げ、スバルはベアトリスの頭を盛大に撫(な)で回す。それを受け、猫のような悲鳴を上げたベアトリスに満足すると、さっそく書庫荒らしの始まりだ。

『試験』が終了し、モノリスの消えた三層は円筒形のワンフロアとして顕現した。構造自体は下の階層の延長上であり、果てなく拡張されて見えたのは錯覚だったらしい。

空間には所狭しと書架が並んでおり、書架の上に書架が積まれるエンドレス書架状態。蔵書数なら禁書庫も相当だったが、物量ではこちらが圧倒しているだろう。

「目的の本を見つける、検索コンピュータが欲しくなるな」

「禁書庫の中なら、どこに何の本があるのかベティーは完璧だったのよ」

「すげぇな、お前。天才か」

ベアトリスの密(ひそ)かな自慢に感嘆しつつ、スバルは手近な本棚に近付く。

見れば、エミリアたちもそれぞれ本棚に歩み寄ってはいるのだが、なかなか手に取る勇気を持てずにいる様子だ。

「解いたのはスバルでしょう？　だから、スバル以外が触っても平気なのかなって」

「あー、確かにどうなんだろうな。でも、正答者しか読めない形式にするなら、解くのを見てただけのエミリアたんたちまで書庫に入れるのがおかしくないか？」

「あ、そっか。ここに入れた時点で、許可が出たみたいに考えていいんだ」

「うん、そうだと思うけど……って、エミリアたん⁉」

スバルの話を聞いて、エミリアは納得した風に目の前の本棚から一冊の本を抜いた。そして、言っておいて驚くスバルの前で、ぺらぺらと中身に目を通す。

「んー、普通の本……かしら。スバル、どうしたの？」

「いや、エミリアたんのクソ度胸に惚れ直して……言ったの俺だけど、むしろ俺だよ？」

「──？　スバルが言ったから、大丈夫でしょう？　え、変なこと言った？」

本気でよくわかっていない顔のエミリアに、スバルの方が言葉を無くす。スバルは表現し難い感情に掌で顔を覆って、「うあー」と呟いた。

「それが君が積み上げてきたもの、ということだよ。それに事実、君は誰にも解けなかった『タイゲタ』の謎を解き明かした。その功績、もはや否定できないはずだ」

「こんなもんまぐれ当たりみたいなもんだよ。たまたま俺だっただけだ」

スバルの困惑にユリウスが肩をすくめるが、騎士の言葉にスバルは目を逸らした。

エミリアの信頼、ベアトリスの親愛、ユリウスの誠意──いずれも、スバルの望んだものに違いないのに、それが与えられることに違和感が晴れない。

そうされるだけの価値を、スバルは常に自分に疑い続けている。

「エミリアさんの言う通り、普通の本やね。別におっかない仕掛けはないみたいや」

「本の材質は……判然としませんね。年代もわからない。ですが中身は……？」

エミリアの毒見的積極性があって、他の面子(メンツ)も次々と本に手を伸ばす。とはいえ、膨大な本の一冊二冊で全てが知れるほど、世の中簡単にはできていない。

「ベア子、どうだ？」

「見たところ、規格は統一されてるかしら。でも、タイトルは全部違うのよ。これは『ノア・リベルタス』。こっちは『エイゴン・ヴォラー』。……並べ方も無茶苦茶(むちゃくちゃ)かしら」

司書の血が疼(うず)くのか、本の適当な並べ方にベアトリスは不満げだ。あまり禁書庫で彼女が整理整頓していた記憶はないが、分類はされていたかなと思う。

そんなベアトリスの憤慨はさて置き、スバルは本の背表紙を見ていて気付く。

「この本のタイトルだけど……ひょっとして、全部、人の名前か？」

「ん……と、そうみたい。これは『パルマ・エウレ』、こっちは『コヨーテ』」

「知らない名前ばかり、と見受ける。あまり見識が深いとは言えないが、私の知る限りで見知った名前はないな。無論、ちゃんと見回れば別と思うが……」

「お前が知らないんなら、たぶんここの奴(やつ)は誰も知らねぇよ」

最近、歴(れき)オタっぽさが露呈しつつあるユリウスが知らないのだ。ならば、本のタイトルが人名という推測は外れなのか。スバルも適当な本を見てみるが、羅列(られつ)する文字は普通に『イ文字』や『ロ文字』に『ハ文字』など、この世界特有の言語だ。

「一応、アナスタシアさんにも確認するけど……知ってる名前とかあるか？」

「――んー、ないよ？」

一応の名目で、スバルはアナスタシアを通して襟(えり)ドナに確認を取る。

人工精霊である彼女には、ユリウス以上の知識を有する可能性が十分ある。しかし、その期待も不発。ここで嘘(うそ)をつく理由は、襟ドナが敵である以外にはありえまい。

「途方に暮れるには早いか。木を隠すには森の中……ひょっとしたら重大な情報の詰まった本が、この書架のどっかに埋まってるかもしれねぇとしたら嫌だなぁ」

「途中で諦めないの。解けない謎解きよりずっと前向きじゃない。頑張らなきゃ！」

膨大な量の本を前に、エミリアが小さく拳(こぶし)を固め、気合いを入れる。

そのエミリアのガッツポーズが功を奏したのか、書架に向き直り、タイトルを指でなぞっていたスバルは「あ？」と引っかかりを得る。

なぞる途中、ふいに掠(かす)めたタイトルにスバルは指を止めた。

その本の背表紙に指を掛けて傾け、ぎっしりと詰まった書棚から引き抜く。本のタイトルにあるのは知った名だ。

「――――」

なんとなしに手に取って、スバルは本を開く。そして、知人の名前が入った本の中身に目を通そうとし――直後、それがきた。


――意識が、暗転する。

4

――女、一人の女がいた。

女、と呼ぶことを躊躇するほど、まだ幼い女だ。
痩せた体に粗末な服、日に焼けた褐色の肌に緑の髪。
童女と呼ばれるような年代の女は、しかし尽きぬ悩みに心を支配されていた。
それは決して答えの出ない、女にとっては生まれながらの命題であった。

「――――」

延々と頭を悩ませ続け、尽きることのない至上の命題。
それは世に存在する理、その白と黒――即ち、善と悪にあった。
正しきこと、誤った行い。
世に無数の選択肢があれど、全ての行いには両極いずれかの評価が下される。
まだ童女であった女には、その理に悩み続ける理由があった。必然があった。
女の世界を白と黒、善と悪、善因と悪因、二つに割ったのは女の父だ。

「――――」

女の父は罪人の首を刎ね、咎に相応しい罰を下す行いを生業としていた。
罪を犯した罪人に、罪に相応しい罰を、人生の最期を与えることが父の生業。

「――処刑人」

そう呼ばれる父の所業を、処刑場の在り方を、女は幼い日より目にしてきた。

おぞましき残酷な行い、落命する咎人の断末魔、血と死に支配された処刑場。

――そこで女に『死』を見せ続けたのは、他でもない女の父親の意思だ。

犯した罪に罰が与えられ、悪果には悪果で以て報いがある。

世に存在する善悪の、己が処刑人として信じる在り方を、父は女に伝えようとした。

父の意思は崇高なものであり、高潔な思想に違いなかった。

だが、女の幼さを思えばそれは独りよがりであり、理想を求めるには早すぎた。

女は幾人もの死を見届け、血の香りを嗅ぎ、罪人が罰されるのを目に焼き付けた。

結果、女は命の尊さを、人の死生の理を学ぶ以前に、罪に相応しき罰を学んだ。

善行が善因を生み、悪行が悪因を呼び、罪人の魂は罰に相応しく穢れてゆく。

父の教えをそう理解し、女は『罪に相応しき罰』の在り方を欲する。そのための指針となり得るものを、悪業を悪と定める善の天秤を求めた。

「――」

しかし、女の求める天秤は、女の探し求めた範囲に存在しない。

事の善悪に単純な答えはなく、正誤は、罪と罰は、多くの要素に左右される。

「――」

だが、まだ幼く、妥協と諦めを知らぬ女は止まらない。

答えを得なければならない。善悪に相応しき天秤を心に宿さなければならない。
消えない胸の内の問いかけに、答えを差し出さなければならない。

「────」

懊悩する日々が続き、しかし答えが天の恵みのように授けられたのは突然だ。
父の酒杯を割り、女は自らの犯した罪に大いに怯えた。
あるいは首を落とされることすら覚悟して、女は己の罪を父に告白した。
「──自分の間違いを打ち明け、謝ったことは正しい」
女の父は過失を許し、笑みすら浮かべて女に言った。
その父の微笑みと頭を撫でられる掌の感触に、幼い女は理解した。
──犯した罪を量る天秤は他でもない、罪人自身の心の内にあるのだ。
たとえ誰が見ていなくとも、罪人の罪は己の心が知っている。
善悪は、わからない。難しい。正誤は、確実な指針がない。見つからない。
しかし、罪の意識は己の中にある。
罪に相応しい罰の基準はない。だが、罰に相応しい罪の意識は己の中にある。
女は理解した、満足した、天秤をようやく手に入れた。
幼い女は命の尊さを、人の死生の理を知らぬまま、罰に相応しき罪を暴いた。

「────」

処刑人の父を見習い、罪に相応しき罰を下すため、女は日の下に歩き出す。

罰されるに値する罪人の、その心を暴くために。

「――――」

それは善悪を、正誤を、実と不実を二分にする、女にとっての人生の集大成。

幼い女の問いかけに、あるものは笑い、あるものは困り、あるものは戸惑う。

だが、女の問いかけに答えた結果は、全員が同じだ。

――罰に相応しき罪は、己の心の中にある。

周りを見る。誰もいない。ここにはもう、罰を受けた罪人しかいない。

粉々に砕け散った破片の人々と、最後に父の破片を踏み越えて、女は自分に与えられた宿願を果たすために、罰に相応しい罪を求めて歩き出す。

――『傲慢（ごうまん）の魔女』は罪を問い、罰を与え、罪人を裁き続けた。

5

見知った『魔女』の始まりを見届け、スバルの意識が痛みとともに回帰する。

「づぁ――ッ!!」

べりべりと、音を立てながら意識が本から引き剥（は）がされる。血が乾（かわ）いて張りついたような感覚に支配されながら、外側が剥がれることも構わず強引に引っ張る。

痛みがあるのは頭でも体でもない、魂だ。

魂が本に引っ張られ、そこから引き剥がすのに痛みを伴っているのだ。

「スバル！」

横合いから声が突き刺さり、スバルの手から本が落ちる。本は開かれたまま逆さに床に落ち、ふらつくスバルの肩がエミリアに支えられた。

「お、おぉ……？」

「だ、大丈夫？　今、すごーく辛そうだったけど……」

「な、何とか、持ってかれずに済んだ……か？　俺、ここにいる、よな？」

バクバクと心臓の鳴り続ける胸に手を当て、スバルは深呼吸を繰り返す。その瞳はあちこちに彷徨い、最終的にエミリアに留まって落ち着いた。

「あぁ、エミリアたんの顔見てると落ち着く。もうちょい手ぇ貸してて」

「それはいいけど、何があったの？」

甘えたスバルの発言を素直に受け取り、エミリアは肩を支えたまま問いかける。彼女の言葉にベアトリスが動き、床に落ちた本に手を伸ばした。

「今、この本に触って変な顔になったかし……」

「待て、ベアトリス！　触るな！」

本を拾おうとするベアトリスを止めようとするが、それより先に少女は本を拾い上げ、抱えてしまう。中にまで目を通さなかったベアトリスは、そのスバルの剣幕に訝しげな顔のままタイトルを読み上げる。

「――テュフォン。スバルは知ってる名前なのかしら？」

「あ、ああ……お前こそ」

ベアトリスの質問に、スバルは「お前こそ知らないのか？」と聞き返そうとした。しかし、彼女の返答が肯定でも否定でも答えに詰まりそうで、スバルはどう言ったものかと眉を寄せる。その間にベアトリスは本を開き、中を確認してしまう。

「馬鹿――！」

「馬鹿とは失礼なのよ。別に、他の本と変わらないかしら」

スバルが味わったものと同じ衝撃がベアトリスにも突き刺さる――かと思いきや、少女は本の内容に何も反応しない。他の本と同様に、ただの本だったと。

「でも、スバルには他の本と同じには見えなかった……そういうことと見たのよ」

「……そうだ。けど、なんで俺だけ？」

「まさか、部屋の問題と同じでスバルにしかわからない？　もしくはやっぱり、問題を解いたスバルだけしか効果がないとか……」

「だとしたら、ますます性格が悪ぃけど……」

考え込むエミリアの言葉に、スバルは嫌な予感を覚えながら首を振る。

――脳裏を過るのは、恐ろしく濃密に、鮮烈に体感した『女』の記憶だ。

臭いがあり、味があり、感触があり、――砕いた命に重さを感じた。

ああも強烈に『誰か』の記憶を追体験して、引き返せたのが奇跡だった。あるいはあのまま他人の人生に呑み込まれる。そんな恐怖と嫌悪感が今の体験には確かにあった。

「スバル、このテュフォンって人とどこで？」

「説明がムズイ……いや、エミリアたんには難しくないのか？　知らないってことは会ってないんだろうけど、墓所にいたんだよ」

その響きに、エミリアとベアトリスが同時に動きを止める。

「テュフォンは、過去にいた『魔女』の一人だ。『傲慢の魔女』で、見た目はベア子ぐらいの褐色ロリ。ただ、無邪気の残酷って言葉が具現化したみたいな子だった」

スバルの説明に、エミリアとベアトリスは心当たりがないと首を横に振った。

どうやらエキドナの魔女博覧会は、スバルにだけの特別な措置だったらしい。自分の目的に利用するためだったとはいえ、なかなか趣向を凝らしてくれたものだ。

「無邪気の残酷……か」

口に出してみて、スバルはわずかな時間だけ接したテュフォンを思い出す。

実際、精神世界でのこととはいえ、彼女に手足を砕かれたことは忘れ難い。直後に治ったとはいえ、四肢を失うことの衝撃は薄れるものではないのだ。

ただ、そうした彼女の常軌を逸した精神性、その一端に今の『読書』によって触れられた気がする。無論、それで理解できるかどうかは全く別次元の話だが。

「ともあれ、今、俺はその本を読んで、そのテュフォンって子の……記憶？　人生？

ルーツか？　とにかくそんなところを追体験した。気持ちいいもんじゃなかったけど」

「人の記憶を、追体験。それってなんだかますます、墓所の『試練』みたい」

「アレの場合、自分の記憶と真っ向勝負だったけどね。まぁ、楽勝だったけど」

「そ、そうね。楽勝だったけど」

　鼻水ボロボロになるまで泣き喚いたことや、何度も何度も失敗して心が折れかけたことなどなかったことにして、スバルとエミリアは頷き合う。

「二人の強がりはともかく、他人の記憶を追体験する本……言い換えれば、過去を手繰る手段でもあるかしら。だとすると、知りたいことを知れる図書館っていうのは――」

　ぶつぶつと、スバルの身に起こった出来事と内容に何事か考え込むベアトリス。だが、スバルがその横顔に問いを発する途中、またしても声が飛び込んだ。

「――っ」

　声がしたのは、スバルたちとは別の書架を調べていたユリウスたちの方だ。聞こえた苦鳴のような音に目を向ければ、本を手に膝をつくユリウスの姿が見える。

　傍らに寄り添うアナスタシアが驚き顔で騎士の肩を揺すり、本を奪った。

「ユリウス？　ユリウス、しっかりしぃ！　うちの声、聞こえるやろ？」

「……アナスタシア、様」

「そう、それでええ。ゆっくり、深呼吸して。……ん、大丈夫やんな？」

　先ほどのスバルと全く同じ素振りで、ユリウスの意識が現実に帰還する。疲弊した姿すらどこか絵になるユリウスに、アナスタシアは安堵の表情を覗かせた。

「おいおい、難しい本の読みすぎで知恵熱か？　気持ちはわかるぜ……って、あた」

「条件反射みたいにイジワル言わないの。ユリウス、ホントに大丈夫？」

悪態をついたスバルの耳を、エミリアが優しく厳しく引っ張る。それから気遣いの言葉を発する彼女に、ユリウスはわずかに青褪めた顔を横に振った。

「ご心配をおかけして申し訳ありません。大袈裟に反応した我が身が恥ずかしいぐらいですよ。……とはいえ、心臓に悪い体験ではありました」

心労を隠し、エミリアに優雅に応じるユリウス。ただ、額に浮かんだ冷や汗までは隠し通せない。その強がりに、アナスタシアはハンカチをそっと当ててやり、

「強がるんは男の子の本能やからしゃぁないけど、辛いときは辛いって言うんよ？　無理してあかんことになったら、周りに迷惑かけるんやから」

「はい。お気遣いありがとうございます」

「うんうん、アナスタシアさんの言う通りよね。ね、スバル」

「なんで俺に念押ししたのかわかんないけど、そうだね！」

両陣営の主従がそんな会話を終えて、主眼はアナスタシアの腕の中の本へ。

ユリウスが内容に目を通して、おそらくスバルと同じ体験をしたモノだ。背表紙に目を向けると、記されたタイトルは――。

「――バルロイ・テメグリフ。知ってる？」

「俺は聞き覚えないぜ。たぶん、間違いなく」

読み上げたエミリアに横目にされて、スバルは自信を持って頷き返す。これでも記憶力には自信がある。知り合いなら、アーラム村から王都の果物屋まで完璧だ。

「その名前、うちは覚えあるなぁ。確か……うん、そう。ヴォラキア帝国の将軍にそんな名前の人がおらんかった？」

「──正しくは、元将軍です」

うろ覚えの記憶を辿って答えを口にしたアナスタシアに、ユリウスが補足する。そのやり取りを聞いただけで、ユリウスに所縁のある人物と伝わった。

「けど、ヴォラキアって南の国だよな？　そこの将軍とお前が知り合いなの？」

「元、将軍だよ。さほど意外な話ではないだろう？　私は近衛騎士団の人間だ。ルグニカ王国とヴォラキア帝国は隣国でもあるし、将軍の名前を知る機会はいくらでもある」

「なるほど、一方的に知ってる相手……ね」

ユリウスの説明を受け、スバルは目を細めて頷いた。それから、スバルはアナスタシアに目配せし、彼女の手から『バルロイ』の本を受け取る。

そして、一瞬だけ躊躇ってから本を開いた。しかし──、

「俺も、一方的に知ってる名前になったから読んでみたけど、何もこない」

「……スバル」

「今、俺たちの間に大事なのは信頼関係だろ？　俺とお前の間にそれがあるかどうかって

のは……ないわけじゃないって、思ってたのは俺だけか？」

「――それは卑怯な物言いだ」

自分を睨みつけるスバルに、ユリウスは目を伏せてそう答える。

「この場にいる君たち以上に、私が信を置くべき相手は今はいない。ラインハルトにすら抱けない精神的な支えを、アナスタシア様や君に貰っているとも」

「……その言われ方、なんか気持ち悪いな」

「私も言っていて舌が痒くなったよ」

鼻の頭をスバルが掻くと、前髪を摘まんだユリウスが瞑目する。それから彼は嘆息し、すぐにアナスタシアやエミリアに向かって一礼した。

「非礼をお詫びします、アナスタシア様。エミリア様。今、私は些末な私情を答えに交えました。本の内容を共有すべき場で、許され難いことです」

「それを許すかどうかは、うちやエミリアさんの器量やね。どう思う？」

「私の言いたいこと、スバルとアナスタシアさんに言われちゃったかな。だから、それがどうしたって今は思ってます。まる」

エミリアとアナスタシアが早々に謝罪を受け入れると、ユリウスはさらに一度、深く腰を折った。悪いことをしたと、気合いを入れて謝った人間は許されることに弱いのだ。スバルもよくよく味わう感覚だけに、わりと他人事ではない。

そんなスバルの心境を余所に、ユリウスがゆっくりと語り出す。それはあるいは、治りかけの瘡蓋を剥がす行為にも似て思えて。

「――バルロイ・テメグリフ。実力主義で知られたヴォラキア帝国の、最強の使い手である九人の将軍、『九神将』の一人だった人物です」

「九神将……そりゃ、ずいぶんと燃える称号だな。嫌いじゃないぜ、そのセンス」

「どの人物も、いずれ劣らぬ実力者揃い……単純な国力で言えば、ヴォラキア帝国はルグニカ王国と拮抗するか、あるいは相手の方が上を行く。武力という意味でも、神龍の盟約とラインハルトの存在を除けば、王国は厳しい戦いを強いられるだろう」

「戦うこと前提ってのがおかしな感じだが……」

頬を指で掻きながら、ユリウスの戦力評価を静かに頭に留める。

思えばあまり、スバルはルグニカ王国以外の他国の情勢には詳しくないが――、

「その、バルロイって人を過去形で語るってことは」

「ああ、すでに故人だ。類稀なる実力の持ち主で、高潔な武人でもあった尊敬すべき手練れだったよ。彼の命を奪ったのは他でもない。この私だ」

いくらか思うところのある表情で、ユリウスが他国の将軍の最期をそう語る。

「他国の、それも将軍の命を奪った。なかなか、驚きの話やね」

「アナスタシア様は……いえ、今はお忘れでしたね」

初耳の反応をするアナスタシアに、ユリウスが目を伏せる。

ユリウスの今の態度からして、おそらく記憶から消える前のユリウスと、襟ドナに乗っ

取られる前のアナスタシアの間では共有された情報だったのだろう。

「えっと、私の勉強した本が正しかったら、ルグニカとヴォラキアってすご－く仲が悪いって聞いてたんだけど……」

「そんな帝国の将軍とか死なせて、戦争とかにならないもんなのか？」

素直で素朴な二人の疑問に、ユリウスは少しだけ安堵の表情で頷いた。

「複雑な事情が入り組んだ結果でね。ラインハルトやフェリスとも無縁の話ではないんだが……端的に言えば、元将軍は帝国でクーデターを企てたんだ。私と彼が相見えることになったのは、ちょうどその折に帝国に滞在していたからだよ」

「あの二人も、か。あれ、ラインハルトって輸出禁止じゃなかった？」

「特例で許可が出た。帝国の皇帝が彼に会いたがった、という事情だ。……いくら君でも、ラインハルトに輸出という言葉はそぐわないと思うが？」

「とっさに言葉が出なかったんだよ。なんて言えばよかった。密輸？」

運び込んじゃいけないもの、という意味では間違っていまい。

実際、プリステラで改めてラインハルトの規格外さを実感した身としては、他国の主戦力にラインハルトがいることの悪夢は想像に難くない。

国境に近付くな、なんて条約があるのも納得だ。

「とにかく、その元将軍の名前がバルロイ・テメグリフだ。一騎打ちの結果、こうして私が命を拾ったが、それも紙一重だった。何か一つ違えば、私と彼の立場は逆転していたことだろう。……亡くすには、惜しい人物だった」

「やけに持ち上げるんだな？　クーデターを企てて、失敗したって相手なんだろ？」

「事情の、詳細までは聞いていない。しかし、剣を合わせた立場として、バルロイ殿が私利私欲でクーデターに加担したわけではないと、私は確信している」

かなり強い反論の意思は、その人物がユリウスの奥に棘となって刺さっている証だ。

それを如実に感じ取り、だからこそとスバルは首をひねる。

「お前が、相手のことを認めてるのはよくわかった。けど、それだったらあんまりうまく言えねぇけど、勝った側がそういうのって相手はいい気しないんじゃねぇか？」

「それは、どういう意味だい？」

「どういう意味も何も、そのままの意味だよ」

ユリウスの性格上、実力を認めた相手を称賛したい気持ちが強いのだろうが、その相手が武人であったのならなおさら、勝敗は決したのだから。

「とやかく言わず、勝ち誇られた方が相手もスカッとするだろ。まぁ、俺としちゃ、そこでお前が負けててくれたら、王選が始まったときに衆人環視でタコ殴りにされずに済んだって事実は見逃せねぇが」

「──。その場合、練兵場で君を打ち据える役割はラインハルトが果たしてくれたさ」

「俺が消滅する！」

沈んだ表情のユリウスが、そのスバルの軽口にようやく微笑を見せる。その反応に満足して、スバルは黙って肩をすくめた。

「話が逸れたな。私と、バルロイ殿との接点はそうしたものだ。すまない。原則、事情を明かすことを禁じられた事案だったのと、私自身にとっても苦い記憶でね」

「ま、大っぴらには言えない話だわな。わかった。お口にチャックしておく」

「ん、わかったわ。私もお口にちゃっく？　しておく」

ユリウス側の事情が判明して、スバルとエミリアは秘密の共有に合意する。

そうして、ユリウスの『追体験』した本の人物が明らかになったことで――、

「わかった気がするのよ。つまりここにある本は、読んだ人間が『見知った相手』の過去を追体験する本かしら」

「俺が『魔女』で、ユリウスが元将軍か。それが妥当、っぽいな」

「なんや、聞き逃せない単語が聞こえた気がするんやけど、ナツキくん、魔女とも知り合いなん？　いややわぁ、その交友関係。完全に魔女教やん」

「俺も自分で超怖いけど、あそこまでキャラ濃くないから。無個性なのが悩みなんだ」

アナスタシアの言葉にスバルが肩をすくめる。と、エミリアやベアトリス、挙句の果てにユリウスまで酸っぱいものを食べたような顔をする。

「おおよそ、書庫の本の意味はわかった。わかったけど、うちの怖い話してええ？」

「あんまり聞きたくねぇけど、なに？」

「この書庫にある本、全部に人名が書いてあるわけやろ？」

『バルロイ』と『テュフォン』、二冊の本を指差したアナスタシアの確認に、スバルはその先を聞くのが怖いと思いながら「ああ」と頷いた。

「帝国将軍さんと、ナツキくんのお友達の『魔女』の本」

「友達ではねぇけど」

「オトモダチの『魔女』の本まであるってことは、故人の本があるわけや」

テュフォンの状態を故人、と呼ぶことには違和感が残るが、墓所から茶会の空間が消失した今、彼女らは完全に死亡したと考えるべきなのだろう。

エキドナに関しては、襟ドナ含めて怪しい点が多すぎて安心できないが。

そんなスバルの内心のささくれは別として、アナスタシアはその場で両手を広げると、ぐるりと回りながら書庫の全域を示して、言った。

「ここにある本、過去から今に至るまでの世界中の人間の名前があるんとちゃう？　そうやとしたら……目的の誰かの本を探そうなったら、どれだけかかるんやろね？」

アナスタシアの言葉に、スバルは彼女が示した、無数の蔵書を眺め、思う。

訂正しよう。この書庫の創造主、性格が悪いわけではない。

――性格、最悪なのだと。

第三章　『タイゲタの書庫』

1

「それにしてもお、気が遠くなりそうなお話よねえ」

と、己の三つ編みを指で弄びながら、書架を見渡したメィリィが呟く。

その呟きを聞きつけ、本棚と向き合っていたスバルは「どうした？」と振り返った。

「謎解きからこっち、参加意欲の低かったお前も、これは興味湧いたか？」

「どうかしらねえ。……ただ、死んじゃった人を知ってれば知ってるほど、読める本がたくさんあるってことなんでしょお？　だったら、わたしは結構あるかもねえ」

「――――」

膝を立てて床に座り、何気なく言ったメィリィにスバルの手が止まった。そのスバルの反応にメィリィは不思議そうな顔をしたが、スバルの胸中は複雑だ。

多くを手にかけ、だからこそ死者をよく知るメィリィ。――幼くして殺し屋としての生き方を仕込まれた少女、彼女にどんな言葉をかけられるのか。

「同情ってのも、一面的な見方だよな……」

それを哀れんだり、嘆いていいものかは部外者からはわからない。ただ、そのことを苦に思っていないように見えるメィリィが、スバルは悲しかった。

――三層『タイゲタ』の書庫が開放され、一行は膨大な量の蔵書と向かい合い、それぞれのトライ&エラーをひとまず繰り返している。

故人の『記憶』を追体験し、知れなかったことを知るチャンスを得られる書庫。それだけ聞くと、与えられる可能性は無限大にも思えるが――、

「襟巻きのお姉さんの言う通りなら、今まで死んじゃった人の本が全部あるんでしょお？　その今までって、この塔ができてから全部なのかしらあ？」

「わからねぇ。仮にそれで合ってるとしたら、ざっと四百年分の記録……『死者の書』が揃ってるってことになる。とても読み切れねぇよ」

正直、タイトルを追いかけるだけでも膨大な時間が必要となる。

実際、スバルとユリウスがそれぞれ『あたり』を引いて以降、一行は誰も『死者の書』を引けていない。それぐらい、四百年の歴史は重いということだ。

「あんな体験、しないで済むならって気もするしな……」

「またブツブツ言っちゃってえ。そんなんじゃ、お姉さんもベアトリスちゃんも気が休まらないと思うわあ。裸のお姉さんのことも、どうするのお？」

「俺が気が多いみたいに言うなよ……。いや、否定はできねぇんだが、いったん否定しとくぞ？　で、シャウラのことだが……」

　メィリィの問いかけに肩を落とし、スバルはちらとシャウラの方に目をやる。少し離れたところで、ユリウスやアナスタシアからの質問攻めにあっている彼女は、スバルの視線に気付くと、目を輝かせて投げキッスをしてきた。払い落としておいた。

「くすくす……お兄さんったら、悪い男の人よねえ」

「なんか、お前に言われるとラムとかアナスタシアさんに言われるよりしんどい」

　やはり、見た目が幼い少女に男らしさで幻滅されるのは心に応える。そんな感覚に胸を痛めながら、スバルは「なぁ」と頭を掻いて、

「変なタイミングだけど、少しお前のこと聞いてもいいか？」

「えええ……お兄さん、気が多すぎると思うわあ」

「違うから！　そういうのじゃないから！」

「冗談よお。……別に、聞きたいことがあるんなら聞いたらいいんじゃなあい？」

　小首を傾げ、艶っぽく目を細めるメィリィ。どこか蠱惑的な雰囲気を纏った彼女に、スバルは「なら、お言葉に甘えて」と前置きし、

「お前、いつから殺し屋なんてやってたんだ？」

「──ぷっ、あはははははっ！」

「え!?　なんだよ!?　なんで笑った？」

　真剣なトーンで聞いたつもりが、メィリィに笑い飛ばされてスバルは目を白黒させる。動転するスバルに、メィリィは「ごめんなさあい」と目元の涙を指で拭い、

「すごおく今さらな質問よねえって思って。だって、わたしったらお兄さんたちのお屋敷に一年ぐらいいたんでしょお？　それなのに、わたしの身の上話を気にしたのが、こんな砂だらけの塔に入ってからなのお？」

「……言われてみりゃそうだな。ぬいぐるみ渡してる場合じゃなかったか？」

「贈り物してくれるから、お兄さんのことは好きよお？　くすくす」

口元に手を当て、メィリィが悪戯っぽい目をスバルに向けてくる。その彼女の反応に、スバルはバツの悪い思いを味わった。

確かに、ひどく今さらな質問ではあった。その今さらな質問を、今ここでしようと思ったのは、やはりここが死者の『記憶』を収めた書庫だったからだろう。

ここにいれば、否応なく『死』を意識する。だから――、

「そういう環境にくるまで、忘れてたってことなんだよな……」

「忘れてたってえ？」

「この一年で、お前は俺の中じゃ人形遊びしてる女の子ってカテゴリーだったんだよ。あんまり、俺に限った話じゃないと思うけど」

「――――」

無論、完全にメィリィの危険性を忘れて過ごすほどお花畑だったわけではない。

それこそ、メィリィが捕らえられ、座敷牢に入れられた当初はかなり警戒していた覚えがある。だが、彼女は脱走しようとも、屋敷の人間に危害を加えようともしなかった。

だから次第に、彼女への警戒は薄れていって。

「色々あったけど、ペトラともずいぶん仲良くしてたじゃん？」

「はぁ……あのねえ、ペトラちゃんはすごおくしたたかだったわよお？」

「そうなの？」

「ええ、そうよお。わたしが敵か味方かわからないからあ、自分のことを好きになってもいいって。そうしたら、裏切れなくなるでしょおって」

「おいおい、すげぇなそれ。ペトラ、小悪魔過ぎるだろ……」

思いがけず、ペトラが陣営のために骨を折ってくれていたと聞かされ、スバルは驚く。ペトラとメィリィ、少女同士の微笑ましい交流にそんな裏があったとは。

「まさか、オットーとかロズワール以外にもそんな苦労をかけてたとは……」

「お兄さんとお姉さん……特にお姉さんだけどお、きっとみんな、お姉さんにお姉さんのままでいてもらうために頑張ってるんだと思うわあ」

抱えた膝の上に顎を置いて、そう分析するメィリィにスバルは頷く。

エミリアを守るために行動する。それは、彼女の騎士の役目を拝命するスバルはもちろんのこと、陣営の全員が何らかの形で心に留めていることだ。

スバルもできるだけ気を配っているつもりなのだが、どうしてもこの手のことでは、目端の利く面々に一歩後れを取ってしまう。まさか、ペトラにまでとは思わなかったが。

エミリアにエミリアらしくいてもらう。——それは、過保護とはまた違う意味合いで、陣営の全員が願っていることであるから。

「……わたしがお仕事を始めたのは、今から五、六年前よお」

「……話してくれるのか？」

「聞きたいなら聞いたらって言っちゃったしねえ。別に隠すことじゃないしい」

少しだけ呆れた顔つきで首を傾けるメィリィ、その肩から青い三つ編みが落ちる。その先端が揺れるのに目を奪われるスバルへ、彼女は淡々と語り始めた。

「前にも話したけどお、わたしの場合はお仕事っていうより、ママの言いつけに従ってたって感じなのよねえ。逆らうと、すごおくすごおく怖い人だったからあ」

「ママ、ね」

それが、言葉通りの母親を指しているわけではないのはわかっている。しいて言うなら育ての母には近いのかもしれないが、スバルに言わせれば歪みの原因なのだから、『歪めの母』と軽蔑を込めて呼んでやりたいところだ。

こんな幼い少女を恐怖で従え、殺し屋に仕立て上げるなどと。

「元々、魔獣ちゃんに言うことを聞いてもらえるって知ってたからあ、そこはあんまり困らなかったのよお。ママも、それが目的でわたしを拾ったんだしい」

「ちょっと待て。拾ったって言ったか？　それってつまり……」

「——？　あぁ、わたし、捨て子なのよお。物心つく前に森に放り捨てられて、魔獣ちゃんたちに育ててもらってたのよねえ」

あっけらかんと、何でもないことのように話されたが、かなり衝撃的な話だ。

赤ん坊の頃から、魔獣に育てられたなどと――、

「リアル狼少女なんて言ってる場合じゃねぇ。魔獣が赤ん坊の子育てなんてするのか？」

「普通の子は無理よお？　でも、わたしは生まれつき、魔獣ちゃんと仲良くできる力があったからあ……それで、助かったみたいねえ」

そこで、メィリィは一度言葉を切り、絶句するスバルに「まあ」と続け、

「そもそも、捨てられちゃった原因も、この加護のせいだと思うからあ……いいのか悪いのかよくわからないわよねえ。ふふっ」

「メィリィ……」

「あれ？　面白くなかったかしらあ？　笑ってくれると思ったんだけどお」

心外そうな顔をするメィリィ、そんな少女にスバルは何を言えばいいのかわからない。沈痛な顔つきでいればいいのか、ブラックユーモアの出番なのか。

少なくとも、後者を選べるほどスバルの心は分厚く武装していない。

「そんな顔しないでよお、お兄さん。わたしは全然気にしてないんだからあ」

「気にしてないって……」

「生まれつきの加護って、苦労が多いのよお。内政官さんとかあ、牙のお兄さんもそうだからあ……きっと、わかってくれると思うわあ」

オットーとガーフィール、それぞれ加護を持つ二人を例に出して、メィリィは加護持ち

が生まれつき避けられない苦難をそう語る。

以前、オットーも似たようなことを言っていた。傍目には便利に思える加護も、その加護を持つものにしかわからない苦労があるのだと。

「加護があるから捨て子になって、加護があるから拾われて、それでお仕事するようになって、今、お兄さんたちとこうしてる……なんだか不思議よねえ」

「……数奇な運命、って話なら確かにそうだな」

「わたしからしたらあ、殺さないでおいたのがすごおく不自然だけどお」

「その議論はとっくに終わってんだよ。もう二度としないし、仮に何回やったとしても結論は変わらねぇよ。……なぁ、メィリィ、もしもの話なんだが」

「なあに？」

首を傾け、上目遣いに見つめてくるメィリィにスバルは書架を示した。数え切れないほどの本がある。これが全て、この世界に生きた人々の命の証なら。

「この中に、仮にお前の親の本があったら……読んでみたいか？」

「わたしの親？　それって、ママじゃなくて本物のってことお？」

驚いた顔のメィリィにスバルは頷き返す。

ありえない話ではない。メィリィは両親が自分を捨てたと言っていたが、それが事実かどうかは赤ん坊だった彼女にはわからない。何か、やむにやまれぬ事情で手放した可能性だって十分あるし、その答えがこの中にあるかもしれない。

「全然、興味ないけどお？」

しかし、そんなスバルの問いかけに、メィリィはきょとんとした顔で答えた。

それは強がりや虚勢の類ではなく、取り繕ったところのない素直な答え。嫌悪や敵愾心ですらない、単なる無関心から発された答えだった。

「そう、か……」

「誤解しないでねえ、お兄さん。わたし、親に捨てられたことを恨んだりなんてしてないのよお？　なんていうか、そういう対象じゃないのよねえ」

メィリィの人生において、自分を捨てた親は興味の対象外。——それこそ、メィリィをこの世に生み出したという点以外、何ら交わりのない相手と言わんばかりで。

そんなものなのか、とスバルは息をつく。

自分探しの旅、なんて言い換えるといかにも陳腐だが、自分のルーツを辿ることは人生において意義のあることとスバルには思える。

だが、それも所詮は外野の意見だ。当事者のメィリィが、そんなものに拘らないと言うのであれば、それはそういうものだと受け止めるしかなかった。

「そうすると、ますますこの書庫の存在価値が疑わしい……」

「ちなみに、もしわたしが読んでみたいって言ったらどうする気だったのお？」

「——？　そりゃ探しただろ。今すぐは無理かもしれないけど、お前のこととか色々調べて、親の名前がわかったら時間作って……」

「お兄さんって、ホントにお馬鹿さんよねえ」

「なんでだよ⁉」

あまりにシンプルに罵倒されて、スバルの方もシンプルに声を張るしかない。

そのスバルの反応にメィリィは首を横に振り、その場に立ち上がった。彼女は手でお尻を払うと、「だってぇ」と書架の方に目をやり、

「こんなにたくさんの本の中から、目的の本なんて見つかりっこないわよお」

「可能性が眠ってるんなら、挑んでみる価値はあると俺は思うんだけどな」

「でも、お生憎様あ。わたしは、読みたい誰かさんなんていないからあ……」

と、メィリィの語尾が微かに弱くなり、スバルは「うん？」と眉を寄せた。すると、そのスバルにメィリィは「思ったんだけどお」と振り返り、

「ここって、死んじゃった人の本が増えてく仕組みよねえ？」

「ああ、たぶんそうだろうな」

「それって、どんな感じが増えてくのかしらあ。例えば、今ここでお兄さんがいきなり死んじゃったら、お兄さんの本が急にストンって出てくるのお？　それは興味あるわあ」

「そうか！　悪いけどそれはお前のために試してやれねぇわ！」

何でも肯定的に捉えると思われたなら心外だ。スバルとて、命懸けまではしない。

そんなスバルの答えに、メィリィが唇を尖らせて不満げにした。

「スバル、メィリィ、なんだか楽しそうね。何か見つかったの？」

と、そのスバルたちのやり取りを聞きつけて、エミリアがこちらへやってくる。書庫を見回っていた彼女は期待した顔だが、生憎と雑談以上の収穫は出せていない。

そう答えるのが心苦しいとスバルが考えていると――、

「あ、聞いて聞いて、お姉さん。わたし、お兄さんに口説かれちゃったわあ」

「口説いてねぇよ!? むしろ、エミリアたんがめっちゃ大事って話してたよ!」

「それはすごーく嬉しいけど、そんなに大きい声で否定することないじゃない。そんな態度されたら、メィリィだって寂しくなっちゃうでしょ？」

もはや照れる素振りもなく、スバルからのラブコールは軽く受け流される。そうして、スバルを軽く叱ったエミリアは、「ごめんね？」とメィリィに謝り、

「スバルはついついカッコつけちゃう癖があるの。私からもちゃんと言っておくから、メィリィもカッコいいこと言われても許してあげてね」

「……お姉さんって、お兄さんのことどう思ってるのお？」

「――？　スバルは、私の大事な騎士様だけど……」

質問の意図がわからない、と目を丸くしたエミリアが答える。

その様子に改めて、メィリィは薄く微笑み、肩を落としているスバルの方を見た。

「お兄さんも、前途多難なのねえ」

そんなメィリィの哀れみに、スバルはまたしても沈黙するしかなかった。

2

「それにしても、上の階に上がる階段ってどこにあるのかしら」

「今のところ、手掛かりゼロだからなぁ……」

首をひねるエミリアと、反対側に首をひねってスバルは嘆息する。

メィリィとの対話を終え、どうにも年下の少女に完全にやり込められた敗北感を抱えたまま、スバルたちは方針の転換を余儀なくされていた。

その方針転換というのが、『タイゲタ』に無数に置かれた『死者の書』の活用ではなく、このプレアデス監視塔における次なる『試験』――二層への挑戦の優先だった。

「結局、この書庫も今の俺たちの手には余る感じだからな……」

「うん……頑張って知ってる名前が見つかっても、その人が私たちの知りたいことを知ってるかっていうとすごーく難しいもんね」

無念、と眉尻を下げたエミリアの言う通り、残念ながら『死者の書』は、スバルたちの求める情報の入手元として適しているとは到底言い難い。

スバルたちが欲しい情報、それを顔と名前の一致する死者の記憶から探り当てるには、膨大な時間と宝くじを当てるような幸運が必要だ。今はそのどちらも期待できない。時間はもちろん、自分の運に期待するなんてスバル的にはただの自殺行為だ。

「だからたぶん、俺たちの欲しい情報は上の階にあるはずなんだが」

「なのに、上にいけない。本棚の上にも飛び乗ってみたけど、ダメだもんね」

「エミリアたんって結構、大胆だよね……」

上へ向かう階段探しに方針転換したところ、さっそく書架の上に飛び乗って、隠し階段がないかを確認したのが直前のエミリアの行動だ。残念ながら隠し階段は見つからず、そのエミリアの果敢な行動は実を結ばなかった。

ちなみに本棚の上に乗った際、エミリアの短いスカートの裾がかなり大胆に揺れてスバルが慌てふためく一幕があったが――、

「あ、大丈夫。スカートがめくれないよう、パックに色々教わったの。女の子らしいお淑(しと)やかな護身法なんだって。それ、いつもちゃんと気を付けてるから」

「パックを褒めたいような責めたいような複雑な気持ちだ。……ま、ともかく」

今、明かされる衝撃の事実はともかく、物理的な手段で強引な上階への突破はできないというのが、エミリアの挑戦した結果の収穫と言えるだろう。

そのため、二層への階段探しは難航中だ。まるで、『試験』の追試にも思える。

あまり凝りすぎると挑戦者のやる気を削(そ)ぐと思うのだが、おそらく設計者であるフリューゲルはそのあたりも考慮して監視塔を作ったのだろう。憎たらしい。

「親の顔が見てみたい……そもそも、本人の面構(つらがま)えも謎だけど」

「――スバル、少しいいだろうか？」

と、話し合うスバルとエミリアの下へ、そう声をかけたのはユリウスだ。

　アナスタシアを伴った彼も、スバルたちと別の観点から書庫に挑んでいたはずなので、何らかの発見があったと期待したいところだが。

「どうだ、何か見つかったのか？」

「残念ながら、収穫らしい収穫があったとは言えない。ざっと書架を見て回ったが、本の並びにも法則性は見出せなかった。名前や年代別に並んでいるわけではないらしい」

「タイトル順はともかく、年代って線も外れなのか……」

『死者の書』の並び方の特定、それはこの書庫を活用する上での一縷の望みではあった。せめて目当ての本が探しやすくなれば、多少は使い道もあると思えたのだが。

　先のメィリィとの話でも、『死者の書』の増え方は話題に上ったが、年代別に並んでもいないとのことから、そこを糸口にする道も絶たれたも同然だ。

「つまり、よくわからんってことがわかったってことやねえ。それで、ナツキくんとエミリアさんが何か見つけてへんかなって思うたんよ」

「うーん、ごめんなさい。私たちも、本棚の上には何も見つけられなくて……」

「ああ、それで本棚の上に乗っかっとったんやね。いや、急に何を始めたんかなとは思うてたんやけど……」

　直前のエミリアの行動の真意を聞いて、アナスタシアが微苦笑する。その彼女の横で、ユリウスが「よろしいですか？」とエミリアに指を立て、

「すでにスバルとエミリア様も同じ結論かと思いますが、この『タイゲタ』の書庫は我々

の手には余ります。とても、この膨大な蔵書の全てを確かめる時間はない」

「ん、私たちも同じ考え。だから、次の『試験』の階段を探してたの」

「それが良いでしょう。ただ、それと並行して、この書庫の活用法にも当たりをつけたい」

「当たりをつけるって……何か考えがあるのか？」

「ああ、無論だ。一案として、国を挙げるという考えができる」

人手不足に触れた上で、ユリウスは真面目腐った顔でそう提案する。

その話に「国……？」と目を丸くするエミリア、彼女の隣でスバルは指を鳴らした。

「なるほど。あんまり考えてなかったけど、それもできるのか。この監視塔に辿り着くまでの邪魔な結界は消えたわけだし、魔獣だらけの砂海さえ越えたら」

「塔へ辿り着ける。それでも、大冒険には違いないがね。しかし、人海戦術が使えるのであれば、この書庫のことを王国へ報告する価値は十分以上にある」

「資料的価値は半端じゃないもんな。……お前の大好きな歴史関係の虫食いも、かなり埋まるのは間違いねぇだろうし」

「それはあくまで副次的要素だ」

スバルの茶々に早口で応じて、ユリウスは「いや」とすぐに首を振り、

「それを全く期待していないと言えば嘘になる。すまない。私心があった」

「そんな凹むなよ、私心で動くのの何が悪いんだよ。それで盛大に反省されると、下心百パーセントで行動する俺はどうなるんだよ」

　基本、スバルは見返りを期待するし、私心を捨てて使命感で動けるとも思わない。いつでも自分のことばかり、それがスバルの行動理念であり、方針だ。

「殊更、遠ざけようとするもんでもない。そもそも、俺の記憶にある限り、アナスタシアさんが王様になりたい理由なんか私心丸出しだったぞ。違った？」

「んーん、違わんよ。うち、王様になりたい理由は欲を満たしたいからやもん。結果的にうちの周りにも利益が回る。それだけの話」

　無礼か不躾なスバルの物言いに、アナスタシアは気を悪くする風もなく笑う。それから彼女は自分の襟巻きに触れて、その白い毛並みを撫でながら、

「せやけど、そんなユリウスとうちが主従になるんやから面白い。そんな風に思うんやけど、エミリアさんらはそう思わん？」

「個人的には余所の足並みが揃ってないのは助かるから、そのまま音楽性の違いで解散してくれると助かる……痛っ！　エミリアたん、痛い！」

「イジワルなこと言わないの。──私は、アナスタシアさんたちのこと、前よりちゃんとわかってないから迂闊なことは言えない。でも、相手がどんな風に立派でも、私は私のやり方で、私の騎士様、の部分でスバルの袖を摘まみ、エミリアは胸を張ってくれた。その横顔に胸がいっぱいになって、スバルは鼻から長く息を吐く。

「へなちょこかもしれないけど、負けないわ」

「へなちょこってきょうび聞かねぇな」

「……時々、真剣に君たちのことが怖くなる。どこまで本気で、どこまでがそうではない部分なのか見分けられず」

「俺はともかく、エミリアたんは大体真面目で真剣だよ。そこが可愛いだろ？」

スバルのウィンクにユリウスが苦笑すると、脱線した話もひとまず終着駅につく。代わりに本題を発車させるのは、「はいはい」と両手を叩くアナスタシアだ。

「それで、さっきまでのお話に戻るんやけど……人手が足りないから、外から人を呼んだ方がええって話やったやんな？」

「はい、その通りです。今なら、規模の大きな調査隊を塔へ入れることも可能でしょう。上階への道だけに限らず、この書庫で何らかの発見ができれば……」

「ん、わかる話やね。——わかる話なんやけど、うちはちょぉ怖く感じるんよ」

「怖い、ですか？」

熱弁するユリウスを遮り、アナスタシアがゆるゆると首を振る。その答えに眉を寄せる自分の騎士に、アナスタシアは「あんな？」と指を立てた。

「人手が増える、そのことはうちも歓迎なんよ。この書庫、見回るだけでも大変なんやもん。特にうちは背ぇが低ぅて、本棚見てるだけで首が痛ぁなるから」

自分のうなじをトントンと叩くアナスタシアは、「せやけど」と続けて、

「商売の基本は相手の立場になって考えること。まぁ、商売に限らんと、どんな場面でも

役立つ人生の基礎やね。で、それに則って考えてみよか」

「考えるって、相手の立場？　でも、誰のこと？」

「この塔を作って、『試験』の準備して、シャウラさんを置いた人……やね。その人の気持ちになって考える。すると、見えてくるやん？」

「性格がひん曲がってるってか？」

「バキバキやとうちは思うよ」

スバルが唇を曲げると、アナスタシアも同感とばかりに頷く。

その言葉に、真面目なエミリアとユリウスは難しい顔だ。が、どちらかといえば性格の悪い側に所属するスバルとアナスタシアは自然と同調する。

アナスタシアの言う通り、性格の悪い人間が塔の攻略難易度を上げるとしたら。

「シャウラ！　聞きたいことがある。ちょっとこい」

「お師様ー？　はいはーい、今すぐいくッスー!!」

スバルに呼ばれ、階段の傍で手持ち無沙汰にメィリィと戯れていたシャウラが飛んでくる。文字通り、飛び込んできたシャウラが床を滑り、スバルの前に正座。

「なんスか、なんスか？　お師様、あーしに何してほしいんスか？」

「そんな目ぇキラキラさせてこられると罪悪感があるな……。お前、二層にいく階段の場所ってどこにあるかは……」

「知らねッス！　あーし、四層から上にいったことないッス！」

「四百年も？　それって、すごーくビックリね……」

自己申告が事実なら、シャウラが監視塔で過ごした時間は四百年ほどのはずだ。

その間、砂丘の監視に集中し続けていたなら、それはさすがに見上げすぎた忠誠心と言わざるを得ない。正直、お師様扱いは荷が重すぎると感じるぐらい。

「シャウラさん、ちょっとええ？」

と、そこに持論を展開中のアナスタシアが割って入る。

「シャウラさんはアレやろ？　この大図書館、プレイアデスの番人って立場やんな？」

「いーぐざくとりぃッス」

「なるほど。したら、うちの予想やと……四つ。ん、五つかな？」

「んん～？」

「──シャウラさんが言いつけられてる、塔を守るための内緒の決まり事。五個と違う？」

「──うげっ!?」

はんなりと微笑するアナスタシアの言葉に、シャウラがとっさに仰天した。

目を見開き、肩を跳ねさせたその反応は、言葉よりも明快に、アナスタシアの疑いが事実であると示していたのだった。

ただ、そんなアナスタシアの指摘の意味がわからないのはスバルたちだ。

「決まり事？　それも内緒のって、どういうことだ？」

「ち、違うッス、お師様！　そもそも、あーしは隠し事してたんじゃなく、聞かれないから言わなかっただけッス。そこのところ、ちゃんと書面に残してもらいたいッス！」

「いいから、全部話せ」

アナスタシアに秘密を看破され、あたふたするシャウラの弁明をスバルが潰す。

その強硬な姿勢に、シャウラは自分の両手の指をそれぞれ突き合わせ、

「例えばの話ッスけど、お師様たちがあーしに内緒で塔を出ていこうとかしたら、あーしはもう容赦なくぶっ殺すッス」

「すげぇいきなりだな⁉」

「別にやりたくてやるわけじゃないッス！　例えの話ッス！　そもそも、これはあーしにとって逆らえない問題なんスよぉ」

まさかの敵対宣言にスバルが目を剝くと、シャウラは長身を小さくして首を振る。ぺたんと座って膝を抱えるシャウラは、その豊満な胸を自分の膝で潰しながら、

「あーしがお師様をぶっ殺すなんて、そんなのできるわけないじゃないッスか。あーしの方がぶっ殺されて終わりなのに、メチャメチャしんどいッス……」

「そんなに嫌なら拒否すれば……まさか、契約とか言い出さないだろうな」

嫌な予感がして、スバルはシャウラにその単語を口にする。

そもそも、真剣にシャウラの正体を吟味していれば思いつく話だ。

四百年間、『賢者』の代わりに魔女の封じられた祠を見張る番人——そんな気の長い役割を、実際に数百年間続けてきた存在。寿命も在り方も、人間的なそれではない。

「お前も、ベア子みたいに精霊なんじゃないか？」

ありもしない約束を理由に、四百年間、禁書庫に縛られていたベアトリス。

その彼女と同じように、シャウラもまた四百年、監視塔に近付くものを次々に仕留めながら、条件を越えられるものが辿り着くのを待っていたのだとしたら。

あるいは彼女も、ベアトリスと同じ存在――。

「なわけないじゃないッスか。精霊とか、そんなフワフワした連中と一緒にされたらたまったもんじゃないッス。断固拒否……なんか、急にみんな目が怖いッス！」

「この場の面子、八割が精霊と関係あるからな！」

なにせ、未熟者も含め精霊術師が三人。さらに精霊そのものである幼女が一人と、暫定精霊に体を乗っ取られている人物も一人。無関係なのは階下で待っている鬼の姉妹と、しゅんと小さくなるシャウラを上機嫌に眺めているメィリィぐらいのものだ。

「それならそれで、お前はなんなんだよ。精霊でもないんなら、そんな必死になって契約を守ろうとする必要ないだろ」

「何言ってるの、スバル。精霊でも精霊使いじゃなくても、約束したんなら守らなくちゃダメに決まってるじゃない。約束は大事。はい、繰り返して」

「いや、今のは俺が悪かったけど、言葉の綾で……」

「約束は大事。さんはい」

「約束は大事約束は大事約束は大事」

思わぬところでエミリアの叱責を受け、三回繰り返して許しを得る。

そのスバルとエミリアのとんちきなやり取りはともかく、シャウラの頑(かたく)なな姿勢は何とも度し難い。まさか、ただ義理堅いだけだとは考えにくいが。

「ええい、エミリアたんに怒られた。お前のせいだ！　クソ、キリキリ吐け！」

「わーお、なんて言い掛かりッスか。でも、それでこそお師様ッス！　話すッス！」

八つ当たり全開で詰め寄るスバルに、シャウラが正座したまま手を上げ、

「不肖、あーしが言われてることを簡単ながらお話させていただくッス。まず、大図書館プレイアデスの挑戦者は、もう絶対に外に出さないッス」

「いきなりどうしようもねぇぞ」

「大丈夫！　ちゃんと抜け道があるッス！　たーだーし、ちゃんと大図書館の『試験』を解き終えて、一層『マイア』までいけば問題ないッス。オールＯＫッス」

親指を立てて、グッとサムズアップするシャウラ。

「ちなみに、この条件に違反した場合、あーしは血も涙もないキリングマシーンに早変わりするッスから、お師様との約束は無効ッス。手出しするッス」

「俺との約束より優先度上ってか。傷付くわー」

「おおー、お師様を傷付けるのに成功するなんて、あーしも腕を上げたッス！　これは進化に違いないッス！　四百年の集大成ッス！」

「皮肉だよ！」

「あーしもッス！」

鋭く言い合い、それからシャウラは二本目の指を立てて、立てた指をリズミカルに揺すりながら「続きましてー」と言葉を継ぐ。

「もう飽きたんでポンポンいくッス。一、『試験』を終えずに去ることを禁ず。二、『試験』の決まりに反することを禁ず。三、書庫への不敬を禁ず。四、塔そのものへの破壊行為を禁ず。五……あー、五は……あー、ないッス」

「全部で四個の決まり事……だけど」

飽きっぽいシャウラの言葉を引き取り、エミリアが眉を顰めてスバルに振り返る。その彼女の抱く不安と懸念、それにスバルも首肯した。

シャウラの口にした決まり事、それを破らず済ませるのが大前提として――、

「――『試験』の決まりに反するのを禁ず、ってのは気になるな」

「何か、我々の知らない決め事が裏に隠されているということになるだろう」

顎に手を当てるスバルに、ユリウスも同意見の様子だ。

三層『タイゲタ』の『試験』、少なくともモノリスを用いたアステリズムの問題に関して、スバルたちはそれらしい決め事の指摘を受けていない。

しいて言えば、間違ったモノリスに触れた途端に失格扱いされたことだが――。

「……墓所の『試練』は、失敗すると次の日まで挑戦できなくなった。それって、さっきの『試験』のやり直しにちょっと似てるけど、もしかしたら……」

　そこで、エミリアが言葉の続きを躊躇ったのを見て、スバルは頷いてみせる。

「思いついたことがあるなら話してくれ。何言っても馬鹿にしたりしないから」

「うん、わかった。あのね、スバルとアナスタシアさんも言ってたけど、この塔を作った人はすごーくイジワル……でしょ？」

「言葉の選び方が可愛らしぃなってるけど、そやね。それで？」

「相手の立場になって考えるのも大事。つまり、すごーくイジワルな人の気持ちになりながら、今のシャウラの言ったことを考えると、こうじゃないかなって」

　全員の視線が集中し、エミリアはそこで一度、自分の唇を舐めた。それから、彼女は両手を重ねて、その指先を天井に向けると、

「守らなきゃいけない決め事の内容がわからない。……それってすごーくイジワルよね？」

「……つまり」

「決め事の内容を想像しながら、それを破らないように進めってことかもって。エキドナだったら、そういうことしそうじゃない？」

「……エミリアたんも、性格悪い奴でパッと思い浮かぶのはあいつか。気が合うね」

　補足に付け加えられた一言が、少なくともスバルにとっては信憑性を増す。

　エミリアの、慣れない性格の悪い発想――それは、かなり正しいようにスバルには感じられた。破ってはいけないルールを設け、その内容を挑戦者に明かさない。

「趣味も性格も悪いな……ちなみに、この判定ってお前がするのか？」

「なんか、今、言った条件のどれが破られても、あーしにはそれがわかるらしいッス。だから、誤魔化せないんス。──あーしのことも、お師様たちのことも、絶対に」

言葉の後半、やけに神妙な態度で言い切られた声には力があった。

それはシャウラの力量、という意味での力ではない。むしろ、逆だ。

──シャウラに、シャウラほどの力を持つ存在に、言わせるだけの力があった。

「……元々、厄ネタだったところにさらに厄ネタが重なっただけか。今さらだ」

「そう言い切れる君がたまに羨ましい」

肩を落としたスバルの呟きに、ユリウスはふっと唇を緩めて肩をすくめた。

「やはり、常に格上としか相対できない立場がそうした精神を培わせるのだろうか。だとしたら、それは私にはなかなかできない経験の差だな」

「お前はもっと足下に怯えろ。今に、机の角に小指をぶつけるからな。ぶつけろ」

「はいはい、仲良ぅケンカするんはええけど、本題を忘れんとこな？」

スバルとユリウスの間に割って入り、アナスタシアが座るシャウラを見下ろす。

「それでホントに終わりなん？　それ以外は大丈夫なんやね？」

「誓うッス。今度は嘘じゃねッス。それに、この決め事が破られない限り、あーしの体はあーしのものッス。間違ったッス。お師様のものッス」

「いらねぇ」

「突き返されたッス！　でも、心は常にお師様の傍にあるッス！」

「それもいらねぇ」

腰に手を当てたアナスタシアに再確認されて、シャウラはいらない情報とともに自分の立場をしっかりと表明する。あちこち余計な装飾があるものの、ひとまず、階下でのスバルとの約束——スバルたちに危害を加えない、は守るということだろう。

無論、決め事が破られない間は、という条件付きであるが。

「それにしても、『試験』を終わらせなきゃ外に出られないなんて……なんだか、ますます墓所の『試練』に似てるわよね」

「いや、最悪、敵対するこいつを倒せれば帰っていいんだろ？　墓所より緩いよ」

「お師様はそんなことしないッス！　誰よりも心が広くて優しかったッス！　やべ、嘘ついたせいで体痒くなってきたッス！」

嘆息するエミリアとスバルの前で、自業自得のシャウラがバタついている。

とはいえ、彼女はおおよそ正直に話してくれただろう。ひとまず、現時点でシャウラから聞きたい話はこんなところでひと段落のはずだ。

「よしいけ、メィリィ！　シャウラの手綱をしっかり握っといてくれ」

「任せてえ……って、なんだかそれって引っかかる言い方じゃなあい？」

一行のシャウラ係に抜擢されたメィリィが、スバルの指摘に頬を膨らませる。と、そう反発しつつも、体はよじよじとシャウラの背中に取りつくのだから素直でない。

それにしても、スバルの方から言っておいてなんだが、

「完全に定位置って感じだな。なんでまた、そんな懐いてんだ？」

「波長が合ったって感じかしらあ？　なんだか、この裸のお姉さんの傍にいると、すごおく気持ちが落ち着くのよねえ」

そう言って、メィリィはシャウラの頭にすっかり体重を預けている。スバルがあれをされたら首を痛めそうだが、竜車を担ぐ怪力シャウラにはなんてことないのだろう。

実際、シャウラはメィリィを乗せたまま軽々と立ち上がると、

「あーしもまぁ、別に気にしないッス。ちびっ子二号の面倒ぐらい見るッス」

「二号？」

「二号がこっちのちびっ子で、一号があっちのちびっ子ッス」

メィリィを肩車したシャウラが、一号と称してベアトリスを指差す。

シャウラの指し示す先、一人で本棚の間を歩き回っているベアトリス。彼女はそのシャウラの無礼な発言も耳に入っていないのか、ずいぶんと集中している様子だ。

「ベア子がこんなこと言われても食って掛からないなんて珍しい」

そう思い、スバルは思案げにしているベアトリスの下へ歩み寄る。足を止めた少女のすぐ傍らに立つと、横からその顔を覗き込んだ。

「ベア子、今みんなで話し合ってんだが、お前もこっちこいよ」

「――――」

「ベア子？　おーい、ベアトリス。しゃんとしろ。おでこにキスするぞ」

「……勝手にすればいいのよ」

「むちゅー」

「んぎゃーかしら!?」

なんか腹が立ったので、本当に額にキスしてやると、途端にベアトリスは我に返り、口付けされた額を押さえたまま大きく飛びずさる。転ぶ。立ち上がる。転ぶ。

「おいおい、動揺しすぎだろ」

「な、な、何をいきなりしているのよ!?　脈絡なさすぎるかしら！」

「脈絡はあったし、お前の許可も取ったよ。お前、ホントに大丈夫か？」

額を必死で擦っている姿に多少傷付きながら、スバルは少女のことを心配する。

考えてみれば、ここは曰く付きの砂丘の真ん中にある塔だ。スバルにはよくわからない瘴気やらなんやらが漂っているはずだし、それが原因かもしれない。

「調子悪いなら俺と手繋いでろ。それで落ち着くだろ」

「この流れでは無理なのよ！　ちょっと落ち着く時間を寄越すかしら！」

顔を赤くして喚くベアトリス。手を繋ぐのまで拒否されたのはちょっとショックだが、これで普段通りの態度だ。気掛かりがあるなら、また機を見て聞き出すとしよう。

「さて、そうなると、あとの問題は……」

「結局、二層への階段の所在は闇雲に探す以外にないということか」

改めて、書棚に向き直るスバルの言葉をユリウスが引き継ぐ。

その表情がわずかに消沈して見えるのは、王国に報告し、人手を増やそうと考えた彼の考えが、シャウラに命じられた決まり事とやらで頓挫したのが原因だろう。

『試験』を終わらせなければ、塔から外に出ることは認められない。

故に、塔の捜索は今いるメンバーで続ける以外に選択肢はないのだ。

「砂丘に落とした金の粒を探す気分、って言ってわかるか？」

「君らしくもなく詩的な表現だが、素直に同意できるね」

スバルとユリウスが珍しく、目の前の難題に対して素直に意気投合する。

それを契機に、改めて二層の階段探しへと取り掛かろうということになった。一度、この『タイゲタ』の書庫のことは忘れて——と、思ったところだ。

「ねえ、私、少しだけ思ったんだけど」

意気込みも新たに書庫へ臨もうとする二人に、エミリアが小さく手を上げる。

振り返る二人に彼女は首を傾げ、その唇に指を当てると、

「性格の素直じゃない人が、塔を作ったってところでずーっと考えてたの」

「言葉の選び方が可愛らしぃなってるけど、そやね。それで？」

まるで先ほどのリフレイン、繰り返しのような錯覚に襲われるやり取りの最後に、エミリアは「だから」と付け加えて、

「階段の場所なんだけど、ひょっとして——」

3

「やっぱり、この塔作った奴(やつ)の性格、クソ最悪だな!!」

高く長く伸びる階段――二層『エレクトラ』へ向かうそれを前に、スバルは堪(こら)え切れない憤懣(ふんまん)を爆発させ、そう叫んでいた。

塔の創造主の性格を想像し、エミリアが暴き出した二層への階段。

その明らかになった隠し場所とは――、

「あの、三層の部屋の中になかったんなら、別の場所……今までちゃんと見て回ってなかった、四層とか五層のどこかに出てくるかもって思って」

当たって嬉(うれ)しいような残念なような、そんなエミリアの複雑な表情と言葉。

その彼女の推測はばっちり当たって、二層への階段は四層の、ラムやレムの待っている『緑部屋』のすぐ隣室――空っぽだった部屋の中に出現していたのだった。

第四章 『棒振り』

1

――二層『エレクトラ』への階段は、大階段とでも呼ぶべき威容を誇っていた。

六層から五層、そして四層へ上がるまでにあったいずれの階段と比較しても、その大階段は横幅も段差の高さもスケールアップしている。元々の部屋が階段部屋へと書き換わったのだから、そのとんでもぶりは言わずもがなだ。

「この大階段、実は最初からここにあった……なんてことないよな？」

「さすがに、これだけあからさまな階段を見落としていたとは考えにくい。――ただ、この部屋だけに限定した場合、その見落としも否定できないな」

「探索中にあった違和感、の話やね。うちもそれはちょっとわかるわ」

スバルの疑問を受け、頷き合うのはアナスタシアとユリウスの主従だ。二人の納得にスバルは首を傾げるが、そこにエミリアが「はい」と手を上げ、

「スバルが寝てる間のことなんだけど、私たちはこの四層に集まったりしてたの。レムとパトラッシュちゃんが『緑部屋』で休んでるのもあるし、三層の謎解きにも挑戦してたか

ら。それで、どの部屋に荷物を置くか、みんなで歩き回ってたんだけど……」

「そのとき、この部屋はなんとなく全員が避けたのよ。今にして思えば……」

「なんか、認識阻害的な方法で遠ざけられてたんじゃないかって？」

その推測に、四層先遣隊のエミリアたちは揃って頷いた。

三層をクリアして初めて、全員が「そういえば」と気付ける認識阻害。――そう考えてみると、この大階段の存在が自然に思えてくる。

「まぁ、でなきゃ三層で石板の謎解きが終わったときに、うっかりこの部屋にいた誰かが出てきた階段に潰されるとかありえるもんな……」

「スバル、石板ではなく、モノリスだ。混乱は避けたい。呼び方は統一しよう」

「モノリスモノリスモノリス！　満足したか？　話進めるぞ」

食傷気味におざなりな対応をして、スバルは改めて大階段を見る。

四層から三層を通り越し、二層へ通じているだろう大階段だ。構造上、真っ直ぐに階段を上がっていったら、塔の外へとはみ出してしまうように思われるが――、

「そこは不思議パワーで何とかしてるのかな……」

「もしくは、これが二層に繋がってる階段と見せかけて、全然別の場所に繋がってる階段だとか……それだと、イジワルすぎるかしら？」

「この塔にいると、エミリアたんの純朴さが汚されて、どんどん意地悪い人間の思考に染まってく恐れがあるな。早く攻略したい」

意地の悪い塔の仕組みを次々と解き明かすエミリアは頼もしいが、彼女の性格が歪んでしまわないか、健やかに育ってほしいスバルとしては悩みどころだった。

「とはいえ、ペースは悪くないよな。三層の『試験』だって、言っちまえば俺は初回クリアしてるわけだし、塔の攻略は三日で三分の一が終わったといえる」

「四百年以上も進展がなかったことを思えば、とんでもない進捗ペースかしら」

「そう言われると、確かにやべぇな。……いや、でも、俺って案外、何百年も動いてない歴史を動かす男だからな。歴史を動かす男ってパワーワード感がすごい」

振り返れば、白鯨の討伐隊に加わり、魔女教大罪司教『怠惰』の撃破と大兎の討伐。『強欲の魔女』の墓所で『試練』の突破に貢献し、さらには大罪司教『強欲』を倒して、前人未到のプレアデス監視塔へ到着。そして、誰も挑戦していなかった『試験』の一つをクリアし、これから二つ目の『試験』へ臨もうとしている。

「過程省いて功績だけ箇条書きすると、俺って馬鹿みたいだな……」

それまでの間に散々死んでいるので、胸など到底張れたものではないが、それにしてもここ一年でこの世界の歴史を動かしすぎている。

意図的に動かしているつもりはないが、覚悟しておけ、世界——といった気分だ。

「って、あれ？　どしたの、エミリアたん。急に俺の手なんて握って」

「……ううん。ただ、スバルはもうちょっと、もう少し、自分のことをちゃんといたわってあげた方がいいと思うの」

「またまた。エミリアたんとかベア子が優しくしてくれるのに、これ以上は贅沢だよ」

レムが目覚めればレムも、きっとそこに加わる。厳しいけど、優しい。

それにペトラやパトラッシュ、ガーフィールやらオットーも追加すると、スバルが自分で自分に甘くする余地など残るはずもない。

そんなスバルの受け答えに、エミリアは何か言いたげに唇を震わせ、しかし言葉が見つからず、ただ上目遣いにスバルを見つめるだけに留まった。

「……ナツキくんのこれは、もう根っこの部分の問題やと思うよ。一日二日ですーぐ直るもんとはうちには思えんもん」

「アナスタシアさんまで、そんな風に言うんだから……」

「ほーら、いつまでも足踏みせんと、上にいってみぃひん？　三層みたいに頭ひねらなダメかもしれんし……ナツキくんがあっさり解いてくれるかもしれんしね？」

「三層と同レベルの意地の悪さだったら、俺も自信ねぇぞ、正直」

はっきり言って、スバルが三層の『試験』をクリアできたのはたまたまだ。

仮に、フリューゲルがスバルと同じ世界からこの世界へ召喚された漂流者なら、二層の『試験』でも現代知識が活きる可能性はなくはないが――、

「俺の知らない知識だったら一発アウト……フリューゲルだし、ドイツの歴史とか言われたらもうどうにもならねぇよ」

ちなみに、フリューゲルとはドイツ語で『翼』だったはずだ。関係あるかどうかはわか

らないが、仮にフリューゲルがドイツ人ならお手上げである。

「――なんて、不安ぶっててもしょうがねぇ。文字通り、次への階段が目の前なんだ。ここでいかなきゃ男じゃねぇ。さぱっと挑んで、ズバッと攻略してやるぜ」

「生憎、この場にいるのは私と君を除けば女性ばかりだがね」

「心意気の問題なんだよ、水差すな！　よし、いくぞ、ベア子！」

「んきゃーなのよ！」

意気込みに水をかけられる前に、スバルはベアトリスを担いで階段へ飛び込んだ。そのまま勢いよく、長い階段を一気に駆け上がる。

「だだだだだだだだだだ――！」

「あ、スバル、待って！」

猛烈な勢いで走り出すスバルを追って、エミリアを始めとした仲間たちも続々階段へ。そんな彼女らを後ろに引き連れながら、スバルとベアトリスは先頭をひた走る。

そのスバルの腕の中、器用に姿勢を直したベアトリスが青い瞳を細めた。

「やっぱり、空間がねじれてるとしか思えないかしら。これだけ一直線に上りて、塔の外に飛び出す気配がないのよ」

「外観からわからなかっただけで、塔がそんな形してるのかもしれねぇぞ」

「この階段部分だけはみ出すように？　それだと、外から眺めて違和感があるから、せっかく階段を隠した意味がなくなるのよ」

「だよね。俺も言ってみただけ」

ベアトリスの推論に賛同しつつ、軽く息を弾ませながらスバルは頭上を仰ぐ。

不思議なことに、駆け上がる階段には上階の近付く気配がない。これだけ走っているにも拘らず、下るエスカレーターを逆走しているような徒労感があった。

「まさかの、エミリアたんが言ってた嫌がらせが現実味を帯びてくる……！」

階段だけ用意して、実は上と繋がっていない可能性——そんなゾッとしない想像にスバルが身震いするのと、唐突に頭上が開けたのはほとんど同時だった。

「う、お——!?」「ひゃっ！」

終わりの見えない大階段、それが突然、白い光に呑まれてスバルとベアトリスが驚く。思わず、踏鞴を踏んで前のめりになりながら足を止めれば、いつの間にやら唐突に階段が終わり、新たな階層へと足を踏み入れている。

そこは——、

「白い部屋、再び……ってか」

「かしら」

立ち止まり、ゆっくりとお姫様抱っこしていたベアトリスを床へ下ろす。

目の前に広がるのは、三層の『試験』が行われた空間にそっくりな白いフロアだ。床も天井も果てがないように見え、遠近感が狂わされる不可解な空間。

「わ、またこの部屋？」

白い世界にある異物の一つが、スバルたちの上がってきた階段だ。その階段から続々と、スバルたちに追いつくエミリアたちが姿を見せる。

きょろきょろと、最後に到着したアナスタシアが白い空間を見回して、

「まぁた白い部屋やけど、まさかうっかり三層なんて言わんよね？」

「それはないと思うの。四層から三層に上がるのに、段数は五十四段だったけど、ここは四百四十四段あったもの。十倍ぐらい上がってきてるでしょ？」

「か、数えてたの、エミリアたん？」

「ふふ、実は階段の段数を数えるのが最近趣味になってて……なんで頭撫でるの？」

「と、とにかく、エミリアたんの大手柄だ。ここが期待通りの二層だってんなら……」

「『試験』が始まるはずなのよ。たぶん、あれがその切っ掛けかしら」

エミリアの疑問は後回しに、スバルはベアトリスの指差す方向——階段を上がって、ちょうど正面に当たる場所、そこで存在感を主張する物体に目を留める。

「——」

三層『タイゲタ』でも、やはりああしたものが部屋の中央に陣取っていた。それに触れた途端、『試験』が始まる。ここも同じ条件ならば、おそらくはあの——、

「モノリスではないな。——剣だ」

黄色の瞳を細め、部屋の中央に突き立つ『それ』を見つめ、ユリウスが言った。

彼の言葉通り、白い空間に存在する『それ』は三層で目にしたモノリスではない。

——『それ』は、剣だ。

鞘から放たれた抜き身の剣が、その先端を白い床に突き刺し、立っている。

柄を上に向け、真っ直ぐに突き立つその剣は、ひどく美しくスバルの目に映った。

華美な装飾があるわけではない。素材の良し悪しなどスバルにはわからない。

ただ、過剰な装飾もなく、最低限の鋼に留まるその在り方が、美しく見えたのだ。

「雰囲気からして、さながら『選定の剣』ってとこか……」

「————」

そのスバルの呟きを聞いて、眉を上げたユリウスが何とか自重した。

彼の葛藤を余所に、スバルはひとまずシャウラの方を見る。彼女の自信満々の顔には、「何を聞かれてもわからねッス！」と書いてあったので、何も聞かなかった。

「スバル」

「大丈夫、だとは思う。いきなり即死系の罠が起動するってことはないだろうから」

心配げなエミリアに頷きかけ、スバルは選定の剣にゆっくりと近付いた。触れた途端に何が起きるかわからない。十分、仲間たちには注意してもらうとして。

「アナスタシアさんを逃がすとき注意しろよ。階段が長ぇから、うっかり突き落としたら死ぬまで転がり落ちるぞ」

「留意しよう。君こそ、エミリア様とベアトリス様への注意を欠かさずに」

「大丈夫。スバルはちゃんと私が守るから」

「ああ、守られるぜ」

親指を立てて応じてやると、気合い十分なエミリアの姿にユリウスが嘆息する。それを見届け、スバルは選定の剣の前に立った。

手を伸ばせば触れられる距離だ。この時点で、剣は確かな現実感を伴ってここにある。モノリスのように、不可思議な物体といった印象もない。

「しかし、まさかこんなオーソドックスなファンタジーに試される日がくるとはな」

選定の剣を前に呟(つぶや)いて、スバルは軽く一呼吸——そして、剣の柄(つか)に手を伸ばした。

その直後に、それがくる。

『——天剣に至りし愚者、彼(か)の者の許しを得よ』

「——っ！」

鼓膜を通り越して、脳に直接響くような声が『試験』の概要を告げる。

予想できていた展開だけに、握った剣を取り落とすような無様こそ晒(さら)さなかったが、相変わらずの不思議現象に居心地の悪さは味わわされた。

やはり、脳に響くこの声は『自分』のそれによく似ている。

「車酔いみたいな感覚があるな……これ、今のはみんなにも……」

剣を抜いたスバルだけでなく、周りのみんなにも聞こえたのだろうか。モノリスのときは、触れた当人以外にも声は聞こえた。

だから今回も、と振り返ったスバルは気付く。

「――――」

――全員が息を詰め、スバルの向こう側を凝視していることに。

その視線につられ、振り返ったスバルは今一度振り返った。正面、選定の剣の突き刺さった地面の先――そこに、一つの影が出現していた。

「――天剣に至りし愚者、彼の者の許しを得よ」

ぼそりと、呟かれただけのはずのその声が、やけに大きくスバルには聞こえた。

剣を抜いた瞬間、聞こえた内容と全く同じ文言。しかし、それは今度は脳に直接響く自分の声ではなく、紛れもなく正面の人影から発された他人の声だ。

「――天剣に至りし愚者、彼の者の許しを得よ」

その声に、体が震える。それが恐怖なのか、感動なのか、快楽なのか、悲嘆なのか、区別できない。生物としての絶対的な差が、感情を全方向から掻き乱す。

この距離で、ただ声だけで、命を、弄ばれている。

「――天剣に至りし愚者、彼の者の許しを得よ」

――赤い、長髪を無造作に背に流した男だった。

身長は、かなり高い。スバルより頭一つ分は上背があり、その身長に見合ったたくましい筋肉が男の肉体を覆っている。

その身に纏うのは鎧ではなく、防護の役割に何ら寄与しない紅の着流し——右腕の袖を抜いて剥き出しになった裸身、その胴回りに白いさらしが巻かれているのが遠目にわかった。燃ゆる炎の色をした髪は背中の真ん中に届き、その左目は珍妙な紋様の入った黒い眼帯が覆っている。そして、眼帯のない右目は届かぬ天を映した空色だ。

きっと、静謐に悠然と佇んでいれば、見るもの全てが振り返り、絵画に残したくなるほど整った美貌——それを、野蛮で残酷、凶暴そのものの空気が粉砕する。

それは、あまりにも美しい姿をした、獰猛な獣だ。

この世で最も美しい凶獣——そんな存在に、スバルは呼吸することを忘れる。

「ひ」

時間が止まった錯覚の中、その静止を最初に割ったのは呻き声だった。

とすん、と軽い音がして、直後に「きゃっ」と少女が声を上げるのが聞こえた。動かせぬ視界、その端にかろうじて見えたのは、尻餅をつく黒髪の女——シャウラが床にへたり込み、その傍らでメィリィが目を白黒させる状況だ。

「ひ、ひ……」

ともすれば、シャウラは失禁しかねないほどに動揺していた。

可能であれば、本能の訴えに任せるままにこの部屋から飛び出していたはずだ。

ただ、震える足がそれを許さなかっただけで。

「——っ」

息を呑み、瞬きすら忘れていた瞼を力ずくで閉じて、一瞬、落ち着く。

それからスバルは男から目を逸らさぬままに、一歩、後ろへ下がった。右手には選定の剣を、左手にはベアトリスの手を握り、硬直した彼女を連れて、後ろへ。

「え、エミリア……」

「わ、かってる……」

置き去りにするわけにはいかぬと、スバルはやはり硬直していたエミリアの名を呼んだ。その呼びかけに、エミリアも震える声で頷く。膝が震えるのを堪えられないままに、ゆっくりと彼女が動くのに合わせ、スバルは後ずさった。

「――天剣に至りし愚者、彼の者の許しを得よ」

距離が開く。なおも、男は動かない。ただ、それを繰り返す。

「――天剣に至りし愚者、彼の者の許しを得よ」

全神経を注ぎ込みながら下がり、へたり込むシャウラの傍へ辿り着いた。シャウラは相変わらず恐怖に顔を強張らせ、メィリィは彼女の腕を掴んで動けない。

「――天剣に至りし愚者、彼の者の許しを得よ」

繰り返される言葉、文言、それは二層『エレクトラ』での『試験』の文言。

それを男が繰り返すことに何の意味がある。剣を抜いた途端に聞こえた『試験』の内容と、それを繰り返す男と、愚者と、許しとは――。

「――天剣に至りし愚者、彼の者の……ゆる、しを……」

「――ぁ？」

思考が加速し、スバルの中で恐ろしい結論が生まれかけたのと、澱みなく繰り返されていた男の声、そこに変化が生じたのは同じタイミングだった。

――ただしその変化には、スバルたちをより驚かせるには十分な威力があった。

「天剣、愚者の……許し、をぉ……あ、あああお、おーおー、あー」

「な、なんだ？　なんだなんだ、何が起こる？」

「あ、あ、あああああ――ッ!!」

「ぴぎぃっ！」「どわぁっ!?」

棒立ちでいた男、その発言におかしな停滞が生まれ、次の瞬間に爆発する。

その突然の大噴火に悲鳴を上げ、耐えかねたシャウラがスバルに飛びつく。その腕に思い切り抱きしめられ、スバルは受け身も取れずにひっくり返った。

「痛えっ！　シャウラ、お前……！」

「ひやぁぁぁ！　お師様お師様お師様助けてぇっ！　いやッス！　助けてぇ！」

「――るっせえぞ!!　二日酔いの頭に響くンだよ！　喚くンじゃねえ！」

「あふっ……」

落ち着かせる言葉が届く前に、ついにシャウラの精神が限界を迎えた。

それまでの暴れぶりがなんだったのか、シャウラは呆気なくぐるりと白目を剥くと、スバルの腰にしがみついたまま動かなくなる。――失神していた。

「嘘だろ、お前……」

「ぶくぶくぶくぶく……」

ご丁寧に、わかりやすく失神した状況を伝えるシャウラは完全に戦線を離脱した。ここまでの反応ははっきり言って予想外。

何せ、彼女の戦闘力だけは折り紙付き——その彼女が、これほど怯えるなどと、

「只者ではないと、そうお見受けする」

「あァン？」

一歩、高い靴音が鳴り響くのと、不機嫌に男が唸ったのは同じ原因だ。

それは白い靴の踵で床を叩いて、前に踏み出した優麗の騎士——その手に、ひっくり返った拍子にスバルが手放した剣を拾い、頬を硬くするユリウスだ。

そのユリウスを目にして、男はその口の端を苛立たしげに歪めた。

「なンだ、オメエ。つーか、ここどこだ。ふざけてンのか、オメエ」

「いいや、ふざけてなどいない。こちらも、戸惑ってはいる。突然にこの場に貴方が現れたのだ。——警戒も、やむを得ないと思ってもらいたい」

「なンだ、オメエ。ややこしい喋り方してンじゃねえぞ、オメエ。オレの子分と似た喋りしてンじゃねえぞ、オメエ。オメエ、オレの子分かよ。違えよな。違えンなら紛らわしい真似するンじゃねっつーンだよ、オメエ」

ユリウスの、礼節に則った上で警戒した視線に、男は苛立たしげに舌打ちする。

それは先の文言を繰り返すだけの状況に比べればはるかに人間的だが、かといってうまく会話が成立しているとは到底言えない状況には違いなかった。

「――いい女、いい女、エロい女、ジャリ、ジャリ、子分、雑魚」

「残念だが、私は君の子分ではない」

「かっ！　その言い方、ますます子分そっくりじゃねえか、真似すンじゃねえ」

ユリウスの反論に、初めて男が上機嫌に――鮫のように笑った。

ようやく、その笑みでかろうじて男の姿に人間性が垣間見えた。あるいは、ようやく会話の通じる、知的生命体である確認が取れたというべきか。

「おう、オメエ。説明しろや。なンだ、ここ。オレに何してくれてンだ、オメエ。上等くれてンじゃねえぞ、オメエ。ちゃきちゃき話せや、オメエ」

「いきなり、現れて……ずいぶん、偉そうだな、お前」

無造作に自分の胸を掻きながら、傲慢に振る舞う男にスバルは声を絞り出す。そのスバルを見て、男は「ああン？」と不機嫌に喉を鳴らし、

「なンだ、オメエ。何寝てンだ、オメエ。いいご身分かよ、オメエ。エロい女侍らせて肉布団ってか、オメエ。そこ代われ、オメエ」

「生憎、当人の意思を尊重して、そのお願いは却下だ……」

震える膝を酷使して、スバルは何とか立ち上がる。その際、しがみつくシャウラへの配慮が足りず、頭から床に落ちたが、気を向ける余裕がない。

ただ——、

「——あぁ？　ンだ、オメエ。あれか、オメエ。ふざけてンのか、オメエ」

「なんだ……？　人の面見るなり、失礼か、オメエ」

「かっ！」

奥歯を強く噛むように、硬い音を響かせて男が獰猛に笑った。

それから、男は困惑するスバルを無視し、その隻眼で白い部屋をぐるりと見渡す。そして「おーおー、はいはい」などと納得した風に頷くと、

「わかったわかった。——ンじゃ、始めっか」

「始めるって……待て！　さっきから、お前勝手に話進めすぎだろ!?」

「るせえな、オメエ。さっきっから散々、オレが寝言で説明してやっただろうが、人の話はちゃンと聞けや、オメエ」

「さっきからって……」

「——天剣に至りし愚者、彼の者の許しを得よ」

状況についていけず、目を白黒させるスバル。それに代わり、何度も繰り返された文言を一言一句違わず呟いたのはエミリアだ。

かろうじて、彼女たちの硬直も解け始めたらしく、エミリアとベアトリス、それにアナスタシアとメィリィも我を取り戻していた。シャウラ以外は。

「かっ！　そっちのいい女は雑魚とは違えな。生身だったら今夜の相手だ、オメエ。……

よく見たらやべえな、オメエ！　なンだ、その面、マブすぎンだろ、オメエ！」

「まぶ……？」

「お前が！　ここの試験官！　そういうことで、いいんだな？」

エミリアを見て、どこか好色なものを瞳に宿した男。その男とエミリアの間に割って入り、スバルは指を突き付ける。その確認に男は鮫のような笑みを深め、

「――知らねえ。他人の付けた肩書きになンざ興味ねえよ。オレとまともにお話ししたけりゃぁ、こっからオレを一歩でも動かしてみろや、オメエ」

無防備に、ただ悠然と立ち尽くすだけの男の発言。

それを笑い飛ばせなかったのは、男の提示したその条件が、まさしく『試験』に値するほどに難易度の高い条件だと、すんなり受け入れられたからだ。

――天剣に至りし愚者、彼の者の許しを得よ。

目の前に立つ男が、『天剣に至りし愚者』だとすれば、許しを得る方法は教わった。

あとは、純粋に、それが、可能なのかどうか。

「ルグニカ王国、近衛騎士団所属。ユリウス・ユークリウス」

戦い――否、『試験』が始まる前に、ユリウスが礼儀に則って自ら名乗り上げた。

対等に、これから雌雄を決する相手への最低限の敬意。

それを受け、男はその青い隻眼を楽しげに細め、異常な剣気を垂れ流しながら、

「名乗る名なンざねえよ。――オレは、ただの『棒振り』だ」

大図書館プレイアデス、第二層『エレクトラ』の試験。

制限時間『条件付無制限』。挑戦回数『条件付無制限』。挑戦者『条件付無制限』。


――試験、開始。

2

――プレアデス監視塔、二層『エレクトラ』での『試験』が始まる。

場所は監視塔、第二層、白亜の領域。

試験官は部屋の奥に悠然と佇む、鮫のように笑った赤毛の男。

自らを『棒振り』と自称したその男、全身から放たれる剣気は尋常ではない。

現れた経緯も経緯だ。この監視塔の、一応の管理者であるはずのシャウラが彼を目にして気絶した実績もある。明らかに、只者ではない。

故に――、

「初手から、全力でいかせてもらおう――！」

一歩、前傾姿勢になるユリウスが口上と共に踏み込んだ。

その腕から、男へ向けて柔らかく投じられるのは、二層の床に突き立っていた選定の剣だ。縦回転する剣が放物線を描き、それは男の足下に狙い違わず突き刺さる。

男が手を伸ばせば容易く抜ける、それを狙ったように。

「なンだ、オメエ。オレに剣投げ渡すなンざ、死にてえのか」

「生憎、無手の相手に斬りかかるような無粋、騎士として恥ずべき行為だ！」

「かっ！　笑わせやがる。――素手じゃねえよ、よく見ろ、オメエ」

踏み込むユリウスへ、男が牙を剥いて凶悪に笑う。そのまま、男は無造作に振り上げた足で乱暴に剣を蹴りつけた。選定の剣が、派手な音を立てて吹き飛ぶ。

「――っ！　その言葉、後悔しないことだ！」

正々堂々、その心遣いを無下にされ、頬を硬くしたユリウスが騎士剣を抜き放つ。

細身の剣は一直線に、真剣勝負の場を穢す無礼者への鉄槌となる。

その、雷光のような刺突が――、

「可愛く吠えンなよ、間抜け。綺麗な面してンだ。泣かせて興奮したら困ンだろ？」

「な……っ」

男の胴を穿たんとした刺突、それがまさしく雷鳴のような音を立てて止まる。

当然、ユリウスが手を緩めたのではない。彼は常に、自分のできる領分の中で全力だ。

故に、止めたのは彼ではなく、相対する鮫の笑顔。

「馬鹿な」

「見たもンそのまンま信じろや。まずはそっからだ、そっから」

獰猛に笑い、『棒振り』がその右手で自分の胸をぼりぼりと掻く。しかし、彼の左手は恐るべき正確さで、ユリウスの刺突を摘まんでいた。

それも——、

「——木の、枝？」

「違えよ、箸だ、箸。ツマミ喰うのにいンだろうが、箸。だから、持ち歩いてンだよ」

黒く塗られた細長い木の棒——それは、紛れもなく箸だった。この世界にも箸があるのはプリステラで知っていたが、こうも完璧に使いこなす人間は初めて見た。

——否、どれだけ完璧に使いこなせたとしても、箸で一級品の剣技を受け止めてみせるなどとても人間業とはいえない。

「笑わせンな、オメエ。一番いい角度に、一番いい速さで、一番いい感じに、一番うまく振り回せば——箸だろうと、斬れねえもンなんかねえよ」

「ぐ……ッ」

驚愕の光景に、欠伸でもしそうな顔つきで『棒振り』がのたまう。その光景に言葉を失ったのは誰もが同じだが、当事者であるユリウスはそうはいかない。

腕に力を込め、箸に先端を摘まれる騎士剣を取り戻そうとする。だが、動かない。

「力むな、力むな……笑えよ、オメエ。笑った方が美人だぜ。男じゃ意味ねえが」

不意に剣の拘束が緩み、ユリウスは込めた力の矛先に刹那だけ戸惑った。その刹那の隙に身を回し、男の長い足がユリウスの細い腰を蹴りつけ、弾き飛ばした。

「ユリウス──！」

悲鳴のように叫んだのが誰だったか、スバルにはわからない。ユリウスの体が木の葉のように軽々と吹っ飛ぶ。その勢いに翻弄される彼に向かって──、

「かっ！」

跳躍する『棒振り』の長身が、弾丸じみた速度でユリウスへ追いつく。ありえない身体能力でユリウスの真上を取り、『棒振り』が二本の箸で嵐のような暴力を打ち下ろした。

その迫る危機、箸撃をユリウスは直感を頼りに騎士剣で弾く。しかし、男の箸はそれを嘲笑うように掻い潜り、ユリウスを突き刺す、突き刺す、突き刺す、突き刺し──、

「ジワルド──!!」

刹那、熱線が中空の二人へ目掛けて放たれる。

白光はそのシンプルな在り方と同様に、恐ろしく端的に世界を削り取る。即ち、射線上にあるものを焼き尽くし、焼き切り、切断する熱波の刃だ。

直線的で、避けられやすいように思える難点──しかし、熱線はそれを光もかくやという速度で強引に潰し、獲物へと真っ直ぐに襲いかかる。

さしもの『棒振り』も、第三者による光の一撃には何の抵抗も──、

「──オレの剣は光も斬るぜ、オメエ」

嘯く声が聞こえるより早く、放たれる箸撃が熱線を正面から切り裂いた。

想像を超えたありえない光景に誰もが目を剥く。ただ、男だけが当然とばかりに笑い、

おちょくるように――否、おちょくりながらユリウスを嬲り続ける。

「――ッ！　ジワルドぉぉぉ――!!」

その事実に目を血走らせ、詠唱が重なる――。

両手を広げ、熱線を放つ魔法を詠唱するのは、その可憐な顔貌を決死の色に彩ったアナスタシアだ。彼女は広げた五指――両手の指、合わせて十本の先端から、それぞれ熱線を同時に放射、十条の死線が一斉に『棒振り』目掛け躍りかかった。

――それを、『棒振り』は驚くべき方法で回避する。

「かっ！」

『棒振り』は躍りかかる光を再び箸で切り払い、直後、宙を蹴って真下へ急降下――箸に引っかけたユリウスごと床へ落ちると、その鳩尾に箸の先端を当て、そのままユリウスを地面に擦り付けるようにして走り出した。

「かかかかかっ！　よく狙え、オメエ。蠅が止まるぜ、オメエ。それじゃ、色男も取り戻せねえぞ、オメエ。かかかかかっ！」

「ジワルド！　ジワルド！　ジワルドぉ――！」

高笑いしながら疾走する男に、アナスタシアの熱線が絶え間なく襲いかかる。だが、魔法の威力が高くとも、当たらなくては意味がない。

男の戦闘力と、浮き彫りになるアナスタシアの――否、エキドナの経験不足だ。ユリウスを窮地から救わんとするが、その意気込みは空回りし、攻撃は掠りさえしない。

やがて、時間切れが訪れる——、

「——ぁ、く」

「あぁン？」

楽しげに熱線を躱していた『棒振り』が、唐突に途切れた追撃に眉を上げた。その視線の先で、アナスタシアがその場に崩れ落ちる。その鼻腔から鼻血が流れるのを見て、スバルは思い出す。——切り札は身を削ると、そうエキドナが話していたことを。

「アナスタシア様——！」

倒れた主の姿に、防戦一方だった騎士が奮起する。

背中で床を滑り、全身に箸撃を浴びせられていたユリウスが身をよじり、近衛騎士のマントを外して摩擦に変化を生む。一瞬の間隙、そこで敵の連撃から逃れる。

そのまま、ユリウスは馬鹿に長い足を回し、寝そべった姿勢から相手の頭部を蹴りつける。男はそれを首を傾けてよけるが、ユリウスのブレイクダンスのような動きからの蹴りの追撃には大きく飛びずさった。

「今のはオメエ、オレ好みじゃねえか。そそるぜ、オメエ」

「戯言に付き合う暇はない！　そこをどけ——！」

圧倒的力量差、それを理解しながらもユリウスが吠え、男へ吶喊する。あれほどの連撃を浴びながら、手放さなかった騎士剣が唸りを上げて蛇のように喰らいつく。

義憤と使命感に背を押されながらも、流麗かつ優美な剣撃——それはあるいは、騎士として修められる剣技の最高峰だったのかもしれない。

それを手に入れるのに、いったい、どれだけの月日が、修練が、血の滲むような努力の日々があったのか、わからないほどに。

なのに——、

「なンだ、これ。笑わせンなよ、オメエ。本気出せや、オメエ。本気でやってンのか、オメエ。本気でやっててこれなら……とンだ、期待外れだぜ、オメエ」

刺突が止められ、斬撃が弾かれ、連撃が撃ち落とされ、必殺がいなされる。

ユリウスの積み重ねてきた剣技が、騎士として修めてきた全てが、『棒振り』を自称する男の退屈そうな吐息に、恐ろしく美しく凶悪に振り回される、二本の箸に。

たかだか二本の棒切れに、ユリウスの『半生』が踏み躙られる——。

「コンなじゃねえだろ、オメエ。なに、一人で戦ってンだ、オメエ。これはオメエの戦い方じゃねえな。——だから、つまンねえな、オメエ」

「私は……！」

「女のとこいきたきゃいかせてやンよ。やわっけぇ膝でも借りて、泣いて甘えろ。出来損ないの不細工剣士が」

一瞬、ユリウスの横顔を過ったそれは怒りか、痛みか、嘆きが、絶望だったのか。

そのどれであったとしても、その内心を他人が窺い知ることはできない。

「——」

ユリウスの剣閃、細い騎士剣がこれまでに幾万と繰り返された銀閃をなぞった。にも拘らずそれは、傍観する誰の目にも明らかなほどに、迷いのある剣撃で。

次の瞬間、翻る棒切れが易々と、鋼の騎士剣を半ばで断つ——ただただ軽やかな音を立てて、ユリウスの騎士剣が真っ二つに折れた。

吹き飛ぶ騎士剣の先端を、ユリウスの黄色い瞳が呆然と見送る。

きっと、この瞬間、折れてしまったのはユリウスにとって剣だけの話ではない。

「寝ろ」

吐き捨てる一言と共に、恐るべき拳骨がユリウスの横っ面に突き刺さった。

それは一切の洗練と無縁の、この世で最も原始的な暴力。人間が道具を用いる以前の時代からあった、己が肉体という名の原初の武器による一撃であった。

「——」

容赦のない一撃が、ユリウスの端整な横顔を歪めるほどにぶち抜く。重々しい威力が一瞬で彼の意識を刈り取り、糸が切れた人形のようにユリウスの体は慣性に従って吹き飛び、転がり、猛然と滑って——アナスタシアの、すぐ傍らに倒れた。

意識のない主従が並ぶ。それが、野獣のような男の場違いすぎる気遣いのように。

「さって、次は……」

準備運動を終えた、とばかりに首を鳴らし、男がこちらへ振り返る。

事実、準備運動のようなものだ。ユリウスが戦場を駆け出し、一方的に嬲られ、アナスタシアの援護が入り、二人が倒れるまでほんの数十秒の出来事――その間、スバルは割り込む隙すら見出せず、ただただ棒立ちする他になかった。

それはスバル以外の、残るエミリアたちも同じ――、

「――アイスブランド・アーツ、アイシクルライン」

――断じて、否。

それを証明するように、白い空間に光が舞った。

3

それは青白く煌めく光の乱舞、かろうじて目に捉えることが可能な氷の粒子――エミリアの絶対魔力が生み出した、氷雪結界『アイシクルライン』。

「一つだけ、聞いておきたいんだけど」

限定範囲内に自身の魔力と通じるマナを展開し、一種の結界を作り上げたエミリアが、その中心で眼帯の上から左目を掻く男に声を投げた。

「あぁン？　言ってみろよ、激マブ」

「私はエミリア、ただのエミリアです。――あなたを、一歩でも動かせばいいんじゃなかったの？　すごーく、走り回ってたけど」

名乗り、それからエミリアが当然の質問を口にする。

戦いが始まる前、『棒振り』は確かに笑いながらそう言っていた。『自分を一歩でも動かしてみろ』と。その条件に従えば、彼は明らかにそれを破っている。

ユリウスとの戦いは、この部屋を縦横無尽に飛び回ったなんて次元ではなかった。

しかし、男はその指摘に「オイオイ」と肩をすくめて、

「真に受けンなよ、ノリで言っただけだぜ、オメエ。たまにあンだろ、特に意味もねえけどカッコいいこと言っちまうときが。それだ、オメエ。わかンだろ。わかンねえか、女だもンな。激マブだもンな。今晩付き合えよ、オメエ」

「ごめん、ちょっと何言ってるのかわかんない。それに、私はきっと、あなたと戦っても勝てないと思うの」

「え、エミリア……？」

魔力を全霊で展開し、戦闘準備を整えながらもエミリアは堂々とそう言った。その発言に『棒振り』は目を丸くし、硬直していたスバルも喉から声を絞り出す。

その呼びかけにエミリアは「ごめんね」とスバルに断って、

「あなたは、すごーく強そう。それは、見ててわかりました。だけど、私たちは『試験』を乗り越えなきゃいけないの。だから、勝てる方法を用意してください」

「――――」

「一歩でも、あなたを動かせたら私たちの勝ち。それで勝負しましょう。……ダメ？」

押し黙った男に対して、エミリアが突き付けた提案。その内容にスバルは啞然となる。

それはあまりにも、どこまでも、馬鹿馬鹿しいほど図々しい申し出だ。

その図々しい物言いに、『棒振り』はしばらく黙り込んだかと思うと——、

「かっ！」

と、歯を噛み合わせるように短く笑い、その青い目を見開いてエミリアを見た。

「——いいな、嫌いじゃねえぞ、オメエ。オレ相手によくぞそンだけ言った。トリーシャ以来の大馬鹿だぜ、オメエ。気に入った」

「じゃあ、『試験』は合格？」

「そこまで大盤振る舞いはしねえよ、オメエ！　けど、いいぜ。いい女の前でカッコつけちまったかンな。——オメエの言う通りにしてやンよ」

「合格……」

「一歩でもオレを動かせたらオメエの勝ちだ！」

食い下がるエミリアに、『棒振り』はどこか毒気を抜かれた顔で声を荒げた。それを受けてエミリアは頷くと、スバルの方へ視線を向けて、

「アナスタシアさんとユリウスをお願い。二人とも、治療してあげて」

「ま、待った！　さっきの見たろ!?　無策でいっても……」

「大丈夫。向こうは殺す気はないみたいだし……私も、本気でいってみるから」

気合い十分、止めようとするスバルの言葉を振り切り、エミリアが一歩前に出た。そして、凛とした横顔のまま、エミリアはその両腕を『棒振り』へ向ける。

距離は開いたまま、遠距離から、彼女の魔法なら一方的に狙い撃ちにできる。

「激マブな面して、したたかじゃねえか、オメエ」

「やれることを精一杯やるのが、私の騎士様から教わったやり方な、の！」

太い腕を組み、圧倒的不利の立場にありながら男はただ獰猛に笑った。

その男の笑みを目掛け、エミリアが声に力を込めた直後——青白い光の乱舞するフィールドに、大気のひび割れる音が連鎖し、次々に氷の武器が形成される。

剣があり、槍があり、斧があり、矛があり、矢があり、無数の武器がある。

アイスブランド・アーツ、アイシクルライン——エミリアの膨大な魔力を使った、限定的な絶対破壊空間、スバルの考案した絶技が今、発動する。

「えい、や!!」

気の抜ける掛け声、しかしその後の光景は欠片も腑抜けてなどいない。

エミリアの声と同時、その鋭い先端を男へ向けていた氷の武器が、四方八方から一斉に『棒振り』へと目掛けて飛びかかった。

それに対するのは、男の手から放たれる無数の剣閃ならぬ、箸による圧倒的暴威だ。

「くっ、エミリア……！」

その間、エミリアの言葉に従い、スバルはユリウスとアナスタシアの下へ駆け寄る。

見たところ、アナスタシアの昏倒はエキドナの懸念通り、身を削りすぎた結果だ。すでに鼻血も止まり、目立った外傷はない。そして、あれだけ一方的に嬲られたユリウスも、命を危うくするような傷は一つもなかった。

　百度と打たれた事実が、剣であれば百度殺されたことの証明ではあっても、だ。

「二人とも、無事かしら。でも……」

「わかってる」

　隣で、同じく二人の様子を確認したベアトリスをスバルは遮った。

　二人の安否は確認できた。だが、これを為した野獣と、エミリアは真っ向から激突している真っ最中で――、

「かっ！」

　飛び散る氷、その破片を口に入れ、噛み砕いた男が楽しげに箸を振るう。その一振りに、同時に襲いかかった氷の剣と斧が真っ二つに切り裂かれた。

　破壊された氷の武器は一瞬で淡い光へと還元され、野卑に乱雑に暴れ回る美しき野人の周囲を光が散る、いっそ幻想的な光景が延々と繰り広げられていた。

　ただ、そうしていながらも――、

「――動かない」

「いっペンカッコつけたら最後までカッコつけさせろや、無粋か、オメエ。死線上で男張れねえで、いったいどこで突っ張ンだ、オメエ」

　スバルの言葉を嘲笑い、『棒振り』が鼻歌まじりに魔法を迎撃する。その間も荒れ狂う上半身と違い、その両足はどっしりと山のような不動を保っていた。

これでは埒が明かない。それはスバルだけでなく、当事者のエミリアの判断も同じ。

「――うー、やぁ!!」

故に、膠着状態を崩すためにエミリアは果敢に飛び込んだ。しなやかな肉体を躍らせ、振り上げる両腕に長大な氷の戦斧が生じる。

それを、エミリアは豪快に体を縦回転させ、真上から男へ目掛け叩きつける。

「かかっ！」

その戦斧の一撃に、男は真っ直ぐ箸を突き出した。真っ直ぐに落ちる斧撃、その軌道が箸でほんの微かに逸らされ、男を掠めるようにして外れ、床に突き刺さる。

激しい衝撃と共に爆風が吹き荒れ、氷の戦斧が木端微塵に砕け散る。だが、瞬時にエミリアは斧を手放し、後方から迫る矛を奪うように手に取ると即座に連撃へ繋げた。

「えい！　や！　とりゃ！　うりゃ！　うりゃうりゃ！　うやぁ！」

矛の一撃が、双剣の一閃が、長剣の斬撃が、刀の居合が、鞭の音速が、斧の打撃が、叩き込まれるありとあらゆる攻撃が、男の前には容易く防がれる。

無論、エミリアの技術が低いわけではない。

エミリアの莫大な魔力と格闘能力を合わせたアイスブランド・アーツは、考案したスバルが言うのもなんだが、エミリアの能力を十全に生かした戦闘技法と断言できる。

それが届かない今、何とかしてスバルも援護の手を入れたいが――、

「――スバル」

手を強く握ってくれるベアトリス、彼女もスバルと同じ気持ちでいるはずだ。

割り込む隙が、ない。それほどに、エミリアは流れるように得物を取り換え、自身の強みを活かし、魔法と武技による絨毯爆撃を繰り広げている。

その爆心地のど真ん中にありながら、一歩も動かずにそれを処理するあの男が、ただの『棒振り』などと名乗った化け物が、異常なのだ。

迂闊に割り込めば、スバルがただエミリアの気を散らせる要因になりかねない。歯痒くとも、このままエミリアの体力が底を突くまで状況は動かせないのか。

そんな手詰まりの状況に、思わぬ変化が生じた。それも、唐突に。

「ふん！　えい！　てりゃ！」

エミリアが双剣を使い、男の首を左右から挟むように斬撃する。それを男は頭を下げて回避、そこへ返す刃が翻り、体を起こした男へ突き刺さらんと――、

「わっ」

膝を曲げ、男は背中から床に倒れ込むような姿勢で双剣を避けた。強靭な足首の力だけで体を支える男に、攻撃を空振ったエミリアは勢いを殺せず、踏鞴を踏む。

それはこの戦いで、エミリアが初めて見せた致命的な隙――そこへ、跳ねるように体を起こした男が、隙だらけのエミリアに箸を振り上げた。

その瞬間、男はこれまでで最も獰猛に歯を剥き、鮫の笑みのまま前傾になり、

「隙あり」

手にした箸を使って、エミリアの双丘を下からすくい上げるように撫(な)でた。

「な――」

砂海攻略用のマントを脱ぎ捨て、見慣れた普段通りの白い装い。その胸部分を箸で撫で付け、豊かな膨らみを淫猥(いんわい)に歪(ゆが)ませた男が下品に笑う。

「役得、役得。これしきのことで怒ンじゃ……」

「とりゃ！」

「ごぁっ――!?」

頭上で両手を組んだエミリア、その手を覆(おお)うように生み出された氷のグローブが打ち落とされ、下卑た笑みを浮かべた男の頭頂部を直撃する。

一撃に氷が砕けるほどの威力、硬い衝撃音が響き渡り、その威力に男は「ぐおおお！」と悲鳴を上げ、頭を抱えてその場にゴロゴロと転がった。

「痛ぇぇぇッ！　な、何考えてンだ、オメエ!?　普通、あンな真似(まね)されたら女は動き鈍ンだろうが！　一瞬も躊躇(ためら)わなかったぞ、オメエ!?」

「――？　体に触られただけでしょう？　あなた、隙だらけだったもの」

「ざっけンな！　どういう育ち方してンだ！　親は何してやがったンだ！」

殴られた頭をさすりながら、地面に胡坐(あぐら)を掻(か)く『棒振り』が声高に訴える。その叫びにエミリアは目をぱちくりさせ、箸に撫ぜられた自分の胸に触れて、

「……何か、変なこと言った？」

「おい！　この激マブ何とかしろ！　外歩かせンな！　雑魚！　オメエ付き人だろうが！　オメエ、ちゃんとしろや、しゃんとしろや、痛えな、オメエ、クソ……！」

「お前の方こそふざけてんじゃねぇ！　エミリアたんになんて真似しやがる！　この変態野郎！　クソ野郎！　大罪司教！」

　エミリアに卑猥な真似をした『棒振り』へ、スバルが轟然と噛みつく。このときばかりは荒ぶる男への畏怖や、強者への恐れを忘れての激昂だ。

「スバル、落ち着くのよ！　その気持ちはわかるけど、見るかしら！」

「ああ!?　見るって、いったい何を……」

「あの男の足下なのよ」

　ベアトリスに袖を引かれ、怒り心頭だったスバルは我に返る。そして、ベアトリスの言った通りに男の足下を見て、「あ」と目を見開いた。

「一歩どころじゃなく、動いてる」

「あ！　ホントね！　やった！　私の勝ち！」

　スバルの指摘に男が黙り込み、代わりにエミリアが両手を合わせて飛び跳ねる。

　彼女の周りではその感情に呼応し、氷の魔力が次々と花となり、エミリアの勝利を自分自身で祝うように咲き乱れるのがわかった。

　男の提示した、自分を一歩でも動かしてみろという条件は達成された。
それは誰の目にも明らかなはずだ。——男がごねない限りは。

「どんな経緯であれ、勝ちは勝ちだ。……さあ、どうする？」

勝利を喜ぶエミリアには悪いが、スバルは目の前の男の潔さに期待していない。ここまでのやり取りで、彼にそれを期待するのが難しいのは自明の理だ。

しかし、そんなスバルの不安を余所に——、

「あー、仕方ねえ。言ったことは言ったことだ。スケベ心に足すくわれるなンざ笑い話にしかなンねえが、仕方あンめえよ」

「み、認めるのか……!?」

「オメエ、オレを何だと思ってやがンだ。ここで食い下がったら、せっかくカッコつけたオレの株が下がンだろうが、オメエ。取り返しつかねえだろうが、オメエ。そンなことになって、責任取れンのか、オメエ。女寄り付かなくなンだろ、オメエ」

「現時点で、株なんか下がりようがないぐらい最低の負け方してるぞ……」

「るせえよ、雑魚が！　雑魚っつーか、稚魚が！　稚魚が喚くな、オメエ。とにかくその激マブの勝ちだ。通してやるよ。それが条件だ。しゃあああンめえ」

がりがりと乱暴に頭を掻いて、『棒振り』は堂々と自らの敗北を認めた。

潔いのか悪いのか。しかし、そう宣言された以上はスバルも食い下がるつもりはない。

ユリウスとアナスタシア、二人が男との攻防で倒れた被害こそあるが、おそらくは『緑部屋』に運び込めば十分に回復が見込める範囲だ。

第二の『試験』としては、あまりに手応えがないように思えるが——、

「――で、次は稚魚がヤンのか？　それとも、ジャリ二人のどっちかかよ」

「え？」

上の階層へ向かえる。

その理解に思考を走らせていたスバルは、続く男の言葉に目を見張った。

――次の瞬間、空気が焼ける臭いがした。

それが、男から迸る桁違いの剣気――先ほどまでのそれが遊びに思えるほどの、劇的な変化による本能の訴えであると、スバルは遅れて理解して。

「塔にいンのが、全部で七人……抜けたのが、オメエの女がまず一人」

「――――」

「次は、誰がオレを抜いてくれンだ。――なぁ、オメエよ」

大図書館プレイアデス、第二層『エレクトラ』の試験。

制限時間『条件付無制限』。挑戦回数『条件付無制限』。挑戦者『条件付無制限』。

――達成者、エミリア。

――未達成者、スバル、ベアトリス、ユリウス、アナスタシア、メィリィ、ラム。

――『試験』、続行。

4

試験の続行を宣言し、改めて歯を剥く『棒振り』に、スバルは絶叫する。

「ま、待て待て待て！　誰か一人でもクリアすればいいって条件じゃねぇのか!?」

「あぁン？　誰がンなこと言ったよ、勝手抜かすな、オメエ。なンで一人がいけたら残りも全部いけることになンだよ。常識で考えろ、常識で！　頭の中身も稚魚か、オメエ」

「せ、世界で一番、常識なんて言われたくない奴に正論を……！」

両手に一本ずつ持った箸をぺしぺし交差させる男、その正論にスバルは呻く。

実際、『試験』におけるクリア条件を勝手に早合点したのはこちらの方だ。

三層の『試験』は謎を解いた途端に終了した。そのせいで、てっきり二層の『試験』も一人がクリアすれば、新たな書庫が開放されるものと勘違いしていた。

その前提が崩れ、クリアに個々の戦力が必要であるとされれば、この『試験』の突破は絶望的であるといえる。エミリアの引き出した条件――『男を一歩でも動かす』というものが、どれだけ難儀なものだったのかを目にした直後だ。

はっきり言ってしまえば、エミリアは現状のメンバーの中で最高戦力――ユリウスが準精霊との契約が切れている以上、異論なく一番強いのが彼女といっていい。

その彼女を抜きにして、いったい誰が、この『棒振り』に一泡吹かせられるのか。

「――待つかしら。お前の言い分には決定的な誤りがあるのよ」

「誤りだぁ？」

戦慄し、不利な戦況の中に勝利の糸口を探ろうとするスバル。そのすぐ真横で、落ち着けとばかりに強く手を握ったベアトリスが、男にそう言い放っていた。

「なンだ、オメエ。十年早えぞ、オメエ。せめて五年はいンだろ、オメエ。もっとちゃンと手足と背丈伸ばして、胸と尻ズドンってなってからこい、オメエ」

「……元々、お前の戯言に付き合うつもりはなかったけど、今ので完全にその気がなくなったかしら。だから、ストレートにぶつけてやるのよ」

「すとれーとに、何を？」

「決まっているかしら。――エミリアはお前に、一歩でも動いたら『私たち』の勝ちと言ったのよ。つまり、エミリアの勝利はベティーたち全員の勝利かしら！」

ベアトリスの指摘にスバルは息を呑み、思わずエミリアの方を見た。

まさか、あの図太い提案はそこまでの意図が、とエミリアの秘められた悪女ぶりに驚愕する。当のエミリアは口に手を当てて「あ」と言っていた。違った。素だった。

「そう、そういえば、私言ってた！　私たちって言ったわ！　どう？　それなら、私たちは全員であなたの『試験』を乗り越えたことにならない？」

「そりゃ言い方の問題だろうよ、オメエ。ならねえよ」

「そう……わかったわ。スバル、ベアトリス、ごめんね。ダメだって……」

「早いのよ！　引き下がるのが早すぎるかしら!!」

がっくりと神妙な顔で引き下がるエミリアにベアトリスが怒鳴る。しかし、落ち着いて考えてみたら無理のあるトンチだった。――そのぐらい絶望的な関門なのは事実だが。

「まぁ、そのジャリの言い分もわからなくはねえよ。最初はどうも、何人掛かりでもいいンでオレを抜いてみろって話だったみてえだしよ。――言いなりになンのはつまンねえから、無理くり起きてやったけどな」

「無理くり起きたって……最初のあれは、システム破りってことか!?」

「知らねえよ、オメエ。オレにわかる言葉使えよ、オメエ。若白髪みてえなことばっか言ってンじゃねえぞ、オメエ」

上機嫌と不機嫌がころころ入れ替わる男、その男の発言に適当に頷きつつ、スバルは何となく男の正体――『試験』の、システム部分に何が起きたのかを理解した。

「本当は、全員で協力して条件を満たせばいいだけの『試験』が、お前が起きたのが理由で、一人ずつ条件を満たさなきゃいけなくなった？」

「かっ！　けどな、どっちが楽だったかはわかンねえぞ。総掛かりでオレを殺すのと、オレに胸揉ませて一発殴ンのとどっちが楽だったかはわかりゃしね……っと！」

「――迂闊なこと言ってんじゃねぇよ、セクハラ野郎。俺はまだキレてんだぞ」

不用意な男の一言に、スバルは最速で振り抜いた鞭を叩きつけていた。無論、そんな奇襲は男に通じず、箸であっさりと摘まれてしまったが。

「かっ！　棒振りする雰囲気じゃねえと思ったが、まさか鞭かよ、オメエ。ドンな趣味だ、オメエ。鞭で引っ叩くのは敵と、オメエの女だけにしとけや」

「お前は敵で合ってんだろうが！　それに、エミリアたんとはもっとちゃんと順序踏んでくつもりだし、踏んでった先に鞭使うような選択肢もねぇよ！」

「スバル、スバル、落ち着くのよ。相手のペースに乗せられてるかしら！」

「そうよ、スバル！　そんなに怒っちゃダメ！　私はただ胸に触られただけだし、おかしなことはされてないから」

「それがおかしなことなんだよ、エミリアたん！」

「普通は怒るとこなンだぜ、激マブ」

　落ち着かせようとするエミリアの言葉に、スバルと男が同時に突っ込んだ。その息の合った注意にエミリアは目を丸くし、ベアトリスが深々と嘆息する。

　そこへ――、

「――ちょっと、いいかしらあ？」

　毒気を抜かれた、と言わんばかりの『棒振り』とのやり取り――そこに、ここまでずっと沈黙を守り続けてきた人物が、満を持して声を震わせた。

「……こんなこと言いたくないけどお、引き返すべきだと思うわあ」

　そう言って、小さな手を上げたのはメィリィだ。少女はその膝に失神したシャウラの頭を乗せたまま、ゆるゆると首を横に振る。その黄緑色の瞳には、怯えがあった。

「なんで、お兄さんがその人と普通に話せるのかがわからないわあ。……騎士のお兄さんも、襟巻きのお姉さんもやられて、裸のお姉さんだって」

「シャウラだけは別の理由で倒れてんだが……確かに、妙だ」

メィリィの弱気な意見は、しかし現状戦力を顧みれば当然の判断だ。

むしろ、まだ挑戦を続けようとしたスバルの方が冷静ではない。完全に『棒振り』の剣気に中てられている。そこに、エミリアへのセクハラと、ユリウスとアナスタシアの二人が倒れたことがどれだけ影響しているかは客観的になれないが──、

「──仮の話、引き下がって出直しってなったら、それは認めてくれんのか？」

掛け値なしに、『棒振り』の実力は破滅的なレベルに達している。

棒切れ二本でユリウスを撃破し、エミリアと渡り合い、なおも明らかに余力を残した態度──その実力、誇張なくラインハルト級だ。現状、勝ち目など一切ない。

ようようその結論に達して、スバルは撤退の意思を固める。すると──、

「──やめだ」

「え？」

「やーめーだ！　やめだやめだやめだやめだやめやめやめ！　萎えた！」

身も心も全力撤退に向けていたスバルたちへ、男は駄々っ子のように吐き捨てた。

そして──、

「店仕舞いだ。帰れ、オメエら。オレは飽きた。やってやらン」

その場にどっかりと腰を下ろし、片膝を立てた姿勢で投げやりに言い放つ。

「──。ま、待て待て待て！　自由すぎるだろ、なんだそりゃ!?　お前の気分で、『試験』のあれこれを勝手に決めるのかよ!?」

「るせえな、オメエ。元々、ここの裁量はオレに任されてンだぞ、オメエ。そのオレがやらねえつったらやらねえンだよ」

その傍若無人な言いように、スバルは思わず絶句する。そんなスバルの驚きに、男は「それに、だ」と続け、

「──やる気がねえときのオレは遊ばねえぞ。オメエ、やれンのか？」

ぶわ、と風が吹く悪寒をスバルは全身に浴びた。

箸さえも懐に仕舞い込み、一切の武装を捨てた男は口の端を歪めている。それは、笑みに違いなかったが、これまでのそれとは質が異なる。

獰猛でありながらも陽の雰囲気があった笑みではない。どす黒く血生臭い、陰惨な殺意を纏った凶獣の微笑だった。

「……ぁ」

小さく、呻く声が聞こえた。

見れば、それはスバルのものではなく、横にいたはずのエミリアのものだ。彼女は自分の白い喉に手を当てて、宝石のような瞳を見開いて驚愕している。

膝が落ちて、床にへたり込むエミリア。自身が立てなくなっていることにも、呼吸を忘れてしまっていたことにも、この瞬間に気付いたとばかりに──、

「は――」

そして、それはエミリアの様子に呼吸を『思い出した』スバルも同じだ。喉に手を当てて、その場に跪（ひざまず）きながら必死に酸素を肺に取り込む。酸素が血液を巡る。

周囲に呼吸を思い出させてくれる誰かがいなければ、眼力だけで窒息死していた。

「せいぜい、頭ひねって勝ち筋探せよ、オメエ。激マブと同じ手は通用しねえぞ。寝てるエロ女ぐれえでもねえ限りな。失せろよ、オレは寝る」

低い声色に遊びなく、それだけ言って、かくんと男の頭が下がった。しばらく待てば、徐々に聞こえてくるのは寝ていてもやかましい男のいびきだ。

ある意味、全くその人柄を裏切らない高いびき――しかし、そのことを笑う余裕など、この場に残った誰一人にもなかった。

「早く、戻りましょお」

一刻も早く、この場を離れたい。

そんな本能に逆らわずに主張するメィリィ。少女の言葉を契機に、スバルたちは負傷者を連れ、『試験』からの撤退することを余儀なくされた。

5

「――なるほど。それが二つ目の『試験』からすごすご逃げ帰った理由なわけね」

「……辛辣っすね、姉様」

「やめなさい、その喋り方。そこで寝てる娘のお師匠様説が真実味を帯びるわよ」

「それはヤバいな。気を付ける」

ゾッとしない忠告に力なく肩をすくめれば、その返答にラムは小さく吐息した。

場所は四層へ戻り、『緑部屋』にいたラムと別室で合流したところだ。同室にいるのはエミリアとベアトリスとメィリィ、最後に転がされているシャウラとなる。

——長い長い階段を下り、二層から逃げ帰った一行は、ひとまずユリウスとアナスタシアの二人を『緑部屋』へと担ぎ込み、精霊の治療に彼らの身柄を委ねた。

それから改めて、事情を知らないラムに三層と二層の話を共有したところだ。

「聞くだに馬鹿げた試験官がいたみたいだけど……エミリア様だけは、そのお眼鏡に適ったのでしょう？　一人だけでも、書庫を見てくることはできなかったの？」

「あ、そっか、私だけなら一層に上がれたのかも……『棒振り』さんに聞いてみる？」

「……いや、やめとこう。不機嫌なときに刺激して、藪蛇したくないし、仮にエミリアたん一人だけ上にいけるって言われても、あれだ、危ない」

「すごーく気を付けるわよ？」

「危ない」「危ないわね」「危ないかしら」

エミリアの決意に、スバルとラムとベアトリスが同時に水を差した。ただ、何も過保護が理由で彼女のやる気を挫いたわけではない。

「二層の『試験』があぁだった以上、その先も危険な確率が跳ね上がった。エミリアたん一人だけいかせて、戻ってこられるかもわからないんじゃな……」

「じゃぁ、やっぱりみんなで『棒振り』さんを越えられるまで頑張る？」

「そうしたい、とこではあるんだが……」

それが可能なのかは議論の余地がある。最高戦力のエミリアが、ハードルを下げて下げて、ようやくクリアできたのが実情だ。現に、ユリウスは倒れたわけで——、

「あいつ、凹みすぎなきゃいいけどな……」

「ユリウスのこと、心配？」

「どうだろ。心配は、まぁ、心配なんだろうけど……そんな簡単でもないかな」

『棒振り』との真っ向勝負に完敗し、騎士剣を砕かれた瞬間のユリウスの表情。あれを思い返せば、スバルの不安が考えすぎということはないだろう。

剣技は届かず、児戯のように弄ばれ、挙句に騎士剣さえも折られて——、

「代わりの剣は竜車に用意があったけど、そういう問題じゃねぇだろうしさ」

「剣は打ち直せばいい。ベティーには、その拘りはわからないかしら」

「ベア子だって、俺が作ってやったハンカチとかミトンとかエプロンとか大事にしてくれてんだろ？　それが破られたみたいな、それの上級版みたいな話だよ」

「……分からず屋なこと言って、悪かったのよ」

暴言を素直に反省したベアトリス、その頭を撫でてやり、スバルは吐息をつく。

『緑部屋』で目覚めたあと、ユリウスがどういった反応をするかは想像がつかない。らしくもなく落ち込むのか、あるいは彼らしく気丈に振る舞ってみせるのか、どちらであったとしても、なんと声をかければいいのかわからず、気が重い。

それに気掛かりがあるとすれば、それはユリウスのことだけに留まらない。

「アナスタシア……エキドナの、あの必死さはいったい……」

スバルの脳裏に疑問として強くこびりつくのが、ユリウスと『棒振り』との一騎打ちに割り込み、援護を加えたアナスタシア＝襟ドナの判断だった。

あの瞬間、スバルを含めた全員が何とかユリウスを援護しようとタイミングを見計らっていた。それを、最初にしたのがエキドナだったことが想像の外だった。

ここまでの旅程や、塔に到着して以降も、エキドナはアナスタシアとしての振る舞いを忘れず、彼女の肉体に配慮するとした約束を守り続けていたようにスバルは思う。

それがここへきて、突然、あんな行動に出たのは何故だったのか。

「――――」

水門都市で初めて正体を明らかにした際、エキドナはアナスタシアとの関係性と、彼女の肉体が抱える生まれつきの不備についてスバルに説明した。

ゲートが不完全なアナスタシアの体は、外からマナを取り入れることができず、自前のオドを、命を削る以外に魔法を使う方法がないのだと。

「なのに、なんであいつはそうまでして、ユリウスを助けようとしたんだ？」

計算高く、何かを目論んでの行動――そんな風には見えなかった。あの必死さの裏側にあったのは紛れもなく、ユリウスの身を案じるものの懸命さだ。

「――アナスタシア様と、騎士ユリウスのことも心配だけど、もっと突き詰めるべき問題が別にあるわね」

「試験官の、『棒振り』のことだな」

「ええ。薄情なようだけど、ラムにとっては『試験』がどうなるのかの方が大事だもの。――それが越えられなければ、レムを取り戻す手段に届かない」

スバルの思考に割り込み、ある意味、冷酷な意見を口にしたのはラムだ。

彼女の言葉は自分で認めた通り、少しばかり配慮に欠けている。だが、スバルはそのことを責める気にはなれなかった。

「――――」

普段通りに見えるラムの表情、その裏に感じる微かな焦り。それは失われた妹を取り戻す可能性に指をかけながら、あと一歩が届かないことへの焦燥感なのだろう。

「着流しに隻眼、赤い髪に青い瞳……いやに、自己主張の激しい格好だけど」

「思い当たる人間がいたりするか？　実物を見ないとイメージつかないかもだが、はっきり言って化け物みたいに強い。ラインハルト級かもしれない」

「悪夢ね」

「でも、スバルの言ってることは嘘じゃないわ。ラインハルトの本気の強さは見たことないけど……ん、それぐらい強かったと思う」

信じ難いといったニュアンスを含んだラムに、エミリアからもフォローが入った。

「バルスとエミリア様の言葉を信じるとすると、騎士ラインハルトと同格の敵……地上最強と並び立つなんて言われてるのは、今の世界じゃ各国一人ずつよ」

「ラインハルトが王国最強で、他の三国にもそれぞれ最強がいるってことか」

「ヴォラキア帝国一将『青き雷光』セシルス・セグムント、グステコ聖王国の『狂皇子』、それからカララギ都市国家の『礼賛者』ハリベル。でも、どれも特徴が違うわね」

「赤毛の長髪はいない？」

「聖王国の『狂皇子』だけは特徴が知られてないからわからないけど」

「皇子、皇子か……そんな雰囲気では、なかったかな？」

もっとも、『狂』の部分だけ拾えば絶対に違うとも言い切れないが、美しい顔立ちだったとはいえ、王族の気品があったとはいえない。

あれは野にある美しさ、荒野にあるから許される類の美術品だ。

「となると、世に名の知られていない武芸者の類……」

「服装はカララギの民族衣装だったのよ。ハシも、使いこなしてたかしら」

「本来の使い方と違いすぎて、使いこなしてたって言っていいもんか……」

それに、あの男と『世に知られていない武芸者』という印象は、どう頑張ってもスバルの中では繋がりそうにない。あれほどの実力者が、それもあれだけ人間性の濃い人物が世に知られずに済んだということには違和感が先立つ。

それに、このプレアデス監視塔の奇妙な仕組みに組み込まれた男が、はたして只人なのかという疑問がずっと付き纏っていて——、

「あ、お兄さんたちちょっといい？」

「ん？」

「裸のお姉さん、そろそろ起きるみたいよお？」

部屋の隅っこで、甲斐甲斐しくシャウラに膝を貸していたメィリィが手を上げる。その彼女の言葉通り、シャウラはメィリィの膝枕に頭を乗せたまま、やけに艶めかしくくねくねと身をよじり、「ううーん、あうーん」だのと唸り始めていた。

そして、全員の注視を浴びながら、ゆっくりとその瞼が開いて——、

「お師様ぁ……独りにしないで……もう、寂しいのは、嫌ッス……」

「出鼻に切なくなるようなこと言うのやめろ！　本当は起きてんだろ、お前！」

「ちぇーッス。しおらしいこと言ったら、お師様ほだされてくれるかと思ったのにいけずッス。でもでも、そんなところもあーしは愛してるッス」

「心配して損した……」

長い足を振り上げ、振り下ろす動作でシャウラが身軽に立ち上がる。括った長い髪を揺らし、彼女はきょろきょろと部屋の中を見回すと、「おや？」と首を傾げた。

「あれ？　なんでこんなとこにいるんスか？　確か、あーしたちはお師様の劇的な閃きで

『試験』突破して、上に向かって……」

「ああ、それは夢じゃない。現実だ」

「そこでお師様があーしを抱きしめて、もう離さないって笑いかけて……」

「それは夢だな！　二つ目の『試験』が始まった途端、気絶したんだよ！」

　夢語りするシャウラを怒鳴りつけ、スバルは気絶直前の出来事を思い出させようとする。が、シャウラは「気絶～？」と何故か小馬鹿にするように鼻を鳴らし、

「あーしが気絶なんて、そんなみっともないことあるわけないじゃないッスか。何百年ぶりかにお師様と再会しても、気絶まではしなかったッスよ？　そのあーしが気絶だなんて、ちゃんちゃらおかしくってへそで茶が沸くッス！」

「ううん、疑いたくなる気持ちはわかるけど、ホントに気絶してたのよ。スバルと、メィリィがすごーく心配してたの。信じてあげて」

「ええ！　お師様があーしのことを!?　でへへへ、信じるッス」

「安い……」

「わたしがおまけみたいなの、なんだかすごおく心外だわあ」

　しまりのない顔をして、デレデレと意見を翻すシャウラにスバルとメィリィが揃って複雑な顔をした。その後、シャウラが「あれれ？」と反対に首を傾げ、

「でも、気絶って何があったんスか？　あーしが倒れるなんて尋常じゃないッス。そんな状況、お師様以外は皆殺しになっててもおかしくないッスけど……」

「あなたがバルス……ならぬ、お師様に過剰な期待を寄せているのはわかるけど、事実だそうよ。ゆっくりと思い返しなさい。……目の前に、長い長い階段があるわ」

「長い長い階段……」

記憶を辿って蘇らせるつもりか、ラムが催眠療法のように静かな声で語りかける。

「出迎えるのは白い部屋、床に突き立つ鋼の剣。それを手にした瞬間、その場にいた全員の心に響き渡る奇妙な声——」

「どきどき……」

ラムのやたらと情感のこもった語り口に、すっかりシャウラとエミリアが感情移入している。シャウラはともかく、エミリアは何が起こったのか事細かに知っているはずなのだが、スバルは話の腰を折るのを恐れて言及しなかった。

「そのとき、部屋の奥に現れる人影。それは、赤い長髪に青い瞳をし、異国の衣装を纏った風体の男……」

「ひやあああああ!!」

肝心の場面に達した瞬間、シャウラが悲鳴を上げて飛びずさった。そのまま彼女はスバルへ飛びつくように向かってきたが、それを予期していたスバルは腰を落とし、どっしりと体ごと受け止める。今回は倒れない。

代わりに、シャウラの柔らかい肌に万力のように締め付けられる。

「痛い痛い痛い痛い痛い！　お、思い出したのか！　思い出したんだな!?」

「な、な、なんであいつがここにいるッスか！　お師様たちが死んだって言ってくれてたのに！　生きてたッス！　やっぱり殺しても死なない奴だったッス！」

「はあ!?　お前、何を……」

痛みに涙目になりながら、スバルはシャウラが何を言い出したのかと問い返そうとして
──そこで、気付く。

シャウラの言葉の示す意味に。

彼女の語った通りの内容に、この塔へきてから該当する話題の人物は一人だけだ。

それは──、

「『棒振り』！　『棒振り』レイドッス！　あの鬼畜！　悪魔！　またあーしの胸ズバズバ揉むために生きて帰ってきたんスよ──っ!!」

6

──レイド・アストレア。

それは、伝説に名を残した剣士の名前だ。

魔獣を斬り、剣豪を斬り、龍を斬り、ついには魔女を斬ったとされる大剣士。

『剣聖』の名を最初に賜った人物であり、世界を救った三英傑の一人でもある。

ラインハルト・ヴァン・アストレアを含む、『剣聖』の家系であるアストレア家の栄光の始まりにして、今なお剣に生きるものたちにとって至上の憧れ――。

信じ難いことではあった。その名は、四百年も前に失われたはずの命の名だ。

ここが数百年前から存在し、魔女に所縁（ゆかり）のあるものの手で作られた塔でなければ、そんな可能性は一笑に付したことだろう。

だが、ここには四百年前を知る生き証人がいる。

だが、ここは四百年前を生きた『賢者』が作り上げた塔。

その性格の悪さを思えば、最強の番人として初代『剣聖』を置き、彼を超えてみせろなどと、いかにも言い出しそうなものではないか――。

その事実を収穫に、スバルたちは急ぎ、『緑部屋』へと舞い戻った。

相手がレイド・アストレアであると知れたなら、その対策を練らなければならない。幸いにして、彼（か）の『剣聖』は逸話に事欠かない男と聞く。

そしてこれまた幸い、過去の偉人について詳しい人材が、この一行には含まれているのだ。

無論、敗戦の影響が彼に残っていることは想像がつく。しかし、相手の素性を知ればその恥もすすげよう。だって、相手が悪かったのだ。

何せ、相手は『剣聖』――ラインハルトと同じ家名を持つものであり、その家名を作り上げた始祖にあたる人物だ。

そう思えば、あの敗戦のことだってうまく消化できるはずで――、

「――あの、馬鹿野郎」

そんな慰めの言葉を抱えて、『緑部屋』へ戻ったスバルは押し殺した声を漏らした。

部屋の奥にある、負傷者を寝かせる精霊が作り上げた草のベッド――四つのベッドにはそれぞれ、レムと、アナスタシアと、一番奥にパトラッシュがいて。

アナスタシアと、パトラッシュの間にある一つ、そこが空になっていた。

ただ、その草で編まれたベッドの上に、折れた騎士剣だけが置かれていて。

7

――階段を叩(たた)く靴音と、肌を刺す剣気に男はゆっくりと瞳(ひとみ)を開けた。

眠りを邪魔されたことへの怒りはない。そも、人生とは常在戦場。

この身は常に死線上にあると定めれば、そこで何事が起ころうと心を乱さずに在れるものだ。そこで、どれだけ遊び心を持つかは別の話だが。

「――――」

階段を上がり、徐々にその姿が見えてくる。剣気に覚えがあった。靴音、足捌(さば)きにも同じく覚えがある。直近のことだ。忘れようがない。

ただ、それは相手も同じはずだったから、そのことは奇妙に思った。

もう少し、賢い相手かと思ったのだが――、

「――」

「かっ！」

そんな印象は、上がってきた相手の目を見て掻き消えた。

代わりに喉を鳴らしたのは、込み上げてきた衝動だ。

それを舌の上で盛大に鳴らして、ガシガシと乱暴に赤髪を掻き毟った。

そして――、

「今度は、遊びじゃ済まさねえぞ、オメエ」

「――」

意味があるとは思えなかったが、一応の義理として言葉を投げかける。

それを受け、相手は一度瞑目し、すぐにあらゆる感情を投げ捨てた。

それから、躊躇いなく手を伸ばし――床に突き立つ、剣を抜き放って、構える。

「ルグニカ王国、近衛騎士団所属――ユリウス・ユークリウス」

名乗り上げ、こちらが目を細めるのを契機に、騎士は猛然と走り出した。

その様子に男は――レイド・アストレアは、酷薄に頬を歪めて、

「そのつまンねえ肩書き名乗ってる間は、オレの遊び相手にもなンねえよ」

第五章　『ユリウス・ユークリウス』

1

――おそらく、誰も信じたりしないだろう。

『俺の名前はナツキ・スバル！　ロズワール邸の下男にして、こちらにおわす王候補――エミリア様の一の騎士！』

あの瞬間、王城の大広間にいた全員を敵に回した大法螺吹き。

言い切った当人さえも、どこか浮ついた感情と勢い任せであることを隠し切れずにいた発言――それに、ただ一人、感銘を受けた男がいたことなど。

2

拾い上げた選定の剣は、何故か泣きたくなるほどに掌に馴染んだ。まるで、剣に自らが選ばれたのだと錯覚しそうになるほどに。

そんな風に胸を張れる理由など、今の自分のどこにもないというのに。

「し——っ！」

折られた愛剣と比べれば、わずかに身幅が厚く、先端も重い。しかし、それを踏まえて剣撃を放てば、多少の差異はすぐに修正ができる。

手に馴染んだ武器ばかりが扱える戦況とは限らない。あらゆる事態を想定し、可能な限り、剣を選ばず戦えるように修練を積んできた自負があった。

「つまンねえな、オメエ」

その自負を乗せた鋭い刺突を、男は欠伸（あくび）まじりに後ろへ飛んで軽々と躱（かわ）した。

開く距離、それを踏み込みと足捌（さば）きで追い縋（すが）る。

戦いの中、総合的に剣技を評するのであれば、重要になるのは剣捌きだけではなく、足運びと足捌きになってくる。最適な位置に最速で、最高の形で飛び込むために。

故に、剣技の修練を始めた頃は、何より最初に足運びを叩（たた）き込まれたものだ。

良い師に恵まれたと、そう思っている。師の剣術は今の自分と比べればいくらか見劣りするものがあったが、それは年齢的にも仕方のない領分だった。

ただ、自分の実力以上に他者の才能を伸ばすのに長（た）けた人物だった。剣技の実践だけでなく、その技術の発祥や継承の歴史、そんなことを話すのが好きな人で。

自然と、自分もまたそれを聞くのを楽しみ、実践できることを誉（ほま）れに思った。

「────」

跳躍へ追いつき、着地地点目掛けて剣撃を叩き込む。

上下左右に撹乱を入れて、本命は真下からの斬り上げだ。

「お手本通りか、オメエ」

致命の軌跡、それを男は易々と棒切れで変更した。秒にも満たない刹那の攻防で、針に糸を通すような繊細な技を実行する男、それは常軌を逸した剣力だった。

「──っ」

驚愕に呻き、勢いよく剣撃が頭上へと抜ける。生じる隙を踏ませまいと身を翻し、意識に命じて風の刃を──否、微精霊の助力はない。ただ、隙が生まれただけだ。

「かっ！」

突き出される前蹴りが、横腹へと真っ直ぐに突き刺さった。素足の爪先が抉るように内臓の隙間に突き込まれ、体内の臓器が一斉に悲鳴を上げる。

吹き飛ぶ。瞬間、自ら衝撃の方向へ飛んで、慣性に振り回されることを防いだ。

しかし、蹴りの貫通力は殺せない。視界はぐるぐると回り、衝撃が脳に痛みと嘔吐感を伝える中、迫る床に足を叩きつけ、敵を見失うまいと顔を上げた。

無理やりに肺を絞り、体内に残っている酸素を全て吐き出した。一度、体の中身を完全に空にし、強引に荒らげた呼吸に平静を思い出させる。

「────」

吐く、吐き切った。これでまだ、戦える。戦えるはずだ。

視界、十メートルほど離れた位置に赤毛の男が笑みを浮かべて立っている。

再び、あそこへ飛びつく。追い縋り、剣撃を叩きつけ、せめてあの余裕の笑みを剥がしてやらなければ。そこからが、本当の戦いに——、

「気取ってンな。戦いに嘘も本当もあるかよ、オメエ。絵本でも読ンでンのか？」

「——ぁ」

瞬く間に距離を詰められ、唖然となる。

正しく、瞬きの直後だ。男は十メートルを一瞬で詰め、鼻先に棒切れを突き付けてくる。

不用意にそれを払おうと動いてしまい、弧を描く二条の箸撃に胸と頭を打たれた。

鋭い衝撃、痛みよりも一撃の鋭さに意識が持っていかれかける。奥歯を噛み、手放しかけた意識を必死に掻き集め、力強く床を踏んだ。

「おお、ぁ！」

とっさに低い声で吠え、半月の斬撃を男へとぶち込む。男はそれを舞いでも踊るように優雅に回避し、横っ面に肘が打ち込まれた。再び、意識が揺れる。

故に、体が最も馴染んだ一撃を選択した。

炎と水の同時詠唱、そこに剣撃を加えた三方一斉攻撃——不発。

準精霊との契約は切れている。だから炎と水の援護はなく、放たれるのは幾度も重ねた修練の末に、『最優』と呼ばれるまでに至った芸術的な一閃だけだ。あるいは相手が只人

であれば、それだけでも十分に仕留めるには足りたことだろう。

「ぺい」

騎士剣技の最高峰が、手慰みに振るわれた棒切れに軽々と弾かれる。

突き上がる膝が鳩尾に刺さり、苦鳴と共に胃液が絞り出された。そのまま崩れ落ちかけた体に、正面から連撃が叩き込まれ、倒れられない。

「おお？」

衝撃に前ではなく後ろへ倒れかけ、とっさに伸ばした手で体を支えた。そのまま後方に回転する勢いで蹴りを放つと、男は意外そうな声を漏らしてそれを躱した。

そのまま距離を取る。鼻血がこぼれた。白い袖で拭う。制服が、いやに赤い塗料で鮮やかに汚れた。

構わない。鋭く呼気を放ち、右手に握ったままの剣に全霊を注ぎ込む。

届く、届かせねばならない。強く、強く在らねばならない。

「情けねえなあ、オメエ。剣持ってどンだけだよ、オメエ。オレは剣持って三ヶ月しか経ってねえぞ、オメエ。オレは光斬れっけど、オメエは何が斬れンだよ」

「今、ここで、貴方を――」

「馬鹿言えよ、オメエ。できるかよ、オメエに。できねえよ、オメエにゃ。届くまで振れねえ。届くまで振ってねえ。できるまで振れねえ。できるまで振ってねえ。やることやってねえのに、やりてえことだけ言ってンじゃねえよ、オメエ」

反論の代わりに一度、強く強く剣撃を叩き込んだ。

その剣撃への返答とばかりに、十を超える打撃が降り注ぎ、叩き込まれた。

「不足してンだよ、オメエ。足りねえンだよ、オメエ。オメエのくるとこじゃねえンだよ。畑違いなンだよ。役者が違えンだよ。お呼びじゃねえンだよ」

強く、なければいけない。剣で、それを証明しなければならない。

名前を、家を、家族を、主君を、戦友を、友を、魂で結ばれた精霊を、失って。

残ったものは、これだけだ。残ったものは、自分だけだ。自分が自分として積み上げてきて、形のない、これだけが残ったものなのだ。

これだけが、自分の存在証明なのだから――。

「気持ち悪ぃンだよ、オメエ。綺麗なお面貼り付けてンのか、オメエ。他人の猿真似ばっかで満足か、オメエ。剣も、オメエも、つまンねえよ」

剣の頂を、目指したことがあった。

その場所ならば目指せるのではないかと、思ったことがあった。

すぐに、それは高望みだったと手放した。

赤い髪の少年が、大いなる使命を背負っていると、その目を見て気付いたときに。

「誰もオメエなンざ見てねえよ。期待しちゃいねえよ。オレが遊ンでやってると思って甘えてくンな。殴っても蹴っても楽しかねえよ、オメエじゃよぉ」

憧れがあった。輝く物語が溢れていた。

それらに並び立とうとするには、今の自分では足りなすぎると思った。

だから懸命になって、足掻いて、いずれあのときに手放した夢にもと、思って。

「――――」

眼帯に塞がれていない青い瞳が、ざんばらに伸ばされた炎の色をした髪が、かつて夢を手放す切っ掛けになった少年と、その後に抱いた数多の憧れの一つと重なる。

いつか、届きたいと願って、努力を欠かさずに、過ごしてきたつもりだった。

「足りねえよ、オメエ。全然、足りねえ。――人生、サボってンじゃねえよ」

届きたいと願った憧れに吐き捨てられ、棒切れ一つで叩きのめされる。

剣すら振るってもらえずに、振るった剣を届かせることも叶わずに、重ねてきた努力など無意味だったと、積み上げた血と汗は無為だったと、突然に崩された自分の人生の中、唯一、これだけはと信じたものさえも、踏み躙られて。

じわりと、何かが込み上げる。

それを、それ以上に湧き上がるものが掻き消した。

「かっ！　堪えンのかよ。ますますつまンねえな、オメエ」

胴を打たれる。息が詰まる。髪を掴まれ、左右へ振り回された。そのまま床へ叩きつけられ、転がった拍子に顔面を蹴り飛ばされる。そのまま円盤のようにぐるぐると回って床を滑り、果てない白い世界を延々と転がされていく。

床を叩いた。体を跳ね上げ、蹴り飛ばされた方向を見る。その顔に、飛び込んできた男の膝が直撃した。激突の瞬間、こちらから膝に額を合わせ、額を割られながらも男を弾き飛ばすことに成功する。

間隙が生まれた。体勢を立て直せる――はずなのに、体が動かない。

「ふ、く……」

全身が悲鳴を上げていた。特に頭部に受けた被害が大きい。ぐらぐらと揺れる意識は定まらず、気が抜ければ次の瞬間にも頭の中身がこぼれ落ちそうだ。

剣、剣は、どこにいったのか。確かめるように、ゆっくりと、自分の右手に力を込める。

そこに、確かな剣の柄の感触があった。安堵する。

手放せない。これだけは。これさえも手放せば、何を手放したことになるのか。

――あるいは、今、自分が手にしているのは『剣』の形をした別のものなのか。

「――――」

在り方に、過ちはないと。これこそが自分の道だと、信じて歩いてきた。

それは今もそうだ。それが揺らぐことなど、生涯ありえぬと、思ってきた。

だから、それがこの手をすり抜けて消えたのは、正誤とは別の問題のはずだ。

――それとも、誤りだったのか？

在り方を損ない、選ぶ道を過ち、信じるものを見誤ったから、これなのか。

名前を、家を、家族を、主君を、戦友を、友を、魂で結ばれた精霊を、失って。

唯一、これだけはと残ったはずのものさえ、取るに足らない、縋るに足らない、支えになどならないまやかしだったのだとしたら。

――強く在り、あなたを支えると、主君に誓った。

――強さを覚えていると、ただ一つ残った友に言われた。

何もかもなくした世界で、その『強さ』だけが、この身を支える唯一なのに。

その『強さ』だけが、この、脆(もろ)く弱々しい自分の、消えない『確か』だったのに。

「――迷いが剣に出たぜ、オメエ」

「――――」

自問自答にどれだけ時を費やしたのか。

おそらくは一秒にも満たぬ刹那のこと。だが、その刹那の隙間があれば、それは男にとって――『剣聖』にとって、敵を無限に屠(ほふ)る機会を得たも同然のことだ。

甲高い音が、響いた。目を見開けば、そこには床を転がっていく剣が映る。

この手を滑り落ちて、ついには剣さえ失って。

名も、誇りも、剣もなくして、ここに立つのは、ならば何なのか。

「天剣に至る資格なし。――オメエにゃ、子分の立場もやれねえよ」

渇いた声が冷たく告げて、『剣聖』が棒切れを順手に握り、腰を落とした。

初めて、『剣聖』が構えた瞬間だ。

直後、棒切れが唸りを上げ、剣撃――それは、紛れもなく剣撃だ。

絶対的な剣撃が放たれ、衝撃波に揉まれながら、吹き飛ばされる。

拳でも、蹴りでも、これまでのいずれの暴力とも、異なる一撃。

これは暴力ではない。これが剣の頂、剣の最高峰、真の『強さ』が放つ剣技。

光に呑まれ、意識が飛ぶ。

死を見るのか。死を超克した何かを見るのか。それもわからない。

ただ、吹き飛ばされる瞬間、ほんのわずかに声がした。

「ユリウス――!!」

荒げた声は、どこか悲壮感に満ちていて。

必死になって、長い階段を駆け上がって、決定的な瞬間に出くわしたような。

そんな声音が叫んでいたから、場違いに笑みが生まれた。

『最優』の騎士。ルグニカ王国、近衛騎士団。ユークリウス家の長子にして、次期当主。

王選候補者、アナスタシア・ホーシンの一の騎士。

――ユリウス・ユークリウス。

「は」

今の自分に、その名前で呼ばれる資格があるのだろうか。

そんな疑問を最後に、ユリウスの意識は光に呑まれ、ぷつりと途切れていった。

3

——長い長い階段を駆け上がって、辿り着いたときには、もう手遅れで。


「ユリウス——!!」

呼吸を荒げ、過労を訴える肺を酷使し、絞り出すように叫んでいた。

だが、声に、言葉に、状況を変えられるような力はそうそう宿らない。

——白光が、ただでさえ白い空間をより強い白さで塗り潰していく。

原理は不明だ。光すら斬る、と豪語された一振りだからこそなのか、それとも型破りな剣士の人間性が為せる業か、その剣撃は衝撃波を伴い、空間を一掃する。

その剣撃の射線上にいた人物もまた、光に呑まれ、為す術なく吹き飛ばされた。

そして、文字通り瞬く間に光は消え、白光の晴れた空間に広がっていたのは、片袖を脱いだ赤毛の男の長身と——まるで躯のように転がる、紫髪の剣士の姿だ。

「よお、稚魚じゃねえか、オメエ」

その光景に絶句するこちらへ——スバルへ、気安く声をかけたのは赤毛の男だ。彼は直前のやり取りなど忘れた顔で、息一つ乱さずに鮫のように笑った。

それから、打ち倒されている剣士——ユリウスを指差すと、

「遅かったな、オメエ。もう片付いちまったし、邪魔臭えからとっとと持って帰れ」

「……レイド・アストレア」

「ンだよ、オメエ。人の名前に探りなンぞ入れてンじゃねえぞ、オメエ。名乗らねえ方がカッコいいってオレのカッコつけの邪魔してくれてンじゃねえよ、オメエ」

名前を呼ばれて不機嫌になる『棒振り』――もとい、レイド。

その的外れな言い草に、スバルの方も不服を覚えつつ、あからさまな行動には出ない。ゆっくりと、レイドから視線を外さないままに倒れるユリウスの下へ。

「別に獲って喰いやしねえよ、オメエ。ンなじろじろ睨まなくてもな」

「悪いが、俺の故郷じゃ熊を相手にするときは目を逸らすなってのが常識なんだ」

警戒と視線をレイドに向けたまま、スバルは体を傾けてユリウスの呼吸を確かめる。意識は喪失しているが、口元に向けた掌には呼吸の反応があった。

「……次は容赦しねぇって言ってたわりに、温情があるんだな」

「そうでもねえよ。オメエ、箸に殺されるより、箸に負けて逃げ帰る方がダサいと思わねえか？　オレは思うぜ。そンな情けねえ姿晒すぐらいなら死ンだ方がマシだ。だから、箸で負かして、逃げ帰らせてやンよ」

「温情があるってのは撤回するぜ、クソ野郎」

「かっ！　稚魚に何言われても響きゃしねえよ。それに、今日はもう試してやるつもりもねえ。かかってくンならぶちのめすがな。オメエの足下のそいつみてえに」

右手で腹を掻きながら、レイドは左手の箸でスバルとユリウスを交互に示した。

「クソったれ……！」

「おうおう、そうしろ。黙って担いで、負け惜しみでも言ってけよ。それで気が晴れンならオメエよ、その方が楽だし、利口だぜ。つまンねえがな」

どっかりと腰を下ろして、レイドが青い瞳を冷酷に細めて言い放った。その勝者の愉悦に晒されながら、スバルは倒れるユリウスを何とか担ぎ上げる。

「――次はいい女の誰か連れてこいよ、オメエ。あの激マブでもいいぜ」

最後まで、一度として誰かの名前を呼ぶことなく、レイドはひらひら手を振った。

そんなレイドの悪ふざけ同然の態度に、スバルは文字通り、何も言えずにただ逃げ帰る以外のことができなかった。

4

「……はぁ、はぁ」

一歩ずつ、一段ずつ、確かめるように踏みしめながら階段を下りていく。

長い長い階段を、ぐったりとしたユリウスを背負いながら、一段一段踏みしめて、喘ぐように呼吸しながら下りていく。

「早く、連れ戻らないと……エミリアも、ベア子も心配してるな」

『緑部屋』でユリウスの不在に気付いたスバルたちは、全員が手分けして塔の中を探し回ることになった。三層へ向かったり、四層の各部屋へ急いだり、シャウラには階下にいるヨーゼフと竜車の下へいかせるなど、様々だ。

みんな、ユリウスのことを心配している。レイドに敗北し、折れた騎士剣を置いていなくなった彼がどんな心中でいるのか。

彼女らがその憂慮に心を痛める性質であることは、今さら疑う余地もない。

ただ、スバルだけは違った。スバルだけは、すぐに理解できた。

騎士剣を置いたユリウスが、どこへ、何のために向かったのか。

それはきっと、スバルだけが――、

「――揺れる、ものだな」

「――ッ！　気付いたのか！」

背中から届いた声に、階下へ伸ばした足を止めた。その呼びかけに、背中に担がれるユリウスが「あぁ」と身じろぎし、

「こ、こは……」

「ぼやっとした言い方すれば階段の途中、もうちょっと具体的に言えば長い階段の途中、さらに具体性を増せば四層と二層の間の階段を逃げ帰る途中だ」

「迂遠な、ことだね。……私は、君に背負われて？」

「そうだよ。言っとくが、この短時間で二回目だぞ、これ。二度とやりたくねぇって思った三十分後にまたこれやらされてる俺の気持ち、お前にわかるか？」

「道理で、乗り心地の悪いはずだ……」

「お前、振り落とされたいの？」

微かに息を抜くように、ユリウスが笑った気配が背中越しに届いた。その皮肉な物言いに反論しながら、スバルはわずかに緊張を緩める。

正直、ユリウスの第一声がスバルには予測がつかなかった。恐れていたといっても過言ではない。だから、その第一声が自暴自棄なものでなかったことにホッとしていた。

「何があったか、ちゃんと覚えてるのか？」

「……情けない、話だがね。易々と敵に打ち倒され、そのまま情けをかけられた挙句に、アナスタシア様や君に迷惑を」

「……あれが相手で、ボロ負けしたことを責めるほど悪魔じゃねぇよ」

ひどく、彼らしい物言いにスバルは嘆息し、階段下りを再開する。

意識の戻ったユリウスは、先ほどに比べればはるかに運びやすい。それに足取りを重くしていた不安も晴れてくれたおかげで、残りの段数も勢いでいけそうだ。

「……アナスタシア様は、ご無事だろうか。倒れられたことと、あの精霊の部屋で治療されていた姿は、見届けたのだが」

「命に別状はない、ってのが今のところの診断結果だ。お前の方がよっぽど死にかけたぐらいだよ。あれ相手に……つか、あの眼帯野郎が誰だか知ったら驚くぞ」

「――レイド・アストレア」

確信に満ちた声音に、スバルは一瞬、驚きに呼吸と足を止めてしまった。だが、すぐにそれを誤魔化すように、呼吸も足も動きを再開する。

「よく、よくわかったじゃねぇか。こっちはあれだ。シャウラが知っててな。あいつは四百年前の顔見知りだろうから知ってて当然だけど……どうも苦手意識ってのは本当だったらしい。顔見るなり失神したのも、それが理由だと」

「なに、気付く余地は多くあった。炎の赤毛に、青い瞳。あれほど図抜けた剣技……剣技、といっていいものかな。私は彼に剣を振らせてすらいない。単に実力者と、そう言わせてもらおうか。『棒振り』というのも、文献に見られた彼を示す表現だ」

「あの、箸で戦うから『棒振り』って昔から呼ばれてんのか？」

「正しくは、得物を選ばないという意味合いでだ。『棒振り』を自称された時点で思うところはあったが……確信が、持てなくてね。伝えられず、すまない」

申し訳ない、というユリウスのニュアンスに、スバルは何も答えなかった。

気付く余地はあったと彼は言ったが、それはあまりに酷な話だとスバルは考える。

レイド・アストレア――初代『剣聖』とされる男は四百年前に死んだはずの人物だ。お伽噺や伝説に名を残した過去の偉人と遭遇したなどと、特徴が一致したからといって容易に発想できるはずもない。

気付く可能性があるとすれば、その発想力はスバルが持つべきだった。

この監視塔で行われる『試験』が、どこかエキドナの墓所で受けた『試練』に近しいものがあるとはエミリアとも話し合っていたのだ。ならばスバルこそが、この塔で行われる『試験』、その可能性を思いつく限りに挙げておくべきだったのだ。

それを怠った結果が、あの二層『エレクトラ』での、敗走に繋がったのだから。

「ふ。如何なる原理でか、過去から蘇った伝説の剣士との邂逅……か。本来、この奇跡的な巡り合わせを私は喜ぶべきなのだろうが……」

「心中お察しするよ。伝説の英雄が、実物あんなじゃガッカリもいいところだ。『賢者』って前評判のシャウラといい、この監視塔は肩透かしが多すぎる」

「……心中、察する、か」

どこか、掠れて自嘲的な響きを孕んだ声音だった。

ユリウスのこぼしたそれを間近で聞いて、スバルは配慮に欠けたと奥歯を噛む。

しかし、「それにしても」とその言動には触れず、

「確か、金貨に彫られてるのが初代の『剣聖』って話だったけど、これも実物とは大違いだったな。シャウラが性別ごと違ってたのは人違いだから仕方ねぇにしても、こっちも相当ギャップがあるぞ。金貨の方は、もっとオッサンみたいで……」

「史実として、レイドが三英傑に数えられる功績を挙げたのはもっと上の年齢だ。金貨に描かれる姿はおそらく正しい。上にいる彼が、史実より若いんだ」

「そういえば、レイドはシャウラに見覚えがなかったみたいだったな……」

話題を逸らすつもりが、思わぬところで疑問の一つと結び付いた。

　ユリウスの話と照合すれば、確かにシャウラとレイドとでは顔見知りに会ったにしては温度差がありすぎた。もっとも、二人の性格的にどこまで根拠となりうるか。

「それが正しいとなると、魔女と戦ったのは全盛期過ぎてからってことか。で、俺たちはその若い全盛期のあいつを突破しなきゃいけねぇと」

「前途多難か、あるいは不可能な難事に思えてくるな」

「しんどいのは間違いねぇな。けど、対策を練れば抜け道はきっとある。現に……」

　レイド攻略のための糸口を探りながら、そこでスバルは言葉の先を躊躇った。

　今、この瞬間に、それをユリウスに伝えるべきか、心が制止をかけたからだ。

　だが、それは一歩、遅かった。

「現に……なんだろうか」

「いや、その……」

「スバル」

　レイドを観察して突破口が見えた、などの言い訳はすぐに見破られる。

　故に、スバルは短く名前を呼ばれ、観念した。

「……お前とアナスタシアさんが倒れたあとに、エミリアが『試験』を突破した」

「――――」

「ただ、あれだ。単純な力比べで、あいつをぶっ倒したってわけじゃない。色んな偶然が味方したのと……エミリアが、その、特殊だったからだ」

単純な勝利と呼ぶには、あの結果は少し難しいところがある。

『試験』としては、試験官であるレイドにエミリアが自分の覚悟と実力を認めさせたといったところだが、その実情は目にしたもの以外には説明しづらい。

同じ勝ち方をしろといっても、エミリア以外の誰にもできないことなのだから。

「とにかく、色々複雑な要素が絡み合った結果、エミリアは『試験』をクリアした。ただ、あいつはクリアした本人だけが通るのを許すって話で、俺たち全員が上にいくには全員が勝たなきゃいけないのは一緒……むしろ、悪質だ」

「――――」

「なんで、作戦を練る必要がある。俺なんかはベアトリスとのコンビ戦を認めさせなきゃお話にもならねぇ。メィリィはそもそも、『試験』に挑む理由がない。そのあたりを話し合いで認めさせる……気が重すぎるけどな」

「――――」

「だから、その、お前も再戦すれば目がないわけじゃない。つっても、あれだぞ。今回みたいなやり方じゃなくて、だ。だから次は俺のスタイルに従って……」

「――――」

「……おい、聞いてるか？　ユリウス、おい？」

早口に説明する間、応答のないユリウスを不審に思う。そのまま、背中にいる彼に呼びかけると、何度目かの呼びかけにユリウスは微かに息を詰め、

「──。あ、ああ、大丈夫だ。聞いているとも。……そうか、エミリア様が」

「そこは微妙に前の話なんだが……そうなんだ。それがあるから、これはクリアが絶望的な試験ってわけじゃない。気負いすぎるなよ？」

「気負う？　……エミリア様が『試験』を越えられたのであれば、彼は……『剣聖』レイドは越えられない障害では決してない。それがわかったのは、大きな収穫だ」

「お、おお、そうだ。そうなんだよ。……それが、わかってくれりゃいい」

　思いの外、エミリアが『試験』を乗り越えたことを柔軟に受け入れられて、ユリウスの反応に怖々と説明したスバルは肩透かしを味わった。──否、これでいい。

　自分が躓いた障害を、誰かが先にクリアしたと知らされる。

　その事実に心を軋ませる心配など、ユリウスには無用のことだった。少しばかり、彼にナイーブな面を期待しすぎたといえる。あるいはスバル自身の物差しで、ユリウス・ユークリウスという騎士を推し量るべきではなかったというところか。

　そんな感慨をスバルが抱くのと、ユリウスが長く息を吐くのは同時だった。

　それから、ユリウスは「さて」と軽い調子で言葉を紡ぐと、

「そろそろ、下ろしてもらえるだろうか。いつまでも君に背負われたままだと悪酔いしそうだ。地竜と違って、君に『風除けの加護』はないようだからね」

「揺れと風は我慢して、ありがたく背負われておけよ。しんどいのは事実だが、ケガ人に自分で歩かせるほど薄情者にはなれねぇ。エミリアたんに叱られる」

ユリウスの申し出に首を振り、スバルは体を揺すり、ユリウスを背負い直した。

一日に二度、『剣聖』レイドによって痛めつけられた体だ。一度目の敗戦のあと、治療も不十分に再戦へ臨んだ以上、もはや肉体は限界に近いはず。

たとえレイドの攻撃が、ひたすらにユリウスの心を折らんとしたものだとしても。

だからスバルはあと半分、おおよそ二百段はあるだろう階段を、ユリウスを背負ったまま下り切る覚悟を決めていた。だが――、

「――いや、君にそこまで苦労はかけられない。気絶したままならばまだしも、幸いにも目は覚めた。自分で、階段くらいは下りられる」

「つまらねぇ意地張るなよ。大体、突っ張っても今さらだぞ。背負われてるのを見られるのが恥ずかしいってんなら、一緒にいた全員に見られてる。……気絶してたシャウラと、アナスタシアさんだけは見てないけどな」

「ならば、それが理由だ。二人に……特に、アナスタシア様にはこんな姿を見せるわけにはいかない。下ろしてくれ」

「とってつけたようなこと言うな。そもそも……」

「――下ろしてくれと言っているだろう！」

――激発は、突然のことだった。

「うお!?」

張り詰めた声が耳朶を打った直後、スバルは階段の壁に肩からぶつかっていた。

原因は、背中にいたユリウスが強引に身をよじったことだ。とっさに壁の方へ体を向けたからよかったが、危うく階段から落ちてもおかしくなかった。

しかし、そうして自分の身を守るのが精一杯だったせいで――、

「――く」

「お前……馬鹿野郎！　いったい、何考えてやがんだ！」

壁に寄りかかって振り向けば、少し下の段差に倒れているユリウスを見つけた。スバルの背中から落ちて、いくらか階段を滑り落ちたのだ。

「言わんこっちゃねぇ！　おい、そこにいろ、馬鹿。今いく……」

「こなくていい！」

「――――」

「……一人で、立てる。手を借りる必要は、ない」

思わず、階段を駆け下りようとした足が止まった。

床に肘をつけながら、伸ばした手でスバルが駆け寄るのを制止したユリウス。彼はそのまま深く息を吐くと、その横顔を硬くしながら、何とか体を起こした。

そうして壁に背を預けると、背を擦(こす)り付けるようにゆっくり、ゆっくりと腰を上げ、膝を伸ばし、寄りかかりながらも立ち上がった。

「言った通り、だろう？　一人で立つことぐらい、わけのないことだ」

どこか、投げ捨てるようなその声の響きに、スバルはとっさに言葉が出ない。

ユリウスはそのまま体を反転させ、右半身を壁に預けるようにしながら、それこそ赤子が床を這うような速度で、のろのろと、階段を下り始めた。

一歩、一歩と、踏みしめるように――。

「少し、時間はかかりそうだが、君の手を煩わせる必要はない。それより、階下の女性たちが心配だ。私の行方を探しているのが君だけとはどうしても思えないのでね」

一歩、また、一歩。

「できれば、先に説明してきてくれないだろうか。とはいえ、弁明は私自身からするのが筋だろう。君はあくまで、私が見つかったことだけ伝えて、安心させてくれればいい」

ゆっくり、ゆっくりと、一歩ずつ。

「……弁明するのが気が重いことなのは認めるがね。避けては通れない道だ。その荒れた道を少しでも整えてくれると、私としては君に多大な恩を感じざるを得ない。君にとって、私への貸しなどこれ以上増やしてもと思うかもしれないが」

こちらに顔を向けず、階段を一人で、独りで下ろうとするユリウスは話し続ける。

遅々とした足取りでも、立ち止まるスバルとの差は確実に開いていく。

詰めようとすればすぐに詰まる距離だ。彼の願いを叶えるにせよ、一度は追い抜く必要がある。――だから、スバルは足を動かした。

「エミリアたちに、先に話してくれればいいんだな」

「……ああ、そうだ。もしも、アナスタシア様がお目覚めになっていたら……いや、やはりやめておこう。とにかく、君に頼みたい」

急ぎ足に階段を下りて、スバルは悠々とユリウスに追いついた。階段に響く靴音にユリウスは安堵に似た息を吐いて、スバルに先にいけと促す。

――否、『先にいけ』ではない。『先にいってくれ』と、促されたのだ。

それを言ったユリウスの内心を、スバルは少しは理解できているつもりだ。

それが理解できた理由は、エミリアたちと違い、スバルが真っ直ぐにユリウスがレイドへ挑みにいったとわかったのと同じ理由――。

いつか、スバルが抱いたものと、どこか似通ったものが原因に違いない。

だから、あのとき、スバルは――、

「――ああ、クソ！　クソクソクソ！　馬鹿野郎！　俺もお前も、大馬鹿野郎だ！」

苛立たしげに吐き捨てて、スバルは階段を蹴っ飛ばしてユリウスへ向かった。

追い抜くつもりではない。壁に寄りかかり、よたよたとした足取りでいる彼の左腕を掴むと、乱暴に肩を組んで体を支えた。

「な……スバル、何のつもり……」

「うるせぇ！　何が一人で立てるだ！　へっぴり腰なのが丸見えなんだよ！　そんな奴を置いてさっさといけなんて飲めるわけねぇだろ！　エミリアに叱られる以前に、俺が俺に嫌気が差すっつーんだよ！」

「だが、私は……」

「俺だって、本当に手ぇ貸さなくていいんなら手なんか貸さねぇよ。ただでさえ、俺の両手はあれこれ色んなもんで埋まってんだ。お前が本気で嫌なら、俺が我慢できなくなるような情けねぇ格好でふらふら歩いてんじゃねぇ！」

唾を飛ばし、そう怒鳴りつけるスバルにユリウスが押し黙った。

一度は振りほどこうとした力を失い、ユリウスが抵抗することに躊躇(ためら)ったのを見て取った途端、スバルは無理やりに肩を貸したまま歩き始める。

「お前の腹の底がわかってるなんて、知ったような口は利かねぇよ」

「――――」

「けど、今、お前が一人でこの階段を、長ったらしいこの階段を、独りっきりで歩いて下りる必要なんかねぇんだ。肩ぐらい貸してやるし、貸しだとも思わない」

貸し借りの話など、馬鹿げている。

それを言い出せばスバルなど、ユリウスにいったい、どれだけ借りがあるのか。

それこそ一番最初の借りはきっと、あの王城の練兵場から始まって。

――ユリウスが、レイドに勝てないとわかって挑みかかった理由は、わかる。

あのときと、あのときのスバルと同じだ。

あのときのスバルは、勝てないとわかっていても、ユリウスに挑みかかった。何度倒されても、殴られても、懲りずに立ち上がり、挑み続けた。

それ以外に、胸の奥から込み上げる激情を、吐き出す方法がなかったからだ。

そして、あのとき、スバルは、何もかもが終わったあの場所で、エミリアと口論の末に決別したあの場所で、『独り』になって、辛かった。泣きたかった。

──だから、ユリウスをこの階段に、独りきりにしてやるものか。

腹の底が熱い。あのときと、同じように。
あのときと違って、この激情をどこへ吐き出せばいいかわからぬまま。

「──スバル」
「なんだ」
「……すまない」
「うるせぇ」

それが八つ当たりに聞こえなければいいと思いながら、答えた。
そのまま二人はゆっくりと、階段を下りて、四層へ戻っていった。

──二人を見つけたエミリアが安堵したのは、それから十数分後のことだった。

第六章　『塔共同生活のすゝめ』

1

「――ユリウスはちゃんと、ここで傷が治るまで休んでること！　絶対の絶対！」

ボロボロのユリウスを『緑部屋』に叩き込んで、声を大にしてエミリアは言った。

二層『エレクトラ』から四層へ続く長い階段、それを肩を預けて下り切ったスバルとユリウス。二人を出迎え、エミリアが安堵した直後のやり取りだ。

気持ちの切り替えが早いのは美徳だし、有無を言わせぬやり方なのもありがたい。理由も聞かなければ、言い訳をさせもしない早業だった。本当はエミリアも、ユリウスと話したいことは山ほどあっただろうに――、

「――しなきゃいけない話はきっとスバルがしてくれたはずだもの。だから、今はしっかり休んでもらって、それ以外のお話は後回しでいいの。でしょう？」

草のベッドに腰を下ろしたユリウスに、「だってよ」とスバルは肩をすくめた。腰に手を当てて鼻息の荒いご様子のエミリア、そんな姿も可愛い。

「無論だ。すでに君やエミリア様には迷惑をかけすぎている。この期に及んで、言いつけ

に逆らう恥知らずな行いはできない。素直に従うとも」

「わかったの一言でいいところを長々と……」

「ホントにそう！　私たちのことはいいの。ケガしてるのはユリウスなんだから、安静にしてなきゃダメってお話！　迷惑はいくらでもかけていいのよ。仲間なんだもの」

「――――」

「パトラッシュちゃん、ユリウスのことをお願いね。もしもまた何か変なことがあったら、大きい声で鳴いて私たちを呼んでね」

ユリウスの迂遠な謝意をぴしゃりと切り捨て、エミリアは部屋の奥――『緑部屋』で負傷を癒す、パトラッシュに声をかけた。

『緑部屋』は一度に受け入れる人数に制限があるため、負傷者が増えた現状ではスバルやエミリアが残ることができない。そのため、中で精霊の治療を受ける誰かが周りの様子を見るのがベスト。そして今回、その役目はパトラッシュに託されたわけだ。

「エミリア様にこうまで仰られては形無しだ。大人しく項垂れていることとしよう」

「なくした信頼はなかなか取り戻せない。その点、常に信頼部門トップのパーラッシュに勝てる奴なんかいないぜ。なんかあったら容赦なく噛みついてやってくれ」

喉を鳴らし、パトラッシュは快く頼みを引き受けてくれる。エミリア陣営随一の『わかっている女』は、先ほどユリウスを一人でいかせたことに責任を感じている目だ。

「ほれ見ろ。パトラッシュも『次は絶対にうぬを逃がさぬ』と仰せだ」

「何故か、本当にそう言っているようにも見えてくるから不思議なものだね」

「でも、うちの武闘派内政官のバイリンガルによると、大体、そんなニュアンスで合ってると思われる。淑女だから、語尾は『ですわ』かもしれないけど」

　心が通じ合っているおかげで、最近はオットーなしでもパトラッシュの気持ちがわかる。などと言うと、パトラッシュに尻尾で叩かれるので、乙女心は複雑なものだった。

「大人しく、傷の治療に専念させてもらうとするよ。こうして乙女たちに囲まれ、悠々と静養するのも贅沢なことだからね」

「言っとくが、今この部屋にいる女子はアナスタシアさん以外は全員俺のだ」

「私、まだスバルのものになってません。……思ったんだけど、私の騎士様なんだから、スバルが私のものなんじゃないの？」

「それすげぇ嬉し恥ずかしい評価なんだけど！」

　唇に指を当てたエミリア、その聞きようによっては大胆に思える発言に一喜一憂しつつ、スバルは改めて、部屋に残すユリウスの方を見やった。

　苦悩の峠を越えるには時間がかかる。だが、少なくとも、その一合目に足をかけるだけの、心のゆとりが持てたかどうかを確かめるように。

「とりま、休んでる間、さっきのこと思い出して頭抱えてゴロゴロしたくなるかもしれねえけど、パトラッシュが見てるってこと忘れるなよ」

「安心したまえ。そんな醜態は晒さない。——優雅ではないからね」

「……調子出てきたじゃねぇか」

「ふ」

受け答えに彼らしさがあり、スバルはひとまずの安堵に頬を緩めた。

――あの、長い階段に、ユリウスを独りきりにさせなくてよかった。

それが少しでも救いになってくれていれば、スバルも王城で大勢の前で大恥を掻いた経験から学んだ甲斐があったというものだ。

「――パトラッシュ、頼んだぞ」

最後の最後に愛竜に念押しして、スバルとエミリアは『緑部屋』を出る。

去り際、パトラッシュがユリウスの方へ身を寄せて、その監視態勢にユリウスが苦笑している気配が伝わってきた。さすが、パトラッシュは指示に忠実、賢竜である。

ユリウスの精神状態的にも、パトラッシュの忠竜精神的にも、『緑部屋』に残された人員の心配はいったん大丈夫と思っていいだろう。

「……扉、凍らせて閉じ込めておく？」

「エミリアたんの無限の発想力には驚かされてばっかりだけど、それは最終手段にしたいかな。それやって、『緑部屋』の精霊を怒らせるのもゾッとしないし」

「ん、そうよね。ふふ、言ってみただけ。冗談よ」

可愛く舌を出して冗談を詫びるエミリア。その反応に唇を綻ばせつつ、スバルもそれは選択肢の一つとして胸に秘めていたことは口にしなかった。

「ともあれ、『緑部屋』のことは部屋の責任者の精霊に任せよう。見た感じ、パトラッシュの傷もいい感じに治ってきてたみたいだし、ユリウスも長くはかからなそうだ」

「うん、そうね。ユリウスの傷は……見た目ほどひどい傷じゃないから、たぶんすぐに良くなると思う。レイドが、そういうやり方みたい」

「……手加減がうまい、か。ユリウスには聞かせられねぇな」

　言葉を選んだエミリアの推測に、スバルは頭を掻きながら同意する。

　得物が棒切れであることは究極の悪ふざけでしかないが、それでユリウスほどの実力者を赤子扱いできるほど、レイドの戦闘力は突出している。

　初代『剣聖』、賢者と神龍(しんりゅう)と協力し、『嫉妬(しっと)の魔女』を倒した立役者――そんな肩書きを持つ伝説の英雄となれば、なるほど納得とするしかない。

　その人間性が、『伝説の英雄』と崇(あが)められるに相応(ふさわ)しいかは別の話だが。

「ひとまず、俺たちの話し合いは……」

「――騎士ユリウスの傷が癒(い)えるまでに、その第二の『試験』とやらの突破の方法を見つけ出さなくちゃいけない、でしょう？」

　と、そんなスバルとエミリアの会話に冷然とした声が割り込んだ。見れば、それは通路の壁に背を預け、二人が戻るのを待っていたラムだ。

『緑部屋』の制限人数に引っかかり、通路で待たされていたラム。彼女に、内心をピタリと当てられたスバルは自分の頬にぐにぐにと触れて、

「俺の顔、そんな詳しく内心が出るぐらいバラエティに富んでんの？」

「顔に心配事がまとめて貼り付けてあっただけよ。今、バルスが心配する相手や理由なんて、その部屋の中にしかいない。それだけの話でしょう」

「んなことねぇよ。この中に限った話じゃなく、一緒にいる連中はみんな心配してるっての。エミリアたんやベア子はもちろん、姉様のこともな」

「ハッ！」

サムズアップしたスバルの返答に、ラムが鼻を鳴らして小馬鹿にする。

それから、背を向けて歩き出したラムにスバルが唇を尖らせて拗ねると、隣のエミリアがくすくすと口元に手を当てて笑い、

「大丈夫。ちゃんとスバルの気持ち、ラムはわかってくれてるから」

「それこそ欲目が強すぎる気がするけど、エミリアたんがそう言うなら、まぁ」

薄く微笑むエミリアを横目に、スバルは首の骨を鳴らしてからラムの後ろを追いかける。

ラムが向かったのは、四層にある小部屋の内の一つだ。

その部屋へ足を踏み入れると、

「……遅いかしら。待たせすぎなのよ。ユリウスは平気そうかしら？」

「安心しろ。とりあえず、峠は越したっぽい。責任感が無駄に強い奴だから、あれこれと思い悩みはするだろうけど……もう、自棄は起こさねぇよ」

「スバルがそう言うなら、まぁ、そう信じてもよさそうなのよ。それならそれで、問題は

一個に絞れるから助かるかしら」

ユリウスの安否確認を受け取り、ベアトリスが顎を引く。そのベアトリスの発言にスバルも頷くと、今度は部屋の中を見回した。

四層にはいくつも空き部屋が存在するが、ここはスバルたちの荷物が運び込まれている一室であり、このプレアデス監視塔における攻略組の拠点と言ってもいい。

その拠点で車座となり、顔を突き合わせているのはスバルとエミリア、それにラムとベアトリス。あとは――、

「あの野郎について、お前に詳しく聞かせてもらいたいところだな、シャウラ」

「うひぃ、お師様おっかないッス！　でもでも、そんな風に厳しくされるのもあーし嫌いじゃないッス。嫌よ嫌よも好きのうちってやつッス」

「だそうよ、お師様。いやらしい」

「濡れ衣！」

くねくねと身をよじるシャウラと、すっかりその隣が定位置になったメィリィもいる。シャウラの素っ頓狂な言動にラムが濡れ衣するのもすっかりお約束だ。

「ともあれ、まずはみんな、ユリウス探しはお疲れ様だった。やめろって言っても、どうせあとから本人の謝罪があると思うけど、とりあえず無事だよ」

「いいの。ユリウス本人にも言ったけど、無事に見つかってくれただけでよかったんだから。ね。みんなもそうでしょ？」

「エミリア様と一緒にされては困ります」

「え⁉　どういうこと⁉」

　全体の音頭を取り、話を進めようとしたスバルだが、早くもエミリアとラムとの間に意思の乱れが生じてしまっていた。

「報告を聞く限り、第二の『試験』は塔にやってきた全員が越える必要がある。それなのに、騎士ユリウスは独断で二度目の挑戦を……これは一歩間違えれば、アナスタシア様の陣営との協力関係にも亀裂を入れかねない行いです」

「ユリウス一人の行動で、全員の挑戦が失敗するかもしれなかったから？」

「はい。そうなっていた場合、ここまでの道程は全て無駄になります。二層にいる試験官がこちらを無事に帰してくれるかも怪しい。……そこの、エセ賢者も含めて」

　ちらと、エミリアに説明していたラムの視線がシャウラへと向いた。まさか自分に矛先が向くと思っていなかったのか、シャウラは「あーし？」と自分を指差す。

「エセ賢者って、マジ心外ッス！　賢者なんてあーしが名乗ったわけじゃないッス！　あーしの名前は、お師様が付けてくれたシャウラだけッス！　お師様一筋ッス！」

「一途なことね。だそうよ、お師様」

「俺を見て言うのをやめろ！　……お前の言い分が間違いってわけじゃねぇけど」

　少々、言いすぎのきらいはあっても、ラムの推測は最悪の場合を想定すれば間違いではない。ユリウスの行動は、スバルたち全体を危険にさらした。

彼が、第二の『試験』の概要をしっかり把握していなかったことを加味しても──むしろ、加味したからこそ、軽率だったとも言える。

「騎士ユリウスらしくない、というにはラムはあの方のことを知らなすぎるわね。『暴食』のことを含めても、ああした行いをしない人と思っていたのだけど」

「そりゃ、俺も同意見だが……わからないってのと、俺の考えはまた別だ。あいつがやらかしたのは、男のはしかみたいなもんだから」

『誰もが一度は経験する病』。今回のユリウスの独断をそう表現するかは迷うところだが、はしかや水疱瘡は大人になってからかかった方が被害は大きい。

表出するのが致命的な場面であれば、それはなおさらだ。

「それが致命的にならなかった。……今回は、それでよしとしてくれ」

「──ラムはただ、他人に足を引かれたくないだけよ」

スバルから視線を外して、ラムが小さな声でそんな風に呟いた。

「それでえ、ケンカしたいだけなのお？　それとも、話し合いがしたいのお？　どっちなのか決めてくれないとお、わたしも付き合い切れないんだけどお」

一瞬、悪くなりかけた場の空気に待ったをかけたのはメィリィだ。シャウラの隣に寄り添い、自分の三つ編みを弄る彼女は気だるげな眼差しを部屋の全員に向け、

「できればケンカはやめてよねえ。わたし、痛いのも怖いのも嫌いだしい」

「お前は……いや、正論だ。その傍観者ポジションに助けられるな」

「そうお？　うふふふ、それなら感謝してよねえ」

スバルの感謝に、メィリィは年端もいかない少女らしく無邪気に微笑(ほほえ)む。

そんな年端もいかない少女だが、メィリィの俯瞰(ふかん)した意見は貴重だった。振り返れば、二層の『試験』から撤退できたのも、彼女の進言があったから。

「今後もその調子で頼むぜ。冷静な奴(やつ)の目ってのは大事だ」

「調子いいんだからあ。そんなこと言っても、わたしの仕事は砂海を抜けたらおしまいでしょお？　他に役立つことなんてできないんだしい」

「でもねぇよ？　考える頭は一個でも多い方が助かるし、砂海で生き残れたことも含めて、塔の中じゃ一蓮托生(いちれんたくしょう)だ。運が悪かったと思って俺に頼られてくれ」

堂々としたスバルの寄りかかる宣言に、メィリィはしばし呆気(あっけ)に取られる。

「……ペトラちゃんの気が休まらない理由がわかったわあ」

「――？　ペトラがどうしたって？」

「何でもなあい。それより、裸のお姉さんに話が聞きたいんでしょお？」

ぷいと顔を背けて、立ち上がったメィリィがシャウラの背中をぐいぐいと押した。その細腕の腕力に負けたわけではないだろうが、シャウラはいそいそと進み出ると、スバルのすぐ目の前に膝をついて座り、ぺたりとその場に頭を下げた。

「不束者(ふつつかもの)ッスけど、末永くよろしくお願いするッス」

「殊勝な態度で助かるな。じゃ、結納品として聞きたいことが……痛い痛い痛い！　エミリアたん⁉　ベア子⁉　なんで左右から脇つねったの⁉」

「別に」「何でもないのよ」

何でもないのに脇をつねられていてはたまらないのだが、エミリアとベアトリスの態度にそれ以上の追及は躊躇われた。

「と、とにかく、上にいたのはレイド・アストレアで間違いなかった。で、当時からの生き証人であるお前に話が聞きたい。あいつは、どんな奴なんだ？」

「人間のクズだったッス」

「それは前に聞いたし、実際、この目で確かめたよ」

唇を曲げ、美少女がしてはいけない顔で故人を懐かしむシャウラ。その故人が同じ建物の上の階にいることは別にしても、いい思い出でないことは間違いない。

顔を見た途端、泡を吹いて気絶するほどなのだから当然だが。

「俺たちはどうしても、あいつを突破しなきゃならねぇ。二層の『試験』を越えるためのヒントを一個でも増やしたいとこなんだよ」

「思い当たること、何でもいいから話してごらんなさい。『剣聖』レイドの性格、癖、人間関係、好きなもの嫌いなもの、弱点。そうね、弱点が聞きたいわ。話しなさい」

「すげーぐいぐいこられてるッスけど！　弱点なんか知ってたらあーしが突いて仕返ししてたッス！　つまり、弱点はねーッス！」

「ちっ、使えない」

「お師様より偉そうッスね、この娘……」

そう呟いて、かなり高圧的なラムの態度にシャウラが唇を尖らせる。が、ラムの一睨みに首をすくめ、すごすごとスバルの後ろへ回り込んで盾にされた。

「なんで隠れるんだよ。絶対、お前の方が強いぞ」

「強いとか弱いとかって問題じゃないッス。たぶん、お師様がビビってるからッスよ。そのビビりが、お師様と一心同体のあーしに伝わってきてるんス」

「お前のビビりを俺のせいにするな」

背中に柔らかい感触が当たるのが落ち着かず、スバルはシャウラの首根っこを掴むと、嫌がる彼女を無理やりに元の位置へと戻した。

そうして、質疑応答の再開になるわけだが――、

「えーと……結局、シャウラは『試験』のことについては何も知らないのよね？」

「知らないわけじゃねッス。ただ、今はまだ語るべきときではないってだけッス。おそらく、全ての答えは塔の謎が解かれたときに明かされるッス」

「そうなんだ……すごーく、ドキドキするわね」

「純朴なエミリアたんを騙すな」

「『剣聖』の弱点がわからないにしても、癖とかはないの？　戦ってるときの癖でもあれば、そこから突破口が見出せるかもしれないわ」

「癖ッスか。そういえば、あーしがレイドをセクハラの仕返しに殺そうとしたとき、あい

つ、よく自分の尻掻きながら戦ってたッス！　これは癖じゃないッスか？」

「それはおちょくられてるだけだな……」

「あとは美人に弱いッス。美人なら通れるとあーしは推測するッスよ」

「となると、俺とユリウスだけ置いてけぼりにされんのか……由々しき事態だ」

「す、スバルも見ようによっては、頑張れば、あの男の目を潰せば、きっと、その、通れるかもしれないと思えないこともないはずかしら……！」

「お前は可愛いなぁ」

　と、あまり役に立たない質疑を応酬しつつ、スバルは何とかスバルを傷付けまいとしたベアトリスを抱きしめて頭を撫で回してやる。

「どっちにしても、エミリアが認められたのはたまたまの偶然なのよ。あの男が油断していて、エミリアの攻撃だったから当たっただけかしら」

「その心は？」

「エミリアが殺す気で殴ってたんなら、あの男も当たったりしなかったはずなのよ。だからあれは男の油断と、エミリアの勝利かしら」

「あれ？　今、私、褒められてる？」

「褒めたのよ」

「あ、やっぱり。ふふ、ありがと。すごーく嬉しい」

　ベアトリスの推測と、そこから派生した賛辞にエミリアが喜び、スバルに撫でられているベアトリスをさらに撫でる。

「しかし、殺意の有無で対応力が変わるって字面にするとカッコいいのに、実物があれだからな。どこまで本気でいるのやら、だ」

「……発想を、逆転させるべきね。バルスの言う通り、どこまで本気でいるのかわからない相手だけど、本気にさせてはいけないのよ」

「本気にさせちゃ、いけない？」

呟きを拾い、思案げにこぼしたラムにスバルは眉を寄せた。その言葉に、ラムはなおも考え込みながら「そうよ」と続け、

「エミリア様が試験官に認められたのは、相手の譲歩を引きずり出して、その上で条件を満たしたから……かなり、試験の突破条件は浮ついているわね」

「ファジーな条件ってのは同意見だ。試験官の気性が反映されてる」

「だから、試験官を楽しませつつ、試験として成立する条件を提示する。その上で試験官を負かすことが、二層を突破する条件なんだわ」

ラムの言葉を受け取り、スバルはなるほどと内心で手を打った。

エミリアが『一歩でも動いたら』と条件を付け、膨大な手数と少しの幸運を利用してなんとかもぎ取った勝利——レイドの油断も含め、最も条件が緩い段階での勝利があれだ。武力でもぎ取る勝利は、もはや不可能と考えるべきだろう。

「かといって、じゃんけんで勝ったらってわけにもいかねぇだろうしな……」

「あの、レイドを納得させる条件を見つけて、それで頑張る……やっぱり、この『試験』もそこを考えなきゃいけない大変な試験なのね」

「大変ってより、これは三層とは別の意味で意地悪な試験だと思うぜ」

知力（この世界にない知識）を試されたあと、今度は武力（世界最強レベル）を試されるのかと思いきや、本題は別の部分にあったと推測される『試験』。

つまりは二層の『試験』も、三層とは趣こそ違うが、監視塔を作り上げた『賢者』の底意地の悪さが発揮されたもので間違いない。

あとは――、

「――いいじゃないッスか。そんなに焦らなくても、ゆっくりやってったら」

「ゆっくり、っつってもな」

考え込む面々を見回し、胡坐の姿勢でシャウラが気楽に言い放った。それを受け、スバルは顔をしかめたが、彼女は気にせず、ただ瞳を爛々と楽しげに輝かせて、

「お師様たちがいたいだけ、ずっとずっとずーっといてくれたらいいッスよ。あーしは何百年も、お師様がきてくれるのを待ってたんスから」

「それは……」

「いくらでも時間かけて、『試験』を順当にクリアーしてくれてったらいいッス。あーしはそれを、ずーっと見守ってるッス。――何日、何年、何百年でも」

それは、軽はずみに冗談と笑い飛ばせない、重みを伴った言葉だった。

シャウラが軽い調子で、笑顔で、スバルたち――否、スバルに対する好意しか存在しない態度で紡ぐ言葉には、彼女が過ごしてきた四百年の重みがある。

ここで、『賢者』の言葉に従い、監視塔を守り続けてきた番人としての重みが。

シャウラは言った。

『試験』を終えずに出ることを禁ずる、と。そしてそれが破られたとき、たとえ相手がお師様などと慕っているスバルであっても、容赦はしないと。

好意的であるから、親しげであるから、それが味方となるわけではない。

プレアデス監視塔攻略において、星番を務めるシャウラもまた――、

「――ここで、あーしと一緒に楽しくやっていったらいいッスよ！」

――信頼できる味方などではないのだと、その笑顔に痛感した。

2

――結局のところ、二層『エレクトラ』攻略会議の結論は先送りとされた。

話し合いの流れで具体的な打開案が出なかったこともあるが、結論を先延ばしにした最大の原因――それは、スバルの腹の虫である。

「考えてみたら俺、二日も意識なかったところから復活して、その足ですぐ塔の攻略始めてたじゃん……そりゃ、お腹と背中がくっつくわ」

会話が停滞したところで盛大に腹の虫が絶叫し、そこで初めてスバルは自分がどれだけ空腹の状態に置かれていたのかを自覚した。

腹が減っては戦はできぬ、ではないが、空腹は思考力にも影響する。結果、スバルの腹の虫の訴えを契機に、ひとまず、その場はお開きとなったのだ。

「正直、腹の虫が鳴いてくれて助かった部分もあるしな……」

二層の打開案はともかく、何となく監視塔における『試験』の出題傾向。その、出題者の意地の悪さが見えてきたところで、同時にほのかに明らかになったシャウラの危険性――元々、彼女の戦闘力は危険視すべきだったのだが、当人の頭空っぽな態度と、スバルに馴れ馴れしく接する姿に緊張は薄れかけていた。

『――ここで、あーしと一緒に楽しくやっていったらいいッスよ！』

何日でも、何年でも、何百年でも――。

そう、臆面もなく言い切ったシャウラの様子に、その忘れかけていた危険性をようやく思い出すことができた。そういうべきだろうか。

「やるつもりはねぇけど、もしも塔の攻略を中断して脱出ってなった場合、あいつが敵に回るのは確実ってルールもあるみたいだしな……」

それは避けたい。戦力的にも、心情的にもだ。

それ以外にも、塔の攻略に目を向ければ、あらゆる点から不安が首をもたげてくる。

すでにスバルたちは、このプレアデス監視塔への旅程に一ヶ月以上を費やしているのだ。

とんとん拍子に『試験』を片付け、塔の攻略が終わったとしても、プリステラへの帰還に同じだけ時間をかけると考えれば、最短でも三ヶ月近い旅となる。

無論、長引くから中途で手を引くなんてことは、シャウラとの敵対のことも含めてしたくはないが、エミリアやアナスタシアの参戦する王選には期限がある。

全体で三年——すでに一年と少しが経過し、残す期限は二年を切っているのだ。

費やせる時間はもちろん、積むべき時間も、無限ではありえないのだから。

「でも、そんな明日の明日の心配ばっかりしてても埒が明かないのよ。まず、大事なのは今日を踏まえた明日のことかしら。そのためにも……」

「今は、お腹いっぱいご飯を食べておけってか」

「それなのよ」

ぴしっと、スバルの言葉に指を立てたのはベアトリスだ。

腹の虫を切っ掛けに話し合いが終了し、食事の準備が整うまでの時間をスバルは塔の散策——居住区とされている、四層の見回りに費やしている。

そのスバルに同行し、きゅっと手を繋いで歩いているのが件のベアトリスだ。

定期的に手を繋ぐのは、ゲートに不備のあるスバルから、契約精霊であるベアトリスが直接マナを徴収するためである。あとはお題目抜きに、ただ手を繋ぎたいから。

「それにこの二日、俺が寝込んでる間はお前も不安だっただろ？　今日は安心して、俺にべたべた甘えてくれていいからな」

「馬鹿なこと言ってるんじゃないかしら。これは、スバルが寝込んでいた間、サボっていた分のマナ徴収を多めにしてるだけなのよ。特に、この塔の中では常にベティーは万端の状態でいたいかしら。準備不足は避けたいのよ」

「とは言いつつ、マナ徴収しない間も寝込んでる俺の手を握ってたってのは？」

「それはマナと関係なく、ベティーの心の充足のためだから関係ないかしら」

マナ徴収とは無関係、と胸を張ったベアトリスだが、かえってそっちの方が微笑ましい上に恥ずかしい気がすることにスバルは触れなかった。

ともあれ、ベアトリスの考えにはスバルも諸手を上げて賛同する。

スバルとベアトリスのコンビの強みは小技にある。それは二層の『試験』でも、まだ何が待つかわからない一層の『試験』でも役立つはずなのだ。

「よし、ベア子。俺のことはいい。ぐんぐん、俺からマナを吸って肥え太れ……！」

「別にたくさんマナを徴収しても、ベティーはぶくぶく太ったりしないのよ！　それに、意気込んでもスバルの元々持ってるマナの量はたかが知れてるかしら」

「おいおい、それじゃ、どうすりゃいいってんだよ」

「だーかーら！　せめて、お腹いっぱい食べて、ゆっくり休んで体力の回復とマナの貯蔵、あとベティーの相手に勤しむ。それがスバルの使命なのよ」

「完全に病み上がりみたいだし、やっぱり放っておかれてて寂しいお前の本音がちょっぴり混じってたじゃねぇか……っと」

歯痒さ半分、微笑ましさ半分の器用な表情を作ったスバル。と、そんな二人の下へ、通路の先から誰かがひょっこり姿を見せる。「あ」と目を丸くしたエミリアだ。

その手には銀色をした金属製の容器――バケツが握られていた。

「バケツか。エミリアたんってば、こんなときでも精が出るね。歌の練習？」

「ふふっ、何言ってるのよ、スバルったら。確かにバケツ先生にはいつも歌の練習を手伝ってもらってるけど、今はそんなときじゃないことぐらいわかってるでしょ」

「そりゃそうだ。じゃあ、なんでバケツ？」

「それは、バケツ先生に本来のお仕事をしてもらうためなのです」

スバルの疑問にえへへんと微笑み、エミリアが手にしたバケツを突き出す。と、バケツにはなみなみと水が張っており、なるほど、バケツ先生本来のお役目復帰だ。

ただ、そのお役目が果たせたこと自体に疑問が浮かぶ。

「これ、水ってどっかから湧いてるの？　塔の周りって砂海しかないんじゃ？」

「あ、それは勘違いよ、スバル。塔のずーっと向こうまでいけば、大瀑布があるはずだもの。そこには水がすごーくいっぱいあるから……」

「そこまでして、ほんのバケツ一杯の水を汲んできてくれたのか。俺のために」

「スバルのためならそのぐらい全然してあげるんだけど、そうじゃないの。実はね、あの『緑部屋』の精霊が綺麗な水を出してくれるのよ」

すごいでしょ、とエミリアが何故か自慢げだが、スバルとしてはその真相の少し手前にあった彼女の一言が嬉しかった。

スバルのために大瀑布に水汲みにいくことも厭わない。それが嬉しかった。

「その喜びを噛みしめつつ、だけど……あの部屋の精霊ってホントすげぇな。傷の治療だけじゃなくて、そんなことまでしてくれんのか」

「水を出すだけなら、私やベアトリスも魔法で何とかできるんだけど……」

「砂丘や監視塔の周囲は瘴気の影響が濃すぎるかしら。その瘴気に長く触れたマナを飲み水に使うのは、できれば避けた方が賢明なのよ」

エミリアの説明をベアトリスが補足し、スバルはその内容に納得する。

ここまでの旅路、飲料水は魔法によって賄われてきた。マナさえあれば、わざわざ重たい水を大量に運ぶ必要もない。魔法の利便性ここに極まれり、だ。

「大気汚染じゃないけど、瘴気が原因になるマナ汚染みたいなことって考えられるのか。やっぱり、飲み水とかで取り込むと体に悪かったり？」

「体に劇的な変化があるかはわからないかしら。でも、たくさん取り込めば、その分だけ内に瘴気を溜め込むことになるのよ。そうなったら、最悪、スバルみたいに魔獣を引き寄せる体質になってもおかしくないかしら。身震いするのよ」

「自分で言うのもなんだけど、この体質って結構生きづらいからな……」

要所要所でこの体質を活用している感のあるスバルだが、土壇場以外で役立つことはまずない。それどころか、ちょっとハイキングで山に入ったら、うっかり魔獣に囲まれかねないのだ。こんな体質、ならない方がいいに決まっている。

「それで、水はできるだけ『緑部屋』の精霊が浄化してくれた湧き水を使ってるの。スバルが寝てた二日間も、そうやって過ごしてたのよ」

「へー、そうだったのか」

プレアデス監視塔内の、知られざる生活環境の説明にスバルは感心しきりだ。

「とはいえ、水は確保できても、結局、食糧には限界がある。砂丘に入る前の町で準備した食糧は、せいぜい一ヶ月分だからな」

「ん……そうよね」

「つっても、一ヶ月もこんなところにいるつもりないけどね」

一瞬、不安げな目をしたエミリアにスバルは笑いかける。

期限はあり、難題は多数、しかし、それに尻込みしていても始まらない。

「なにせ、たった一日で……まぁ、俺はスタート出遅れてるから正確には三日目だけど、それで一個目の『試験』はクリア、二個目もエミリアたんが楽々突破してんだ」

「楽々、ではなかったけど……」

「ここははったりを利かせる場面だから、楽々って言っていいの」

真面目なエミリアに偉そうに指を立て、それからスバルは繋(つな)いだままのベアトリスの手を引くと、正面に立たせた少女の頭に自分の顎(あご)を乗せた。

そして、スバルとベアトリス、二人の視線がエミリアを見上げる。

「相手が、過去最強の『剣聖』だろうと関係ねぇよ。あんな眼帯セクハラ髭野郎、俺の小細工とベア子の力でけちょんけちょんにして、さっさと突破してやるぜ」

「そうかしら。けちょんけちょんなのよ」

「けちょんけちょん……」

「けちょんけちょんってきょうび聞かねぇな」

「ズルい！　今の！　スバルとベアトリスが言ったのに！」

スバルとベアトリスの連携した罠に、エミリアが顔を赤くして怒る。

馴染みのやり取りに新たなパターンを混ぜ込まれたエミリアは、ほんのりと不満げな様子を引きずりながら、仕方ないと言いたげに吐息をこぼした。

「ん、わかった。わかりました。なんだか、スバルに言われるとそれが簡単なことみたいに聞こえちゃう。でも、それがすごーく頼もしいのよね」

「ああ、信じて期待して頼みにして愛してくれていいよ。俺、そのための君の騎士」

「そうよね。頼りにしてます、私の騎士様」

「今、愛してって部分が否定されなかったから動揺する……」

「――？」

軽口に交えた愛の囁きがすんなり受け流され、肩透かしを味わった。かといってまともに受け取られても動揺するので、やらなきゃいいだけの話なのだが。

ともあれ――、

「今さらだけど、エミリアたんに水汲みなんてさせてんのもおかしな話だよね。これこそ騎士の仕事……っぽくはないけど、主従の従側の仕事のはずだし」

「いいのよ。スバルは私の騎士様だけど、別に主従の関係になりたいわけじゃないもの。スバルは私の隣にいてほしいの。それだけ守ってくれたらいいから、病み上がりの間は大人しく甘えててね」

「なんなの、エミリアたん！　そんなに甘やかされると嬉し死にするよ!?」

「それに、今日の夕食当番は私だから！　一から十まで全部やりたいの！」

「どっちも本音っぽいのが、エミリアの難しいところかしら」

ふんすっ、とやる気満々なエミリアの発言にベアトリスがため息をついた。そんな、いつも通りすぎる二人の態度に、スバルもまた救われる。

へこたれている暇などないのだからと、そう元気づけられている気がして。

3

「地図がないからあれだけど、あったら絶対に気持ち悪い配置だわ、この塔。俺、こういう設計段階でガタガタな感じの建物とかすごい嫌なんだよ……」

食事の時間までを使い、ベアトリスと一緒に監視塔の間取りを把握していたスバルは、ぼんやりと脳内にマッピングした塔の構造にそんな感想をこぼした。

「何を言ってるやらなのよ。大体、『試験』の性質があれだけ意地悪いのに、作った人間の性格の歪みを今さら気にしても仕方ないかしら。今さらすぎるのよ」

「あ！　今の、お師様の悪口ッスよ！　このちびっ子、塔作ったお師様の悪口言ったッス！　ちびっ子だからって、甘くしてやったらつけ上がるだけッスよ！　ここは大人げないレベルで叱ってやるべきッス！　で、余った甘やかしはあーしにくれたらいいッス！」

「うるせぇ……」

鬼の首を取ったような勢いで、ベアトリスの揚げ足を取りにいくシャウラ。というか、ベアトリスの発言は揚げ足でも何でもないのだが、説明が面倒だ。

「こーら、いつまでも悪ふざけして騒いでないの。シャウラも、大人しくしてて」

「えー、納得いかねッス。差別ッス。ちびっ子差別ッス～」

「本当に悪いことしたんなら、スバルだってちゃんと叱ります。それに、小さい子が大事にされるのは当たり前のことよ。私もシャウラも、それは我慢」

「当たり前のようにベティーを子ども扱いしてるのが納得いかないかしら……」

「まあまあ、ここは年上の度量を見せつけてやれ」

不満げなベアトリスを宥めてやり、スバルは苦笑する。

食事のために拠点に再集合した一同。その場には一応、意識がないレムとアナスタシアを除いた全員が揃い、顔を合わせている。つまり――、

「――食事の前に一言だけ、よろしいでしょうか、エミリア様」

　と、そう切り出したのは、一番遅れて部屋にやってきたユリウスだ。

『緑部屋』に放り込まれる形で治療に専念していたユリウスだったが、食事の場にこうして顔を出したのは何も空腹が理由ではあるまい。

　そのユリウスの問いかけに、場を仕切っていたエミリアは「ええ」と頷くと、

「もちろん、どうぞ。でも、別に私に断る必要なんてないのに」

「アナスタシア様が不在の今、この場で最も尊ばれるべき方はエミリア様です。それに、すでに私の勝手でご迷惑をおかけしたあと。この期に及んで、とは参りません」

　エミリアの言葉を受け、首を横に振ったユリウスの舌が流麗に冴える。

　かしこまった態度、律儀な考えはいよいよ普段の彼らしい。だが、その発言に対して、あまり好意的に受け取れない立場のものもこの場にはいる。

「殊勝な心掛けね。そのぐらい、前からわかっていてほしかったけど」

「ラム……」

「無謀で意地っ張りなのはバルスだけで十分よ。特に、まともだと当てにしていた相手に先走られては失望して当然でしょう。今後は、ないと思わせてほしいわね」

　辛辣にユリウスの独断を評したのは、冷然とした面持ちでいるラムだ。

　その声と瞳の冷たさはいつも通りだが、表情の硬さだけは普段より強く思える。厳しい言動にも、彼女らしい気遣いが薄れているように思えた。

「ラム、今のは言いすぎよ」

「……申し訳ありません、エミリア様。以後、気を付けます」

そう注意され、ラムは大人しく謝罪する。いつもより余裕のないラム、それを責めるのも間違いだ。彼女はユリウスを嫌っているわけでも、憎んでいるわけでもない。

ただ、本気でレムを救いたいと願い、そのために全てを費やしたいと望んでいるだけ。

「ラム女史にも、他の方々にも、大変なご迷惑をおかけしました」

それがわかっているからユリウスも、ラムの辛辣さは自身の行いの報いと戒め、反論せずに頭を下げて事を収めた。

食事の前の時間を取り、ユリウスがしたかったことはこのケジメだ。

ユリウスの独断行動、その真意はスバルにも何となくわかっている。だから、スバルは彼を許せたが、それをユリウス自身が許せるかどうかは別の話だ。

そのための、最初の一歩として、これは必要な儀式だった。

「はい！　ユリウスは謝りました。私は、その謝ってくれた気持ちを受け入れます。それで、このことで何が悪いってお話は私の中ではおしまい」

手を叩いて、エミリアがユリウスの謝罪にそう言った。そのエミリアの言葉に、スバルはもちろん、ベアトリスも頷く。

「俺はまぁ、言いたいことは言ってやったあとだし、これ以上は武士の情けで」

「ベティーも、ブシノナサケなのよ。このあとの働きで取り返せばいいかしら」

「――すまない」

二人の返答に、瞑目したユリウスがそれだけ呟く。

そのスバルとベアトリスに続いて、ユリウスの謝意に反応したのはメィリィだ。彼女は床に足を崩して座ったまま、自分のお下げを指でいじくり、

「死なずに済んだんだしい、それでよかったんじゃなあい？　わたしは別に、騎士のお兄さんのことは気にしてないわあ」

「お師様がノープロって言ってるんで、あーしもノープロッス。ノーパソッス」

「ノーパソは違ぇだろ……」

無関心に思えるメィリィの言葉は、気遣ったものというより本心のようだ。それに追従するシャウラも、おそらく本気でどうとも思っているまい。

そして――、

「――――」

直接の謝罪にも何も言わなかったラムだけは、許すとも許さぬとも言わなかった。

ただ、彼女は羽織ったローブの前を合わせ、食事に目を落としただけだ。

そしてそれをユリウスも静かに受け入れる。ユリウス以外の、スバルたちも。こればかりは当人同士の問題、余人が口を挟むべきところではないのだから。

「――それじゃ、改めてご飯にしましょう。今日は、私とラムで準備しました」

「火は使わせていないから、少し男らしい以外はまともなはずよ」

「ええ、そうよ。すごーくまともなの。……まともって変な言い方じゃない？」

気を取り直し、音頭を取ったエミリアの口上。その後に続いた補足にエミリアは首を傾げたが、ラムは何のフォローも入れなかった。

ともあれ、そんなやり取りを経て、監視塔での貴重な食事が囲まれる。

ちなみに、今回の旅のメンバーでまともに料理ができたのは、一年間の使用人生活で料理スキルを身につけたスバルと、何をやらせてもそつなくこなすユリウス。そして意外なことに、まともな料理もやれば作れるラムの三人だった。

なお、プリステラへ向かう道中では、スバル・オットー・ガーフィールの男三人がジャンケンで料理当番を決める方式だった。

それはともかく――、

「――じっと見て、何か文句でもあるの？」

「……いや、一ヶ月も旅しててあれだが、いまだにラムが料理できるの慣れねぇなと」

「何を言い出すかと思えば……」

意味深なスバルの視線と言い訳に、ラムが呆れを隠さず嘆息する。

「屋敷でラムが厨房に立たないのは、できないからじゃなくてやらないだけよ。蒸かし芋ならいざ知らず、普通の料理仕事は、フレデリカとペトラに譲ってあげるわ」

「そか。……まぁ、そうだな」

「ええ、そうよ。……なんで、蒸かし芋だけは特別なのかしら」

自分の発言に自分で疑問を抱いた風に、ラムが難しい顔をしている。その横顔を眺めながら、スバルもまたほのかな嘆息をこぼした。

あらゆる家事技能において、ラムはレムに後れを取っていた。

だが、レムの記憶が世界から剥がされたのを切っ掛けに、スバルはその関係性が額面通りの意味ではなかったことを悟っている。

事実、ラムはメイド仕事に留まらず、何をやらせても相応にうまくやるはずだ。そしてそのことと、レムの喪失とは能力的にはおそらく関係ない。

つまり、ラムはレムが健在だった頃から、やろうと思えば今と同じようにやれていた。

そうしてこなかったのは、彼女の生来の怠け癖が原因――では、あるまい。

「――――」

そのことを、スバルはあえて掘り起こしたいとは思わなかった。

今のラムには、きっとわからないこと。そしてその真意は、レムが無事に戻ってきたあとも、語られる必要などないことなのだと、そう思う。

「それにしても……想像ついてたけど、お前の食い方、品が欠片もないな」

「もぐもぐ……あ？　お師様、今、なんか言ってたッスか？」

顔をしかめたスバルに、頰袋をぱんぱんにしたシャウラが目を瞬かせる。

この世界、とかく自分の美少女性を無駄遣いする人物が少なくないが、シャウラはその中でもトップクラスだ。リリアナに匹敵すると言っていい。

「裸のお姉さんってばあ、すごい食べっぷりよねえ。そんなにお腹が空いてたのお？」

「減ってたってより、これがうますぎるッス！　あーし、あんまし食に執着ないと思ってたッスけど、この味のためなら半魔に弟子入りすんのもいとわねッス！」

「え？　弟子入りって私に？　料理の？」

メィリィの指摘にも手を止めず、シャウラは口の中のものを一気に飲み下し、エミリアをびしっと指差した。それに驚くエミリアへ、シャウラは何度も頷くと、

「これだけの料理、なかなかのものッス。あーしの目は誤魔化せないッス。あーしも料理の腕上げて、お師様の胃袋をぎゅっと掴んで今夜は寝かさないぜッス」

「野心が駄々漏れねえ」

「シャウラ、あなたの気持ちはわかったわ。でもね、料理の道はすごーく厳しくて険しいのよ。それでも覚悟があるなら、私も、真剣に弟子のこと、考えてみる」

「エミリアたんも変なとこでたまに図々しいな」

大体、今日の料理も七割ぐらいはラムの手柄だろうに。料理の極意を知った風なエミリアと、素人料理に感銘を受けすぎなシャウラがわりと滑稽だ。

「しかし、食糧事情は悩み所だったんだが……」

ぽつりとこぼし、スバルは頭を抱える。

視線の先には、泣き出しそうな満面の笑顔で食べ物を口に詰め込むシャウラと、そのシャウラの食べっぷりに母性を刺激され、料理を追加しかねないエミリアがいる。

一ヶ月。食糧の残量も含めた試算の制限時間だったたが。

「このペースで食われると、もっと短いかもしれねぇな……」

と、シャウラの食事ペースを見ながら、スバルはそんな風にこぼした。

4

食事が終わり、湧き水を使った水浴び（主に体を拭くだけ）が済むと、この日は解散、就寝時間が訪れる。

状況を鑑みれば、夜通し塔の攻略会議に紛糾するのが正しい攻略組としての姿なのかもしれないが、現状、それで打開案が出るとも考えにくい。

明日のことは、明日の自分に期待——とは、少し調子のいい考えかもしれないが。

「実際、ぽんと解決案が飛び出る問題ってわけでもねぇ。時間は取りたいとこだ」

『試験』の内容が内容だ。最悪、明日も無策で二層に挑む可能性も考えられる。

考えるより、当たって砕けろ作戦——本当に砕かれては困るが、少なくとも、あの試験官である初代『剣聖』に、こちらを殺すつもりはひとまずないと思えた。

あるいは、会話から攻略の糸口を見つけ出せるかもしれない。エミリアが、結果的に話し合いで譲歩の点を引きずり出してくれたように。

「そうするにも、回る頭の余地は残しておかねぇとだ。だから、しっかり食って、しっかり休んで、万端の状態で臨まないとな」

両手で頬を張り、スバルは様々な不安要素を噛み殺し、そう考える。

そんなわけで、今夜は解散。各々、寝室として使える竜車に戻り、そこで明日に備えて眠りにつく流れになるのだが。

「スバル、ベティーはエミリアたちと一緒に竜車にいるのよ」

「おお、わかった。悪いな、ベア子。夜更かしするなよ。背が伸びなくなると、小さいままになって……それ可愛いな。よし、夜更かししろ、ベア子」

「心配しなくても、ベティーはこれ以上大きくなったりしないかしら。ずっと可愛いままなのよ。だから、早く寝てもへっちゃらかしら」

欠伸をして、ひらひらと手を振るベアトリスと別れる。去り際、ベアトリスはエミリアと手を繋いで、今夜はおやすみとスバルの下を離れていった。

「エミリアたん、ベア子をよろしく。また明日」

「ん、また明日ね。……スバルも、あんまり夜更かししちゃダメよ」

夜更かし自体は責めずに、エミリアはそれだけ言って、大階段を下層へ向かった。それを見送り、スバルは軽く背伸びすると、四層の通路を靴音立てて進む。

目的地はわかりやすい。蔦に覆われた扉のある、『緑部屋』だ。

そこで――、

「スバルか？」

「……と、お前か」

部屋の前、そこで鉢合わせになったユリウスが、スバルの姿に目を丸くする。

ちょうど、彼も『緑部屋』に入ろうとしていたところで、やってきたスバルの様子に目を細め、すぐに納得した風に顎を引いた。

「なるほど。どうやら、君も私と同じ目的でこの部屋へきたようだ」

「目的の相手は違うだろうけどな。……今夜は譲ろうか？」

「……いや、この場は私こそ君に譲ろう。思えば、君は今朝まで二日も意識がなかった。その無事の報告だけはできたが、きっと、彼女も夜を焦がれていたことだろう」

「……まぁ、譲ってくれるっつーんなら素直に譲られるけども」

典雅な言い回しに頭を掻いて、スバルはちらとユリウスを見やる。

その顔に無理をしている素振りは見つからないが、元々、スバルは他者の気持ちを推し量るのが苦手だ。表情の裏に真意を隠されれば見抜けない。

「お前はそれで平気なのか？　傍についててやりたいだろうに」

なので、スバルは仕方なく、嘆息と共に素直な考えを口にした。

それを受け、ユリウスは「そうだね」と薄く微笑み、

「できれば、アナスタシア様が目覚めるのを傍で見守りたいのは事実だ。……ただ、目を覚まされたとき、最初になんと声をおかけするか。それに、迷いも抱いている」

「第一声は、心配してました。起きてくれてよかった、じゃねぇの？　問題は第二声からだろ。それは……まぁ、お前次第だな」

「ふ」

「なんで笑ったんだよ。結構真面目に答えたってのに」

それなりに真剣な答えだったのだが、ユリウスのお気に召さなかったご様子だ。その反応に心外な顔をするスバルに、ユリウスは踵を返し、背を向けた。

「君の発想は自由だ。——それが、私は羨ましい」

「馬鹿って言われてるみたいでカチンとくるな。おい、どこいくんだ？」

「この場は君に譲るんだ。竜車へ戻り、休むとする。今日は少し、疲れたのでね」

背中越しに手を上げ、歩き去るユリウスがそう言った。

少し疲れた、と『試験』のことを遠回しに言える程度には回復したのか、それともそれがただの強がりなのか、やはりスバルにはわかりづらい。

わかりづらかったが——、

「——ユリウス、やっぱり、お前はアナスタシアさんが起きるのを待った方がいい。俺の方の用事が済んだら起こすから、そうしろ」

「——————」

「言っとくが、後悔した回数は俺の方がきっとお前より多いぜ。その俺からのアドバイスだ。ちょっとは真に受けてくれや」

通路の奥へ消える背中に、スバルは最後までそう声をかけた。

それに対するユリウスの返事はなかったが、悪いことにはなるまい。——そのぐらいの信用は、少なくともスバルの側からはしている。

「……邪魔するぞ」

首を振り、ユリウスへの配慮を打ち切ると、スバルは扉を押し開け、『緑部屋』の中へと足を踏み入れる。ぼんやり、淡い光によって照らされる室内は、相変わらず多量の緑に支配されており、草で編まれたベッドの上には二人の少女が寝かされている。

手前のベッドにアナスタシア、そして奥のベッドにレムの二人だ。

「そして、一番奥にはお前がいると」

見舞いにやってきたスバルを見上げ、パトラッシュはそれが当然だとばかりに自然な態度。その上、愛竜はそっと自分の寝床を半分空け、スバルが座るスペース――レムの眠る草のベッド、そのすぐ傍らを用意してくれた。

「お前って奴は本当に、俺にはもったいない地竜だよ」

苦笑して頬を掻き、スバルはパトラッシュの気遣いに甘え、寝台の横につく。

そして、寝そべっているレムの寝顔に柔らかく微笑みかけた。

「レムが夜を焦がれた、なんてユリウスは言ってたが……」

それは間違いだ。

だって何のことはない。レムに、こうして誰にも邪魔されずに話せる時間を待ち焦がれていたのは、彼女の方ではなく、きっとスバルの方なのだから。

5

　――スバルが異変に気付いたのは、軽く肩を揺すられる感覚が切っ掛けだった。

「――う？」

　俯いていた顔を上げ、スバルはゆっくりと体を起こした。

　浮上してくる意識が現実に追いついて、夢の狭間からようよう抜け出すと、

「寝てた、のか？」

　顎に手を当て、スバルは自分の意識が眠りに落ちていたことに驚かされる。

『緑部屋』でレムの寝顔と話しているうち、いつの間にか寝入っていたらしい。草のベッドに顔を乗せていたせいで、頬に草の跡がついているのが指で触れてわかる。

「俺も、そこそこ疲れてたってことか……っと、パトラッシュ？」

　自覚のなかった疲労感を口にして、スバルは目覚めの原因――スバルの肩を尾で叩いたパトラッシュに振り返る。いったい、何を理由にスバルを起こしたのかと。

　しかし、その理由は愛竜に聞かずとも一目でわかった。

「……おい、嘘だろ？」

　視界の端、不意の違和感にそちらを二度見して、スバルは愕然と呟く。

　室内にあった二つの寝台、その片方――アナスタシアの寝ていた方が空になっている。その事実に、スバルはサッと血の気が引くのを感じた。

「あ、あれだけユリウスに偉そうなこと言っといて……」

居眠りした挙句、アナスタシアがいなくなるのに気付けなかった。——否、問題はそれに限った話ではない。

「起きて、それで……？　どこにいった？　トイレか？　俺も起こさないで？」

アナスタシア——厳密にはエキドナだが、彼女が部屋で寝ているスバルに何も言わず、勝手に『緑部屋』を出ていったと思われる状況が良くない。

何故、そんな行動をしたのか。ユリウスの独断専行とは、違う要因のはずだが。

「まだ、ベッドはほんのりあったかい。……探さねぇと」

草のベッドの温かさに加え、パトラッシュが起こしてくれたこともある。おそらく、アナスタシアが出ていったのはそれほど前のことではない。

「パトラッシュ！　レムを見ててくれ！　あと、起こしてくれて助かった！」

短く応じる鳴き声に手を振り、スバルは『緑部屋』の外へと転がり出る。

慌てる心中、アナスタシアの行く先は想像もつかない。スバルであれば、いの一番で確かめたいのはエミリアやベアトリスの無事——そう考えれば、彼女が向かう先はやはりユリウスの下になるのだろうか。

「いや、今は中身が襟ドナなんだっつの。そんな直球のはずがない。そしたら……」

人手が足りない。居眠りした自分の恥はあえて晒すとして、この場はとにかく、他の面子にも声をかけ、アナスタシアの居場所を——。

「――は？」

探さなければ、と階下へ呼びにいこうとしたスバルはそこで息を詰めた。

それは唖然、呆然とした反応から思わず漏れた吐息だ。あってはならないもの、ありえないものを見たときに漏れる、呆けた声であった。

「――――」

見開かれるスバルの視界を、何かが悠然と横切っていく。それは白い両翼を広げ、さほど広いとはいえない通路を華麗に飛んでいく、一羽の鳥だった。

「なんで……塔内に、鳥が？」

いるはずのない鳥の姿に、スバルは呆然とそうこぼした。

プレアデス監視塔の壁面に、外と通じる窓のようなものは全くない。塔は完全に外界と隔絶された建物であり、内と外を繋げるのは五層にあった大扉だけだ。

「――ッ！　ま、待て！」

強い異変の気配に、スバルは遠ざかる鳥の後ろを慌てて追い始める。

一瞬、躊躇いがあった。この場で鳥を追うべきか、それとも誰かを呼びにいって、アナスタシアの不在と鳥の存在を打ち明け、助力を乞うべきか。

だが、スバルは鳥を追うことを選んだ。ここで鳥を見失うこと、その方がリスクが大きいと、言葉にできない直感の選択に従って。

無論、飛ぶ鳥はスバルの呼びかけに羽を休めるような優しさはない。悠然と、スバルを置き去りにするように通路を飛翔し、奥へ奥へと姿が遠くなる。

それを懸命に追いかけ、追いかけ、やがて――。

「――!? 消えた? んな、馬鹿な」

通路、その最奥へ辿り着いたところで、スバルは声を裏返らせていた。

監視塔の形状に沿って、ぐるりと円を描く形になっている四層の通路。だが、それは一周できるように繋がってはおらず、半周ほどのところで壁に阻まれてしまう。

時計で言えば、十二時と六時の部分に壁があり、左右のどちらからでもそこで足を止められるといった様子だ。それがわかっていたから、スバルは鳥が扉を開けられない限り、部屋に入り込むこともできず、必ず捕まえられると睨んでいたのだが――。

「壁にぶつかって、落ちた雰囲気もない。これは、どうなってる……?」

消えた鳥の足取り、ならぬ翼取りがわからず、スバルは困惑に周りを見回した。

残念だが、鳥が逃げ込めそうな部屋は見当たらない。出現も唐突ならば、その退場も唐突。まるで、夢でも見ていたかのように煙に巻かれた気分だ。ただし――、

「――これ、羽根だよな?」

通路に落ちていた白い羽根を拾い、スバルは鳥が実在した証拠を獲得。これを持ち帰って、エミリアたちに鳥の実在を訴えることもできる。が、何の解決にもならない。

消えたアナスタシアの手掛かりには何も――、

「いや、待て……ここに、羽根が落ちてるってことは何かあるはず……」

そう考え、スバルは羽根の落ちていた周辺の床や壁を手当たり次第に調べる。ぺたぺたと、石造りの床や天井、近くの部屋などを調べ、壁を押したりもしてみた。

しかし、どこにも仕掛けのようなものはなく、時間だけが過ぎることに焦りを覚える。

やはり、人を呼んできた方が――と、思ったときだ。

「あ――!?」

羽根の落ちていた地点を掌でさらっていたところだった。指が、すぐ傍にあった壁を掠めたと思った瞬間、すっとその壁を素通りする。

目の錯覚ではない。おそるおそる手を伸ばせば、壁に触れられなかった。

「でも、ここの壁は調べたはず……」

調べ損ねたわけではないと、スバルが改めて壁に触れれば、その壁はスバルの腰から上には実体があり、それより低い地点にはまやかしが張られていたのだ。

入口を塞いだように見える幻惑――以前、ペテルギウスの率いる魔女教が、岩窟に作った隠れ家にこうした仕掛けがあったことを思い出す。

「虎穴に入らずんば……って、何回言ってんだ、俺は」

這いつくばり、四肢をつけばまやかしの壁を潜ることができる。

スバルは一瞬の躊躇のあと、その壁を潜り、向こう側へと挑んだ。おそらく、鳥は低空飛行でここを抜け、この先へいったのだ。

これが外へ通じているか、あるいは塔の別の場所へ続いているのだとしたら――。

「ぷあっ！」

壁を抜ける暗闇、それは思ったより長く続かなかった。

まやかしの壁を潜り、抜けた先で思わずスバルは水面に顔を出したように呼吸する。理由なく、闇に潜るような心地で息を止めてしまっていた。

そして、その顔に外気が——冷たい風が、触れたことに気付く。

「——お」

目を開け、ゆっくりと闇から外の世界へ瞳を慣らした。

そこに広がっていたのは、想像を絶するほど高い場所から覗ける夜の砂丘の光景。それを見下ろしている、星が煌めく黒い空。

そして——、

「————」

監視塔のバルコニーと呼ぶべき空間で、風に紫の髪をなびかせるアナスタシアと、そんな彼女の周りを囲む無数の鳥たちが待つ光景だった。

6

「——トンネルを抜けると、そこは雪国だった」

こぼれた軽口は、この奇妙な光景の説明に何ら寄与していない。

スバルが潜ったのは壁であってトンネルではなく、目の前に広がったのも雪国などではなく、冷たい風の吹く砂海の夜だ。黒い空には煌めく星々が浮かび、監視塔のバルコニーからは黒い海のような砂丘の光景を遠くまで見渡すことができる。

何もかもが、スバルの言葉に見合わない。その代わりに――、

「――ナツキくん？」

掠れたスバルの呟きを聞きつけ、風に髪をなびかせる人影がこちらへ振り返った。

薄紫の、ウェーブがかった髪をそっと手で押さえる少女。浅葱色の丸い瞳に、闇の中に浮かぶほど白い肌をした、可憐な容姿の持ち主――探し人、そのものだった。

「……夜の散歩にはうってつけの絶景スポットだな」

出だしの驚きを舌の裏に隠して、スバルはアナスタシアに肩をすくめた。その仕草と話題の切り出しに、アナスタシアは小さく「そうやね」と笑い、

「見晴らしがええのはホントやね。でも、せっかくの見晴らしも、肝心の景色が真っ黒々やなんて残念やわぁ。遠目に、街が見えるだけでも違ったのに」

「これはこれで、夜の海みたいで悪くないけどな。それに、なんて言っても……」

言いながら、スバルは一望できる景色ではなく、頭上に指を向ける。それにつられて空を仰ぐアナスタシア――そこに、満天の星空がある。

「空気が冷たくて澄んでるから、星が超よく見える。ロマンティックだろ？」

「星が綺麗なんは事実やね。……塔のこの辺りの高さになると、砂海に溜まってた瘴気よ

り高くなってるんかな。それで、今まで見えなかった星が見えるみたいや」

スバルの指摘に頭上を仰ぎ、アナスタシアがその唇を柔らかく緩める。その反応を確かめながら、スバルは彼女から五メートルほどの距離で立ち止まった。

そして――、

「――で、この状況の言い訳は？」

「言い訳？」

「深夜、こっそりと寝室を抜け出して、誰も知らない秘密の通路を抜けて、こんなところで夜風に当たりながら鳥たちと戯れる……怪しすぎるだろ」

不思議そうな顔のアナスタシアに、スバルは顎をしゃくって追及した。

鳥たち――そう、鳥たちだ。

この場に、こうして顔を突き合わせるのはスバルとアナスタシアの二人だが、バルコニーには二人以外にも多くの観衆が詰めかけている。

それが、微動だにせず、状況を静かに見守り続ける作り物のような鳥たちだった。

――それは、一羽や二羽などと、そんな穏やかな数では到底ない。

バルコニーの外縁で羽を休める鳥、その数は五十を下らない。群れほどもいるが、それを群れと呼ぶのに抵抗があるのは、集まった鳥の種類が統一されていないためだ。

白い鳥が、青い鳥が、黒い鳥が、斑の鳥が、大きい鳥が、小さい鳥が、痩せた鳥が、太った鳥が、種々雑多で統一感のない鳥たちが一揃いに集まっている。

その事実もなかなかに異様だが、それ以上にスバルが不気味さを覚えたのは、この光景を形作る鳥たちの挙動だ。

これだけ多くの鳥がいるのに、鳴き声どころか、羽音一つ聞こえてこない。

この統一感のない鳥たちは、『沈黙』という意思の下に統一され、留まっているのだ。

「ナツキくんが、そないに不安に思うんも仕方ないけど……」

そんなスバルの疑念に対し、アナスタシアは自分の頰に手を当てる。

「秘密の通路、は大げさなんと違う？　現に、ナツキくんもこられたやん？」

「それは……鳥が俺を導いたというか、あれだよ」

「それやったら、うちもおんなじ。夜、塔の中をふらふらーっと散歩してたん。そしたら鳥が飛んどるやないの。それ、何かなーって追いかけたらここに」

両手で鳥を模して、空を泳がせていたアナスタシアが目を細める。

当然だが、納得のいく説明ではない。否定できるだけの根拠はないが、そんな都合のいい話があってなるものか。自分を棚上げして、スバルはそう結論する。

「この鳥は……」

「この子たち、なんなんやろね」

「――っ。それは、俺が聞きたいことだよ」

のらりくらりとしたアナスタシアの態度もそうだが、ただ遠目にこちらのやり取りを見守るだけの鳥たちの視線も居心地が悪い。鳥の瞳は、感情が読み取りづらい。

この鳥たちは、バルコニーは、アナスタシアは、いったい何を考えているのか。

「こいつら、『砂時間』を越えようとしたときに飛んでた鳥、なのかな」

「ラムさんが『千里眼』で視界を借りた子ぉらやね。あの魔獣の花畑と遭遇したあと、どうなったかわからんかったけど……ちゃんと到着しとったようやね」

微苦笑するアナスタシアが、撫でていた鳥の喉を指でくすぐる。そうされても、鳥からの反応はなく、構い甲斐がないとばかりに彼女は嘆息した。

「この子らはずっとその調子。うちも途方に暮れてたところ」

「それを信じるのは、俺の経験則的にちょっと無理だな」

「経験則て？」

「俺の経験上、迂闊にこんな場面に出くわすと、大抵は命が危ないのがお約束だ」

スバルの、迂闊行動での臨死経験はなかなか豊富だ。

古くは屋敷の夜徘徊で、レムに撲殺されたところからそれは始まる。

その後もあれこれあった出来事を割愛して、スバルの経験則は迂闊な行動＝死を意味するものと結論付けていた。その経験則にならえば、今の状況はかなり危険で――、

「安心しぃ。そんなおっかないこと考えてへんし、うちにナツキくんへの敵意はない。この塔の他の誰にも……あ、試験官らは別やけど」

「シャウラとレイド、か」

名前を出した途端、苦い顔でアナスタシアが押し黙る。

その反応を見て、スバルは「あ」と声を漏らした。

「寝てたから聞いてなかったよな？　二層の試験官……あいつはレイド・アストレアだ。初代『剣聖』。どうも、過去から呼ばれて出てきた、みたいな仕組みらしい」

「聞くだにとんでも設計やね、この塔。……創造主は、何を考えていたのやら」

スバルの説明を受け、アナスタシアは呆れたコメントの最後に低く付け加える。その口調からカララギ弁の訛りが抜けた気配に、スバルは息を詰めた。

ここまで、彼女のことはほとんどアナスタシアとして扱い、接してきたつもりではある。だがやはり、こうして目の前にいる彼女の本質は――、

「――今、ここにいるのは俺とお前の二人だけなんだ。腹割って話さないか」

「ん……」

「正直、人のガワ被ったお前と話してても埒が明かない。何を言われても、俺がお前を根っこから信用するのは無理だ。だから……」

「――アナを演じるボクではなく、ボクと言葉を交わしたいと」

瞬間、スバルの提案に応えるようにアナスタシアの気配が変わった。

彼女を取り巻く雰囲気が一新され、姿形は変わらないのに、明らかに対峙する存在感が変質する。瞳に宿った感情が、思考が織りなす表情が、切り替わっていた。

「――――」

そうして、その変化に息を詰めるスバルの前で、アナスタシア――否、アナスタシアを

演じていた人工精霊エキドナが、バルコニーの手すりに背を預けて振り返る。

そして、その手すりに止まった白い鳥の頭を撫でながら、

「――ここで、こうして二人きりで言葉を交わすのは確かに初めてだったね」

と、スバルの提案を受け入れ、儚げに微笑んだ。

「こっちにこないのかい？」

「いや、高いとこあんま得意じゃないし、安全対策が不完全だから嫌だ」

「別に、無警戒に近付いてきても突き落としたりしないよ？」

「その言い方が信用ならねぇんだよ。そういうとこ、オリジナルそっくりだな」

地上数百メートルの高さで、せいぜい腰の高さ程度の手すりが命綱。そんな場所に悪気なく誘ってくるエキドナが、スバルの断り文句に眉を顰めた。

「いいかい？　何度か言っているが、そのオリジナルの魔女とやらとボクをあまり同一視しないでもらえないだろうか。はっきり言って、知らない人物と比べられるのは不愉快なことこの上ない。それが、ボク自身の造物主であったとしても、だ」

「その物言いもなんだが……そうだな、悪かった。善処するよ」

外見も声もアナスタシアのまま、エキドナはスバルにそう訴えかけてくる。

正直、その指摘すらスバルの知る性悪な魔女の口調にそっくりだったのだが、スバルだってエキドナと似ているなどと言われたら、名誉棄損を強く訴えたい所存だ。

「時にお前、よくその鳥に無警戒に触れるな。ばーっと群がってきて、全身ついばまれて

殺されるとか怖くねぇの？」

「その君の想像の方がよほど恐ろしい。まさか、それも経験則なんて言わないだろう？」

「見た目は可愛い兎に、元気よく飛びつかれ……そうになったことがあってな」

なのでそれ以来、多数の動物が一ヶ所に集まっている様子には気後れする。

幾度も『死に戻り』経験を重ねてきて、楽だった死など一度もないと確信を持って断言できるが、中でも一際ひどい死に様だったのがその記憶だ。

「……実際に青い顔をしているあたり、無理強いはしないよ。ボクも、この鳥たちに親しみを覚えるわけじゃない」

スバルの顔色がよほど悪かったのか、エキドナは早々に小鳥から手を引いた。それから膝の上に両手を置くと、「さて」と改めてスバルの方を見つめる。

「腹を割って、と君はボクに提案したわけだが……こうして、アナであることの振る舞いを忘れてみたボクと、いったいどんな話がしたいのかな？」

「とりあえず、この場所と、鳥との関係」

「それについては、アナとして答えたのと同じ答えしか返せない。ボクはここに、君と同じように鳥に導かれた。それまで、心当たりなど一つもなかったと。ただ……」

「ただ？」

代わり映えのない答えに落胆しかけたが、わずかに引っ掛かりを残したことにスバルの眉が上がる。その反応にわずかに逡巡し、エキドナは続けた。

「ボクは正直なところ、君に同じことを聞きたいと思っていた」

「俺に、同じこと？」

「アナを演じていたから、冗談に聞こえたかな？　ボクは導かれるようにここへ足を運んだ。そして今、この場所で君と対話している。……塔へ戻る入口の前に立つ、君と」

「――――」

「君は、この塔の管理者であったシャウラとも顔見知りだった。少なくとも、向こうは完全にそのつもりで君に接している。それを加味し、こんなところで二人きりになった上で告げるのは卑怯だと思うが……」

エキドナの語る言葉に呑まれ、スバルは発言を差し挟めない。そのスバルにエキドナは一度言葉を切り、アナスタシアの顔のまま、問いを差し出した。

その問いは――、

「――ナツキ・スバル、君は何者なんだ？」

「何者って、なんだよ、その質問……」

「プリステラに赴く以前に話は戻る。一年前、君が白鯨討伐と、『怠惰』の討伐を成し遂げた論考式のあとだ。アナは、君のことを調査したんだよ」

エキドナの明かしたそれは、アナスタシア陣営の王選戦略の一環だろうか。

対立候補であるエミリア、その騎士として叙勲を受けたスバルを調べるのは、こうした戦いにおけるセオリーというべきものだろう。

だが、ホーシン商会を率いる大商人、アナスタシア・ホーシンですら――、

「君の素性はわからなかった。最低限の情報がやっとだったとアナがぼやいていたよ。それについては、君というよりは君の周りの人間が何かしていた結果とは思うが」

スバルの情報統制、そんな行いに陣営で絡んでいる人間がいるとすれば、筆頭に上がるのはロズワール、次点でオットーとクリンドあたりだろうか。

「なんにせよ、辿ることができたのは王選が始まる直前、王都で起きたとされるちょっとした出来事に関わっていたことぐらい。騎士ラインハルトが、候補者の一人であるフェルトを見出したとき、君を見かけたと証言が取れた。だが、それだけだ」

それ以前の記録は存在するはずがない。

故に、エキドナ――この場合はアナスタシアだが、アナスタシアの調査はスバルの足取りをほぼほぼ完璧に追い切っていた。

それが彼女らにとって、不十分な結果であることを除けば。

「――――」

エキドナの瞳が細められ、スバルは何を言えばいいのか答えに窮した。

これまで、『死に戻り』の情報を伝えることができず、それを下敷きにした情報共有ができずに苦しんだ経験は多い。しかし、今回のこれは初めてだ。

ナツキ・スバルが何者であるか。出自不明の人物であることが鎖になるのは。

「俺は……」

「と、こうしてくどくどと並べてみたわけだが」

「──ぁ？」

真剣な顔で、どうにか言葉を絞り出そうとしたスバルにエキドナが両手を広げた。その口調があまりにも軽々しくて、スバルは呆然となる。

そんなスバルの反応を受け、エキドナは「うん」と満足げに頷くと、

「アナとボクの君への認識は、素性不明でありながら、多大な功績を次々と積み上げる新人騎士……それが、プリステラまでのものだ。その印象が、プリステラでの魔女教との戦いと、この監視塔にきてからの経験で、また少し変わっている自覚がある」

「──」

「こうして夜更けに二人、誰の目もない空間で一緒にいることに不安を覚え、警戒したとしてもそれは仕方のないことと許してほしい」

広げた腕を閉じて、エキドナは微笑みながら首を傾けた。

そうして彼女の話を呆気に取られたまま聞き終えて、スバルは渇いた唇をもごもごと動かし、どう受け止めるべきかと真剣に悩む。

が、悩む間にふと気付いた。

──膝の上のエキドナの手に、指先が白くなるほど力が入っていることに。

「……お前、もしかして本気でビビってるのか？」

「──その発言は心外だな。君はシャウラと本当はどういう関係なんだい？」

スバルの質問に、エキドナは答えずに別の質問を投げ返す。

「シャウラとは、ここで会ったのが初めてだ。何も知らない」

「三層の『試験』、あれほど早く君が解き明かせたのは偶然かな？」

「……偶然だ」

「それなら、君がこうして、一見してわからないように偽装された隠し通路を抜け、たまたまボクしかいない状況で、声をかけてきたことは？」

ねちねちと続けられるのは、エキドナからスバルへ向けた恨み節だ。

彼女は質問を重ねることで、スバルにこう言っているのだ。

「逆の立場になってみろ、か……」

「それでも、ボクは様々な要因から君を敵対的な存在である可能性は低いと見積もっている。こうして胸の内を明かしたのは、それを示すための誠意と思ってほしい」

薄い胸に手を当てて、エキドナは自分の心境を語ったと態度で示した。

スバルとしても、その心意気を買って、また自分の素性と行動の怪しさを顧みて、エキドナの言葉に頷いてやりたいのは山々だった。山々なのだが――、

「――どうやら、ボクの造物主は相当君の心に傷を残したらしいね」

人工精霊エキドナの振る舞いが、『強欲の魔女』であるエキドナと似通っていると思えば思うほどに、どんな誠意を尽くされても本心から信じ難い。

これこそまさに、魔女の残り香と言ってもいい。

「お前の、言い分は、わかった。納得は、した。信じるかどうかは、別として……」

「君の葛藤はすごい伝わってくるよ」

「ここで、俺とお前が会ったのは偶然だとして、だ。じゃあ、ここは？　このバルコニーみたいな場所は、何のためにあるんだと思う？」

「それについては仮説がある。三日前……砂海でのことは記憶にあるかな？」

「三日前ってなると、塔に辿り着く前のしっちゃかめっちゃかが浮かぶけど……」

「その乱痴気騒ぎの際、花魁熊に追われるボクたちを白い光が襲った。——あれは、どうやらシャウラの仕業だったそうじゃないか。なら、この場所は」

「——あいつが、砂海を監視するための狙撃ポイント？」

　エキドナの仮説の行き着く先に、スバルは指を鳴らした。

　彼女の推測には納得がいく。実際、シャウラは遠距離に向け、彼女曰く『ヘルズ・スナイプ』によって塔に近付くものを狙撃してきたのだ。思えば窓もなく、外を眺める手段のない監視塔のどこでそれをしていたのかと考えていたが——、

「おそらく、こうした場所は塔の外壁の至るところにあるんだろう。見たところ、この空間はボクたちが塔に接近しようと試みた方角とは外れている」

「鳥は？」

「鳥については謎だ。こうして触っても反応はない。ただ、おそらく体温はあるようだから、作り物というわけではない。できれば解体してみたいが……」

傍らの鳥を見下ろして、エキドナが丸い瞳を残酷に細める。しかし、彼女は向けかけた指を引くと、その指先をじっと見つめて、

「アナの体をこれ以上酷使できない。君が鳥を絞めてくれれば話は早いんだが……」

「そりゃ、どうしても必要ってんならやるが……」

異世界に呼ばれて一年と少し、スバルとて鳥や野兎を狩った経験はある。無論、食べるための殺しと、試すための殺しとでは気分が違いすぎるが、

「殺したあと、食べる分には……」

「そう、残った食糧の問題もあったね。では、二十羽ほどお願いしたい」

「さすがに殺したらこの無数の鳥たちにも動きがあるんじゃないか？」

「……それは、否定できない怖さがあるな」

スバルの不安に、エキドナもこればかりはと口元に手を当てる。

鳥たちは物騒な会話を続ける二人に無反応だが、その視線だけは相変わらず、この場の部外者といえるスバルたちへと向けている。

鳥葬、という単語が脳裏を過って、スバルはエキドナの即断を引き止めた。

「やるなら、準備してからやろう。ひとまず、今は後回しだ」

「逃げる素振りもない、か。わかった、それでいい。……実際のところ、この鳥たちを調べて得られるものがあるとも考えにくいしね」

「その、探究心とか知識欲が勝った故の発言みたいな雰囲気やめてくれ」

「――？」

魔女の人となりを本気で知らないらしいエキドナは、それでもやはりオリジナルに近い行動様式を保っているように思えて油断ならなかった。なのでスバルはそこを無視し、魔女らしくない、精霊エキドナとしての部分に質問を投げかける。

「あんまりちゃんと確かめてこなかったけど、アナスタシアさんはどうなんだ？」

「……依然変わりなく、だ。アナは今も、この体の奥底で眠り続けている。これほど長く体に宿ったことはないから、ボクも焦りを抱いていないと言えば嘘になるな」

「焦り、か」

「以前も話した通りだよ」

エキドナは、借り物の体の薄い胸へと触れる。その内側に、アナスタシアが今も眠っているというニュアンスを含め、彼女は目をつむった。

「アナの体に宿り、もう一月以上になってしまう。楽観視していたわけじゃないが……アナの命を削り続けている自覚は、やはり重たい」

「――――」

「だから一刻も早く、ボクはアナに体を返さなくちゃならないんだ」

エキドナは、自分とアナスタシアの置かれた状況をそう締め括った。その内容にスバルは、彼女たちの境遇を軽く考えすぎていたと思い知る。

同時に、アナスタシアが先天的に抱えるハンデが、あまりに大きくも思えた。

「そんな体で……そんなボロボロの状態で、王様になんてなれるのかよ？」

「それは自分の主人のためにも、アナに権利を放棄してもらいたいという意味かな？」

「――ッ！　ふざけんな！　そんな話じゃねぇよ！　俺は……」

「アナは決して引かない。諦めることもしない。ボクはそれを知っている」

踏み込み、声を荒げようとしたスバルに、エキドナはぴしゃりと言い切った。

その勢いに気圧され、スバルは目を瞬かせる。それからおずおずと唇を震わせ、

「……アナスタシアさんは、そうまでして自分の国が欲しいのかよ。手に入れて、すぐに手放すことになるかもしれなくても」

「人より短いかもしれないが、アナ自身はその短い時間を他者の何倍もうまく使う。それに、アナには王座を諦められない理由がある」

力ないスバルの声に、エキドナはアナスタシアへの信頼を込めて言った。

そして語られる、王座を諦められない理由。

それは――、

「――望まれたからだ」

いつの間にか、手すりから体を起こしたエキドナはこちらへ歩み寄り、バルコニーの中央でスバルと正面から向き合っていた。

真っ直ぐに黒瞳を覗き込んで、浅葱色の瞳が告げた言葉にスバルは動けない。

プレアデス監視塔の、『試験』の、それとはまた別の重みがスバルに圧し掛かる。

動けず、言葉が出ない。エキドナも、何も言わない。

そうして動きの止まった二人に代わり、羽音だけが冷たい夜を切り裂いていく。羽音は後方から抜け、翼を休める鳥たちの群れに加わった。

また新たに一羽、鳥がバルコニーへと――、

――背後から。

「――――」

スバルは変わらず、監視塔の外壁を背にして立っていた。その背後から鳥が羽ばたくとすれば、それは監視塔の内側からに他ならない。

エキドナが、スバルが、鳥の羽ばたきに導かれ、ここへ足を運んだ。

ならば、当然、三羽目の鳥の羽ばたきにも。

「――今の話は、どういう、ことなんだ？」

どこか呆然と、信じる根本が揺らいだような声音がバルコニーに響く。

立ち尽くす男の声に、鳥たちは一斉に羽を広げた。そして、豪雨のように凄まじい羽音を立てて、躊躇なく飛び立っていく。

夜の空へ、宵闇に包まれた砂丘の海へ。

大海原に取り残されたような心地の、スバルとエキドナ、

――そして、ユリウス・ユークリウスを残して。

第七章『■■■・■■■』

1

無数の羽音に置き去りにされて、夜のバルコニーに深淵が降り積もる。

視界の悪い夜空へ飛び立つことを、作り物めいた鳥たちは恐れずに羽を広げた。

それはまるで、寄る辺のない空へ落ちることの方が、この場に残ることよりもよほど気が楽だ、とでも言うかのように。

仮にそれが事実なら、スバルも全く同意見――それほどに、息詰まるこの状況は想定外で、最悪の場面に等しかった。

「――今の話は、どういうことなんだ？」

緊迫感の張り詰める空間、そこに一言違わずユリウスは言葉を繰り返した。

直前の、呆然とこぼれたそれと内容は変わらず、しかし声音にはわずかに力が戻っている。そのことがユリウスの、芯の強さを悲しく証明していた。

――どこから、話を聞いていたのか。

ユリウスの問いかけに対して、スバルは停止しかけた思考を強引に動かし、その問題へと辿り着く。どこから話を聞いていたのか、それが重要だ。

直前まで交わされていた、アナスタシア＝エキドナとの会話の内容は、決して心構えなしに聞かせていいものではない。そもそも、この監視塔攻略において、スバルとエキドナとの間に共有している秘密は根が深すぎる。

事は『人工精霊』、『強欲の魔女』、『暴食の権能』と様々な要因へ及ぶのだ。

それらを複合して生まれた状況、その詳細をスバルはユリウスに隠すと、話しても混乱を生み、苦しめるだけだと判断した。

その最たるものが、アナスタシアの精神が眠りにつき、今、彼女の体に宿っているのは人工精霊エキドナであるという事実だった。

それを――、

「――あー、もう、ナツキくんたらあかんよ、そんな見え見えの態度して」

「……あ？」

硬直したスバル、その胸を軽く指でつついて、エキドナがはんなりと微笑む。

その口調と態度、仕草は完全にアナスタシアのトレースであり、一瞬、スバルは何が起きたのかと目を丸くして呆気に取られた。

そんなスバルを置き去りに、エキドナは踊るようにその場でくるりと回ると、

「ごめんな、ユリウス。でも、仲間外れにしようとしてたわけと違うんよ。うちはただ、この旅から戻ったあとのことで、ちょこーっとナツキくんとお話ししてただけ」

「――――」

「『緑部屋』を出たんは、レムさんと地竜の子ぉがおったやろ？　別に話が漏れる心配はないけど、なんや気分的に誰かのいるところで内緒話ってのも変やん？　やから場所を変えて……たまたま、おあつらえ向きなここを見つけた。それだけ」

胸の前で手を合わせ、エキドナが「堪忍な？」と小首を傾げる。

その仕草は可憐で、いかにもアナスタシアがやりそうなものに思えた。だが、肝心の話の誤魔化し方が、アナスタシアではありえないほどに低レベルだ。

まるで、都合の悪い場面を見られた取り繕いに、体裁だけを整えたような上辺だけの言葉――実際、それは『まるで』でもないのかもしれない。

この状況を望まず、不意を打たれたのはエキドナも同じはずだ。彼女の方がほんのわずかだけ、スバルより早く行動を起こせただけに過ぎない。

そしてそれは――、

「――アナスタシア様、ではないのだね」

「――――」

「君の、事情を話してもらいたい。もう誤魔化すことも、隠し立てしようとすることも不可能だ。――いくら私でも、それは見過ごせない」

微かな逡巡を挟んで、ユリウスがエキドナに正面から問い質した。その言葉に、エキドナは「そんなこと……」と、一瞬だけ反論の姿勢を見せたが、

「――言ったはずだ。見過ごせはしないと」

そう言って、ユリウスは折られた剣と別の、替えの騎士剣を抜き放ち、その先端をエキドナの白い首へと突き付けていた。

「ユリウス、待て！　それは……」

「スバル、君からも言ってくれ。――私は、本当のことを聞きたいだけだ」

あくまで冷静に、ユリウスは真実の告白を求めてくる。

騎士剣を向けられ、息を詰めて動けないエキドナ。その浅葱色の瞳が助けを求めるようにスバルを見るが、ここから挽回する術はスバルにも思いつかない。

「ユリウス、どこから聞いてた？」

「……アナスタシア様のお体のことからだ」

スバルの問いに、ユリウスは押し殺した声で応じた。

その部分だけで十分、感情的になって取り乱して当然の内容だ。それでも、少なくとも表面上は平静を保てるユリウスはさすがと言うべきだった。

あるいは境界線を飛び越え、感情的になるどころではないのかもしれない。

「――ボクは、アナと長年一緒にいる人工精霊だ。名前は、エキドナ」

「――――」

「プリステラでの魔女教との戦い、あれ以降、アナの精神は体の奥底で眠り続けている。そのため、今、彼女の体を動かしているのはアナではない。ボクがアナを演じることで、今日までずっと過ごしてきた」

エキドナも、ここまでくれば誤魔化せないと考えたのだろう。

淡々と、前置きすることもなく、ただ事実を並べるような口調で説明を始めた。

プリステラで起きた魔女教との攻防、その最中、アナスタシアに代わり、魔女教との対決に臨んだエキドナ——その後、アナスタシアの精神が目覚めないこと。

そのことをユリウスやリカード、『鉄の牙』の面々にも隠し、戻る手段を求めてプレアデス監視塔を目指したこと。

——そしてそれらの事実を、スバルだけがエキドナと共有していたこと。

「……何故、スバルだけはその情報の共有を？」

「彼が大罪司教の権能の影響も受けず、最も状況の混乱の外にいた人物だった。それに人工精霊であるボクと、その出自を同じくするベアトリスと契約を交わした精霊術師でもある。もっとも、ボクも打ち明けようと最初から考えていたわけじゃない。ただ……」

「——。ただ？」

「……彼には、ボクがアナを演じていると見抜かれた。だから、話したんだ」

スバルだけが、アナスタシアの肉体にエキドナが宿っていたことを知っていた経緯、その説明にユリウスの瞳に強い動揺が走った。

エキドナが言葉に詰まったのも、その動揺を予期していたからに他ならない。

当然だ。スバルが、エキドナの演技に気付けたということは——、

「関係の薄い、外部の人間にも気付けるはずのことを、一の騎士を自任する男が気付けずにいたということか……」

「待て、馬鹿！　お前、そんな言い方はねぇだろ！」

「――――」

「状況が……状況が悪かったんだよ！　あんな大事件があって、お前はお前で切羽詰まってた！　お前だけじゃねぇ、リカードとか、ミミたちだってそうだろ？　俺が気付いたのは……なんか、とにかく、たまたまなんだよ！」

　自嘲するようなユリウスの発言に食って掛かり、スバルは何とか彼の言葉による自傷行為を止めようとした。しかし、それに相応しい言葉が、一の騎士としての務めを果たせなかったと、そう自嘲するユリウスを慰める言葉が見つからない。

　だが実際、ユリウスに何ができた。責められるような立場だろうか。

　忠誠を捧げた主君からも、共に主君を盛り立てようと誓った仲間たちにも、長く騎士としての時間を共に過ごした戦友たちにも、その他多くの、彼がこれまで騎士として生きて積み上げてきたものを砂山のように崩されて、なおも立てと何故言える。

　毅然としていろと。優美であれと。一の騎士らしくあれと、何故言える。

　騎士であることが、人間らしく傷付くことすら許されない生き方であるなら、騎士であることこそが、ユリウス・ユークリウスにとっての呪いだ。

「その、偶然を常に確かなものに昇華することが、一の騎士の務めだ」

「──ッ！　何が、一の騎士……だったらそんな面倒な肩書き……」

「捨ててしまえ、などと言わないでいてくれ。私は……今の私は、私から何か一つ、取りこぼすことさえ恐ろしい」

　スバルの勢い任せの慰めなど、ユリウスの奉じる騎士道の前には容易く弾かれる。紛糾する感情に喉が詰まり、何も言えないスバルにユリウスは首を横に振った。

「話を戻そう。──エキドナ、あなたの目的は？」

「……この肉体を、アナに返すことだ。この、プレアデス監視塔へボクが君たちを案内した理由は、『暴食』や『色欲』の被害より、それを優先してのことだった」

「つまり、現状はあなたにとっても望まぬ事態であると。そして、アナスタシア様を元に戻す術は見つかっていない。……仮に、あなたを斬っても」

　騎士剣を突き付けたまま、目を細めたユリウスが剣呑な問いを投げかけた。

　それを受け、エキドナはその目を伏せると、そっと自分の胸に触れて、

「ボクが悪い精霊で、あれこれ理由を付けてアナの肉体を乗っ取ろうとしている……その推測を否定する証拠をボクは出すことができない。だから、仮に君がボクの言い分を嘘であると断じ、ボクを消滅させようとしても止めることはできないな」

　ただ、とそこで言葉を切り、エキドナは一拍置いて続ける。

「おそらくその場合、意識の戻らないアナの抜け殻が残されるなら御の字……最悪の場合、生命維持に支障をきたし、命を落とす可能性もある」

　ユリウスの仮説、エキドナを斬るという意見にエキドナが所感を述べた。そうして述べたあとで、彼女は両手を軽く掲げ、

「無論、これはボクが命惜しさに苦し紛れで言った戯言の可能性もある。ボク自身、ボクが死ぬことが解決法でないとは断言できない。ボクが死ぬことでアナが長らえるなら、それでも構わないと思う気持ちもある。死にたくはないけどね」

「どうして、あなたはアナスタシア様のためにそこまでできる？」

「ボクとアナとは不完全な関係だ。だから、一般的な精霊と、精霊術師の在り方に当てはめるのは正しくないかもしれないが……」

　そこで一度言葉を切り、エキドナはユリウスを、スバルを、交互に眺めた。

　形は違えど、精霊術師として、精霊と正しく契約関係にあった二人を羨むように。

「ボクはアナが好きだよ。この子がまだ幼かった頃から、ずっと傍にいた。だから見捨てたくなんてないし、幸せになってほしい。——それが、ボクの理由だ」

「——」

「ユリウス、君に事実を明かさなかったのは、余計な混乱を招きたくなかったからだ。可能であればアナはボクの存在を隠し通そうと考えていたし、事実、プリステラの一幕があるまでボクのことは隠し切れていた。したたかなあの子のおかげでね」

　しかし、その長年の秘密も、魔女教との一悶着のせいで暴かれることとなった。それだけでなく、アナスタシアは秘密の対価に、今も自分の命を危うくして——、

「……アナスタシア様と、あなたの関係は理解できた」

ゆっくりと、エキドナの喉に突き付けられていた騎士剣が下ろされる。そのまま、剣は音を立てて鞘へ収まり、ユリウスは長い睫毛に縁取られた瞳を伏せた。

「何もかもを信じ切ることは難しい。だが、信じるしかない。少なくとも今、あなたをどうこうするのは軽率だ」

「そう、か。君が理性的に判断してくれて嬉しいよ、ユリウス。アナも、そうしてくれてきっと喜んでくれているだろう」

「――――」

騎士剣の柄から手を放し、ユリウスはエキドナの言葉に応じず、沈黙を守った。

だがそれは納得とは程遠い、忸怩たる思いを残したものだったはずだ。しかし、ユリウスはその無念を瞬きだけで追い払い、

「確認したい。あなたがアナスタシアのオドを用いて顕現し続けるなら……無理をすればするほど、アナスタシア様のお体に負担がかかる。それは間違いないはずだ」

「そうだね。その認識で正しいよ。よく食べ、よく眠り、程よく体を動かす……健康志向のような手法だが、それがオドの消費量を抑えるにはちょうどいい」

「そうか、それならば……何故、二層であんな無茶な真似をしたんだ？」

「――――」

「あの一幕が、アナスタシア様の体にかけたご負担は決して軽くないはず。ここまで話し

ていて、あの行いだけがあなたの主張と食い違う。それは何故だ？」

「それは……」

ユリウスの指摘した事実は、スバルも気になっていたことだった。

あの場で、打ち倒されるユリウスのために決死の表情で行動を起こしたエキドナ。そこに嘘があったようにも、打算があったようにも思えなかった。

あったのはきっと、純粋な憂慮。それを、エキドナがユリウスに向けることは、アナスタシアとずっと共に過ごした彼女ならありえる――それだけだろうか。

しかし、そうしたスバルの疑問、そしてユリウスの言葉にエキドナは「すまなかった」とその場に深々と腰を折って、

「あれは、ボクも失敗だったと感じている。なんというか、素人目でお恥ずかしいが、戦略的な観点からの判断だったんだよ」

「戦略的な判断？」

「あの時点で、二層の試験官の殺意の有無はわからなかった。下手をすれば、君という戦力を失いかねなかったわけだ。それは避けたかった。無論、アナのためにもそうだ。それに、こちらに背中を向けるレイド・アストレア……それも、ボクの目には好機に映ったんだよ。うまくいかないどころか、迷惑をかけてしまったが」

すまない、と最後にもう一度だけ付け加えて、エキドナはゆっくり体を起こした。

その説明に矛盾点はない。素人判断で、迂闊な行動をしてしまったと言われれば、それ

を否定する根拠はスバルにはなかった。感情的なものを除けば。

そんな話が、簡単に受け入れられるものか。

だが、スバルがその点を追及しようと、そう詰め寄る前に、

「――わかった。今後は軽挙は謹んでほしい。他でもない、アナスタシア様のために」

「心得たよ」

「なっ!?」

わかったと、納得した素振りをするユリウス、それに頷き返したエキドナ。二人のやり取りに目を剥き、スバルは冗談じゃないと床を蹴りつけた。

「今の話で、なんで納得が……」

「私は納得した。エキドナも、今後は軽挙は慎むと。これ以上、何を言えばいい？　奇妙な行き違いから君を巻き込んだようですまない。だが、これはあくまで、アナスタシア様の陣営である私たちの問題だ。君が心を痛めることではない」

問題から遠ざけようとするユリウス、その言葉にスバルは奥歯を噛んだ。

スバルが心を痛めることではない、などと勝手なことを。

「俺が、何をどう受け止めようと俺の勝手だろうが！」

「そして君が受け止めようと、私に私の問題は受け止めさせまいと？　……アナスタシア様とエキドナのことを、語らずにいたように」

「――っ」

「すまない。言葉が過ぎた。……だが、事実だ」

押し殺したような声で、視線を逸（そ）らしたユリウスが言い放った。

その声を、頑（かたく）なな態度を見て、ようやくスバルは気付く。

ユリウスは全く、平静を保ってなどいなかった。

その胸中の荒れ模様どころか、表面上さえ取り繕うことなどできていない。

己の存在を見失わされ、唯一、残っていたはずの主君への忠誠もまやかしだったと結果に示され、慮（おもんぱか）って告げられたはずの約束も破られて。

それでも感情的になれないことが、ユリウスという男の在り方だった。

「言い合うつもりはない。アナスタシア様のためにも、早急に事態を収拾する術（すべ）を見つけ出す必要性がある。エキドナ、あなたにも本格的に協力してもらいたい」

「……そうだね。君に隠し通せなかった以上、ボクがアナを演じ続けることの理由はないと言っていい。もちろん、アナの姿で喋（しゃべ）るボクを君が許容できるなら、だが」

「それは構わない。アナスタシア様を取り戻さなければならないと、その姿を見ることでより強く自分を戒めることになるだろう」

ひどく苛烈に自分を傷付ける覚悟、その意思にエキドナが悲しげな顔をした。しかしその顔を、空を仰ぐユリウスは見ていなかった。

彼はそこで初めて、バルコニーから見る夜空に瘴気（しょうき）がかかっていないことに気付いた様子で、煌（きら）めく星々の光にそっと目を細めている。

「長居する理由も、もはやない。中に戻ろう。アナスタシア様のお体と、エキドナのことは明日……改めて、エミリア様たちにもお話ししなければ」

「ああ、わかったよ。ボクも、覚悟はしておこう」

そう言って、歩き出したエキドナの手をユリウスが優しく取る。それはきっと、彼がアナスタシアにするのと寸分変わらない所作。

中身がどうあっても、アナスタシアへの忠節は変わらない。——たとえ、体の奥底で眠る彼女が、そのユリウスのことを忘れていても。

「ユリウス！」

その姿に痛切なものを感じて、スバルはとっさに声を上げていた。

思い出に置き去りにされて、でも自分の中にだけは相手のことが残っていて、その想いだけを頼りに必死で足掻く——その在り方は、痛いほどわかるのだ。

たとえ忘れられても、忘れられない。その想いだけが、突き動かすこともある。

「——」

足を止めたユリウスは、エキドナを連れたまま振り返らない。

やけに真っ直ぐと伸びた背筋、どんなに心がへし折れかけていても真っ直ぐに、それが無性に腹立たしくて、

「お前、俺に何か言いたいことねぇのかよ」

エキドナのことを、アナスタシアの体のことを、黙っていた。

この夜だって、『緑部屋』で過ごす時間を交代すると約束し、しかしスバルはその約束に反して、こうしてバルコニーでエキドナと密談を交わしていた。

言い訳はできる。理由はある。悪意あって、そうしたわけではない。

それでも、悪意の有無で、理由の有無で、言い訳の有無で、心は自由にならない。

だからいっそ、声高に悪罵を吐き出せばいい。罵り、怒りをぶつければいい。

それがスバル自身の罪悪感のためなのか、それとも本当にユリウスのためを思っての考えなのかはわからない。そしてきっと、ユリウスはそれをしない。

声を荒げたり、恨み言を吐き出してくれたりなど――、

「――あるさ」

「――」

「わかっている。君が何を考え、私に事実を隠していたのかはわかっている。悪意があるはずもない。あるのは配慮と、心遣いだけだ。君の懸念にも同意見だ。仮に逆の立場であっても、やはり私は君に黙っていただろう」

「――」

「――だが、それでも」

空を仰ぐ。絞り出すように、声が。

「私はアナスタシア様にも、君にも、騎士足り得ぬなどと思われたくなかった」

2

まやかしの壁を抜けて、塔の中に引き返したとき、スバルは一人だった。

アナスタシア——否、エキドナとユリウスは早々にバルコニーを立ち去っていたが、スバルはしばし、砂海の冷たい風に当たりながら呆然としていた。

直前の、ユリウスとのやり取りに打ちのめされ、動く気力が湧いてこなかったのだ。

「——————」

何も言われないと、正直思っていた。——否、そうではない。

ユリウスは、罪悪感を抱くスバルに悪罵をぶつけ、楽になどしてくれないだろうと勝手に思い込んでいた。彼の高潔さが、感情的になることを許さないのではないかと。

——だが、そうはならなかった。

最後にユリウスが残していった言葉、それが棘となって心臓に突き刺さる。

恨み言を言われる方が、言われないよりよほどマシだと思っていた。だとしたら、棘を刺されて血を流すこの胸は、何故こうも冷たく痛むのか。

「——バルス？」

「……姉様？」

思いがけない呼び声に足を止めれば、通路の先から姿を見せたのはラムだった。深夜、夜歩きしていた彼女は薄紅の瞳でスバルを上から下まで眺めると、

「ずいぶんとしょぼくれた顔ね。みっともない」

「……会うなりいきなりだな。っていうか、こんな時間に何してんだ？」

「それはそっくりそのままお返しするわ。……といっても、バルスがこんな時間までしてたことなんて想像がつくけど」

その言葉に、スバルは頬を硬くした。そんなスバルにラムは肩をすくめる。

「どうせ、またレムに聞かせても仕方のない愚痴をこぼしていたんでしょう？　いくらラムの妹が可愛くて寛容でも、無理難題ばかり押し付けるのはやめなさい」

「……ああ、そっちか。まぁ、そうだよな」

「――？」

ラムらしい物言いに軽く目を見開き、それからスバルは苦笑した。

内心を言い当てられたわけではなく、スバルの日々の行動からの予測による言葉だ。確かにラムの言う通り、普段からスバルはレムの傍で夜を過ごすことが多い。

実際、今夜もそうしていた。その帰りだと、ラムが思うのは当然のことだ。

しかし、今日はそれだけでもなくて――、

「情けない顔するのをやめなさい」

「あでっ」

「しょぼくれた顔で、情けない顔で、ただでさえ低い男が下がるわよ。そんなだと、バルスを騎士にしているエミリア様の品格が疑われるわ。改めなさい」

俯く額をラムに指で弾かれた。

その威力にスバルは涙目になるが、退屈そうに鼻を鳴らすラムの姿に文句は封じられる。それどころか、安堵する自分がいて。

「……なんつーか、ホント、姉様って姉様だよね」

「ハッ。気色悪い感想はやめなさい」

額を撫でながらのスバルのコメントに、ラムは心底嫌そうに顔をしかめる。その態度に救われるのが、自分で自分が情けない。

別に話を聞いてくれるわけでも、何が起きたのかを親身になってわかろうとしてくれるわけでもないのに。

「ラムは、こんな時間まで何してたんだ？」

「いやらしい」

「ノータイムで話終わらせようとするなよ。ちょっとした取っ掛かりだろうが……」

取り付く島もない態度に肩をすくめ、スバルは軽く一息ついて、ラムの後ろ――彼女が歩いてきた方の通路へ目を向ける。

それなりに広い四層だが、これといって目立った施設があるわけでもない。あるのは『緑部屋』と、竜車から運んだ荷物の数々。そして――、

「……二層への階段、か？」

「――」

「まさか、上にいってたんじゃねぇだろうな。一人で」

「安心なさい。そこまで無謀じゃないわ。この目で見たわけじゃないとはいえ、レイド・アストレアを一人でどうにかできると思うほど自惚(うぬぼ)れてもいないしね」

　嫌な想像に唇を曲げたスバルへ、ラムは鼻で笑うかのように疑念を否定した。

　その過程で、微妙に隠し切れないユリウスの独断への不満が見えたが、今ここでそこに触れるのはスバル自身にとっても棘(とげ)が痛い。

「そう、騎士ユリウスと何かあったのね。ケンカ？」

「俺ってそんなにわかりやすい？」

「バルスがわかりやすいのと、ラムが聡明(そうめい)すぎるのよ。後者の比重の方が大きいから心配しないでいいわ。……いえ、やっぱり前者も気にしなさい。拷問されたとき、すぐに相手に内情が知れるから」

「その拷問されたパターンの想定が怖すぎるんですけどね」

　自分の頬(ほお)をぐねぐねと弄(いじ)り、そう応じるスバルにラムは目を細めるだけだ。わりと冗談ではない、と言われた気がして、スバルは身震いする。

　確かにスバルの立場上、王選あるいはエミリアに敵意ある人間が、そうした乱暴狼藉(ろうぜき)を働く可能性もなくはない。気には留めておこう、と考える。

「それはそれとして、お前はそれならなんでここに……」

「二層に上がってはいないわ。……上がろうと、してみただけよ」

「……無謀じゃないって言ったのにか。まさか、寝込みを襲おう的な？」

手段を選ばず勝ちにいく、という姿勢であればスバルも嫌いではない。ラムがそうするために、レイドが寝入っている時間を狙って忍んだのならば理解はできた。

問題は寝込みを襲うにしても、そもそも寝ていたぐらいでアレをどうにかできるのか、だ。

「残念だけど、寝込みを襲うのは無理ね。階段の途中で引き返したわ。そのぐらい、あれは規格外の化け物よ。ガーフが可愛く見えるわね」

「懐いたあとのガーフィールは、わりといつでも可愛げあるけど……」

「振る舞いじゃなく、危険度の話よ」

それだと、振る舞いに可愛げがある部分の否定になっていなかったが、大事な話の最中なのでそれには触れず、スバルは眉を顰めた。

「確信したわ。手段を選ばなくなれば、あっちも手段を選ばなくなるだけ。やっぱり話し合った通り、攻略には本気にさせない程度に満足させる必要があるわね」

「……それだけ確かめに、わざわざ一人で二層にいったのか？」

「何度も言わせないで。二層へは上がってない。今のラムには厳しすぎるもの」

純粋な力不足を認め、ラムは二層への挑戦には準備が肝要だと戒める。時間をかける必要があると言われると、先のエキドナやユリウスとのやり取りが蘇り、スバルとしては難しい顔をせざるを得なかった。

「バルス？」

「ん、や、何でもない。……何でもなくはないんだが、とりあえず今はだ。たぶん、明日になったらちゃんと話がある」

「ひたすらに思わせぶりな発言ね」

「あれだけ引っ張ってなんだが、俺から話すのは違う気がしてな。さすがにここでも不義理なんてしたら、ちょっと取り返しがつかねぇよ」

今でも十分に、修復可能かどうか怪しい亀裂だ。そこにさらに楔を打ち込み、亀裂を広げるような真似はしたくない。

そんな弱腰なスバルに、ラムは納得したわけではないだろうが引き下がる。

「いずれにせよ、二層の……レイドの攻略には手間暇がかかるわよ。せめて、シャウラがもう少しためになることを知ってればよかったけど」

「まぁ、あいつが当てにならなかったのは事実だが、あんまり言ってやるな。そもそもあいつが手助けしてくれなきゃ、俺たちは揃って砂の下で黒焦げだったんだし」

そもそも、シャウラを欠いては二層の『試験』まで辿り着けなかった。それを思えば、塔に入ってからの彼女のガッカリ賢者ぶりには目をつぶっても、と思う。

試験官の手を借りて『試験』を突破する、その方がよっぽど例外的なのだし。

「綺麗事ばかり並べていても、どこかで行き詰まるときがきっとくるわよ」

「俺だって、別に何でもかんでも清廉潔白が正しいって思ってるわけじゃない。ケースバイケース……今回は、特にそれに当たらないってだけ」

「気楽なことね。……ラムは、そんな悠長には構えられないわ」

スバルの受け答えに不満げにこぼし、ラムはやれやれと肩をすくめた。そして、彼女はゆっくりと背を向けると、

「そろそろ寝ないと明日に差し支えるわね。竜車に戻るわよ」

「あー、うん。その、俺は……」

戻りづらい理由の説明、それもしづらい。ただ、そんな風に言葉を濁したスバルに首だけ振り返り、ラムは小さな吐息をこぼした。

「好きになさい。寝不足が理由で足を引っ張るようなことがあったら、ねじ切るわよ」

「ああ、悪い……ねじ切るって何を!?」

「ご想像にお任せするわ」

ひらひらと手を振り、ラムが下層へ下りる階段の方へと足を向ける。触れたくないところに触れず、立ち直りを自助努力に任せてくれるのは彼女なりの気遣いか。

そんな遠ざかる細い背中に、スバルは見えないとわかっていて手を上げた。

「姉様、お休み。また明日」

「……ラムはバルスの姉様じゃないわよ。その呼び方、やめなさい」

最近は断り文句にも力がなく、なし崩しに認めるのだけは拒むような抵抗だ。

そんな言葉を残し、ラムの姿が見えなくなると、スバルは首の骨を鳴らして「さあ、ど

うしたもんか」と呟いた。

竜車には戻れない。『緑部屋』にもいきづらい。となると、朝までの時間をゆっくり休めるか、あるいは有意義に過ごせる場所が必要なのだが。

「ただ寝るだけなら、適当な部屋でいいんだが……」

第一候補は、会議や食事のためにみんなが集まった荷物置き場となった部屋だ。適度に荷物が運び込まれているので、寝床を作るぐらいの融通は利くだろう。多少の寝苦しさを味わうことは、因果応報と思って受け入れるとする。

あとは――、

「二層の攻略、レイドの攻略について考える」

正直、これが一番建設的な判断ではある。現状の問題の多くは、この監視塔を攻略することで解決に向かう。それも確実とは言えないが、状況を好転させる大きな要素には違いない。

レイドの攻略は、夕餉のときに皆で話し合った通り、彼に本気を出させずに、彼を本気で満足させる手段を見つけるという、かなりアバウトな内容だ。

せめて、そのアバウトさを少しでも減らせる可能性があれば――、

「――そうだ」

と、そこまで考えたところで、スバルは指を鳴らした。

ふいに電撃的に脳裏を過った考えに、スバルの足の向く先がバシッと決まる。

「これがうまくはまれば……」

確実とは言えないまでも、状況を大きく進める一手になり得るはず。

その思いつきに心を逸らせ、スバルは急ぎ足にその場所を目指す。

——夜の監視塔に、逸るスバルの靴音だけが高く響く。

——たった独りの、靴音だけが。

3

——目覚めの感覚は、水中から水面に顔を出す瞬間に近い。

夢という無意識に沈み込む体を引き上げ、呼吸という形で現実を全身に巡らせる。そうすることでゆっくりと意識は蘇り、水面を割って、生まれ出でるのだ。

眠りは死で、目覚めは生誕——気取るなら、そんな言い方もできるかもしれない。

ともあれ、そんな詩文的な感慨を余所に、意識は徐々に覚醒へ——、

「——スバル！　ねえ、スバルってば、大丈夫なの？」

「って、うおわぁ!?」

目を開けた瞬間、すぐ間近にあった美貌に驚かされ、スバルは横に転がった。

と、転がってすぐに地面がなくなり、そのまま短い距離を落下、肩を打ち付ける。

「んぎゃぁ！」

「きゃっ！　スバル、平気!?　なんでそんなにいきなり転がったの!?」

「い、いや、俺も別にいきなり転がろうと自主的に判断したわけじゃ……」

ぶつけた肩をさすり、軽く頭を振りながらゆっくりと体を起こす。それから目をぱちくりと瞬かせて、スバルは困惑した。

そこは緑色の部屋だった。

部屋中、育ちすぎた蔦がのたくるように覆い尽くし、壁は完全に隠れている。仮に蔦でできた部屋だと言われたら信じそうなぐらい、突飛な外観の部屋だった。

そしてスバルはどうやら、その部屋の真ん中、草で編まれたベッドに寝転がっていたらしい。そこから転がり落ちて、この様、と現状を分析する。

そんな冷静ぶった判断をするスバルだが、それには理由があった。

「ん、どこか強く打ったりはしてないみたい。ホントによかった。でも、すごーく心配したんだから、あんまり驚かせないでね」

「エミリア、そんな言い方だとスバルは反省しないかしら。もっときつく言ってやらないと、ベティーたちの心配ぶりがスバルには伝わらんのよ」

「そうよね。ほら、ベアトリスもこう言ってるでしょ？　スバルが見当たらないって大慌てで、倒れてるところを見つけて泣きそうだったんだから……」

「言わなくていいことまで言わなくてもいいかしら！」

すぐ目の前で、コントのようなやり取りが繰り広げられる。

その微笑(ほほえ)ましく思えるやり取りにうんうんと頷(うなず)きつつ、スバルは振り返った。地べたに座り込むスバルのすぐ後ろに、何か巨大な生き物の気配。

「――」

それは、大きなトカゲだ。黒い鱗(うろこ)の肌をした、馬ほどもでかい大きなトカゲ。それがあろうことかスバルにすり寄り、鼻先を首筋に擦(こす)り付けてきている。

ずいぶんと人懐っこい、とスバルはそのトカゲの頭を優しく撫(な)でた。

そして、ため息をつく。

「つまり、これはあれだな」

冷静に、落ち着いて、ゆっくりと、息と共に言葉を吐き出した。

そんなスバルの様子に、正面にいた二人の少女が首を傾(かし)げる。

「――スバル？」

と、姉妹のように息を合わせて、二人が同時にスバルの名前を呼んだ。

目が潰れそうなほどに美しい銀髪の少女と、妖精のように可憐(かれん)なドレスの幼女が。

銀髪美少女と、縦ロール幼女、巨大なトカゲ、植物でできた部屋――。

スバルは大きく口を開け、叫んだ。

「異世界召喚ってヤツ――ぅ!?」

幕間『――古い記憶』

――女、一人の女がいた。


女は感情的だった。女は常に泣いていた。痛みに敏感で、常に泣き続けていた。

嘆き悲しむ理由は一つ、自分の無力が許せなかった。

女の周りには常に争いが、戦いが、奪い合いが満ち溢れていた。

何度声を上げても、どれだけ縋ったとしても、自分が泣こうと喚こうと、その悲しみは決して終わろうとしなかった。だから女は運命を呪った。

運命を呪って、呪って、呪った挙句に女は気付く。いくら泣いても無駄なのだと。

それに気付いた女が次に欲したのは、ただひたすら純粋な力だった。

他者を圧倒し、全てを薙ぎ払う力を欲し、女は自分を限界に投じて痛めつけ、得られる限りの力を得んと、求められる限りの強さを極めんと奔走した。

必要なのは、傷付ける力ではない。奪う力、そんなものでもない。

誰も追いつけないほど、圧倒的な強さを求めた。それが戦いを止めると信じた。

涙を流し続ける女は、泣かずに済む力が欲しかった。

力と力がぶつかり合う戦いを、無力なままでは止められない。

声は届かない。願いは叶わない。嘆きは遠ざけられ、悲しみが空を覆っていく。

何故、平気でいられる。何故、他人を傷付けられる。何故、傷付けられたままで生きようと思える。何故、何故、何故、別の道があると思えない。

「子どもが泣いてる。お年寄りが泣いてる。男が泣いてる。女が泣いてる。みんなが泣いてる。なのに、どうして――!!」

それを止めるために、ひたすらに力を欲した。

己を鍛え上げ、どんな苦痛にも耐えて鋼の意志を貫徹した。

やがて女は到達する。無双の力に、他を寄せ付けない圧倒的な境地に。

戦場に立った女は、戦いをやめろと声高に叫ぶ。

全ての力を力でねじ伏せ、全ての嘆きを力で押し潰し、あらゆる悪意を力で叩きのめして、流れる涙を止めるためだけに奔走した。

剣を握るものを殴り、魔法に頼るものを蹴りつけ、牙を剥くものを砕き切り、戦いを求めるものたちを一人残らず粉砕する。

だが、女が抗えば抗うほど、強ければ強いほど、剣も魔法も牙も数を増す。

それはまるで螺旋、戦いの螺旋だ。

力に力で対抗する以外に、誰も自分を生かす答えを持っていない。

だから誰も、戦って勝ち取る以外の道があると知らないのだ。

「どうして――!!」

そう思う自分も、結局は暴力を振るっている。

血濡れの拳を下げて、返り血に塗れたまま天を仰いで、女は慟哭した。

戦いは止まらない。努力も奔走も全ては無駄で、彼我の涙は決して止まらない。

止まらず、走り続けてきた女の胸に、ついに絶望が去来した。

涙が流れた。溢れ出た。

止まらず流れ続けていた熱い涙ではない、冷たい無力と失望の涙が。

しかし、同時に、湧き上がる別の感慨があった。

胸の内をどす黒く染め、それ以上に視界が真っ赤に、頭が白くなるほどの激情。

その感情の正体を、泣きながら女は知ることになる。

その感情の名前を知って、その感情の始まりを知って、女は理解する。

自分はずっと、悲しくて泣いていたのではない。

ただただ、自分はずっと、怒り狂っていたのだ。

その感情の名前を、人は怒りと――否、これを人は『憤怒』と呼ぶのだ。

涙を強要する世界に、戦いをやめない人々に、いつか必ず終わる命の理不尽に。

――鉄拳を、喰らわせてやろう。

いつしか女は立ち上がり、汚れた膝の土を払い、再び走り出していた。
まだ戦いを続ける人々のど真ん中に飛び込み、その顔面を殴り飛ばし、叫ぶ。
戦いをやめろ。空を見ろ。風を聞け。花を嗅げ。家族と、恋人と生きろ。
女の声に、初めて戦場に動揺が走った。
大地が割れるほどの拳、空が唸るほどの蹴り、その全てが人を生かした。
傷が塞がり、悲鳴が止まり、温もりに膝が折れ、戦いに意味はなくなる。
命は日常に回帰し、泣き喚く声が戦場から消える。
人々の涙は止まった。人々は女に感謝した。声を上げ、手を振り、笑って。
だがそのとき、すでに女の姿はどこにもない。
当然だ。
女にはまだやるべきことがある。振り返る暇も、足を止める理由もない。
誰も泣かない、争いのない、何も奪われない、そんな世界を求めて。
走り、走り、走り続け、女は拳を振るい続ける。
いずれ全ての涙が止まるまで。自分の頬を濡らす、熱い雫が止まるまで。

――『憤怒の魔女』は悲しみへの怒りを燃やし、ずっとずっと走り続けた。

《了》

あとがき

どうも！　長月達平（ながつきたつぺい）with鼠色猫（ねずみいろねこ）です！　いや、withではない、also鼠色猫です！本編22巻、お付き合いいただきありがとうございます！　前回も数字の大きさに驚きましたが、今回もかなり混乱をきたしました。あれ？　今書いてるのって21巻だっけ22巻だっけ？　でも、この間書いてなかったか……？　みたいな疑心暗鬼。

巻数ナンバリングについては前回のあとがきでお話ししましたが、時間が過ぎるのは早いものってお話を今回はします。一般文芸に比べて出版ペースが早いのが、いわゆるシリーズ物のライトノベルですが、リゼロもその例に漏れません。

実はここだけの話、リゼロって初めて出版された２０１４年の一月から、一度もペースを落とさずに出版され続けてるんですよ。本編で22巻、外伝はなんと合計で9冊！　合計で31冊も出していると、作家としても一人前という感がありますね。そして、その31冊を余さず買ってくださっているなら、あなたもまたプロ読者と言えるでしょう。いや、小説の30冊って読むのも大変ですよ。本当にありがとうございます。

さて、時間が過ぎるのが早いという話にかこつけますと、リゼロはおおよそ二ヶ月周期で発刊を続けているわけですが……皆さん、待ち望んだお話がありますね。

そう！　『Re：ゼロから始める異世界生活』テレビアニメ第二期！　放送目前！

かーらーのー、放送七月に延期！　楽しみにしてくださっていた皆さん、本当に申し訳ありません！　世間を騒がせている、憎いあのウイルスが原因です。

前回のアニメから丸四年が経過し、ようやく物語の続きをお届けできると思った矢先、こんなことになって非常に残念です。いや、作者もちろんガックリしています。

ただ、ここまでお話にお付き合いいただいているプロ読者の諸兄はおわかりの通り、テレビアニメの第二期に当たる部分はリゼロにおける重要なエピソード（重要じゃないエピソードがあったのかと言われたらそれはさておき）。

大事に大事にやってほしいところなので、大事を取っていただくのも大切と、アニメに関わる皆様が勇気のいる決断をしてくれた結果なのです。なので、アニメの放送は先延ばしになってしまいますが、その分、力の入った第二期を期待してください！

残念無念と駄々っ子みたいに騒ぐのは、原作者だけに任せておくんだ。

ぐうう、悔しい悔しい。おのれ、ウイルス……！


と、ウイルスへの怒りを募らせながら、恒例の謝辞へ移らせていただきます。

担当I様、今回はものすごい色んなものが重なった結果、とんでもないスケジュール感での原稿作業になってしまい、申し訳ありませんでした。それとは別の混乱が各所へ広がる中、発刊が間に合って本当に一安心です。ありがとうございました。

イラストの大塚先生も、今回は大変なご苦労をおかけしました。レイドはリゼロの作品的にも重要なキャラなので、非常にらしいデザインしていただけで大満足です！　カバーイラスト絡みで、プレアデス監視塔のデザインもありがとうございました！　ものすごい神秘の塔という感じで脱帽です。

デザインの草野先生、情報量がものすごいイラストを切り取り、鮮やかにデザインしていただいていつもありがとうございます。ぱっと見でタイトルが埋もれなくてすごい。

月刊コミックアライブでは、花鶏先生＆相川先生の四章コミカライズ、そして野崎つばた先生の『剣鬼恋歌』が連載中！　美麗で迫力ある展開、いつもありがとうございます！

それから、ＭＦ文庫Ｊ編集部の皆様、校閲様や各書店の担当者様、営業様とたくさんの方々にお世話になっております。ホント、この大変な事態をみんなで乗り切りましょう！

そして最後は、いつも応援してくださっている読者の皆様、いつもありがとう。

テレビアニメの放送延期と、残念なお知らせをすることになってしまいましたが、どうぞこの先延ばしの間、書籍を読み返したり、アニメを見返したり、『異世界かるてっと』を見たりして、モチベーションを高めてくれると嬉しいです！

では、問題のアニメリスペクトで〆ました22巻から、23巻はいったいどうなるのか。それを乞うご期待といったところで、また次の巻でお会いしましょう！

２０２０年３月《雨にも風邪にも負けず、パソコンに向かいながら》

CHARACTER DESIGN
レイド アストレア
REID ASTREA
眼帯
EYEPATCH
酒
SAKE

「ってわけでー、あーしとお師様のイチャイチャタイムの始まりッス！」

「始まらねぇ。ここはお知らせする場所！　だから、それだけ済ませてとっとと撤収だ」

「ぶ～！　お師様ったらホントつれないッス！　でもでも、そんなつれない態度がお師様の魅力ッスから、あーし、またしても腰砕けッス！　よっ、色男！」

「そんな評価、世辞でもされたことねぇよ！　ええい、とっととやるぞ、おら！」

「照れなくてもいいのに～ッス」

「聞こえない聞こえない。そして聞こえないまま告知すると、最初に言うべきは……」

「リゼロ、テレビアニメ第二期が四月から七月に延期したッス！」

「元気よく言うなよ！　みんなガックリきてるし、作者結構凹んでんだよ⁉」

「言っても事実は変わんないッス。だから、あーしは未来だけ見据えてはしゃぐッスよ。あー、七月が楽しみッスね、お師様～」

「……お前のそのポジティブさは見習うべきかもな」

「え！　今、お師様、あーしに惚れ直したって……」

「言ってない。次！　えー、リゼロのスマートフォンゲーム化が発表されたぞ！」

「おおー、ついにッスか！　あちこち出張するわりに、自前で出ないのはなんで？って思ってたッス。つまり、世界が待望ッスね！」

「その世界待望のスマホゲーだが、2020年にリリース予定！

詳細は今後発表されてくはずだけど、『死に戻り』を駆使した色んなIFが楽しめる……これ、俺地獄じゃない？」

「さすが、お師様より地獄が似合う男はそういないッス！」

「嬉しくねぇ！　で、そんな俺が新しく地獄を見る本編23巻は六月発売予定！　自分で自分が地獄を見る予告をするのって、なんか拷問っぽさがないか？」

「正直、あーしの目にはお師様の全部がきらめいて見えるせいで、もう何言っても口説かれてるようにしか聞こえねッス！　もちろん、あーしの返事はいつでもイエスッス！」

「じゃあ、今すぐエミリアたんと交代してくれ」

「だが断るッス!!」

「クソ！　……それで思い出したわけじゃないんだが、去年劇場で公開されたOVA『氷結の絆』が、スクウェア・エニックスさんの『マンガUP！』で春から連載開始するぞ」

「あの泥棒猫と、猫の話ッスね！」

「猫だらけの話に聞こえるけど、エミリアたんとパックの出会いの話な！　……と、そんなとこでざっくりと告知は終了だ。なんか、すげぇ疲れた……」

「あ、じゃあじゃあ、あーし、お師様のマッサージするッス！　で、その流れでくんずほぐれつに持ち込んで、なんやかんやでイチャイチャタイムに……」

「はい、撤収！　俺はエミリアたんとベア子のところにいってくる！」

「あーん、もう！　お師様つれないッス！　でも、そこもあーしのストライクッス！」

MF文庫J

Re:ゼロから始める異世界生活22

2020 年 3 月 25 日　初版発行
2023 年 4 月 25 日　9 版発行

著者　長月達平

発行者　山下直久

発行　株式会社 KADOKAWA
〒 102-8177 東京都千代田区富士見 2-13-3
0570-002-301（ナビダイヤル）

印刷　株式会社広済堂ネクスト

製本　株式会社広済堂ネクスト

Printed in Japan　ISBN 978-4-04-064553-7 C0193

●お問い合わせ
https://www.kadokawa.co.jp/（「お問い合わせ」へお進みください）
※内容によっては、お答えできない場合があります。
※サポートは日本国内のみとさせていただきます。
※Japanese text only

◇◇◇

【 ファンレター、作品のご感想をお待ちしています 】
〒102-0071 東京都千代田区富士見2-13-12
株式会社KADOKAWA　MF文庫J編集部気付「長月達平先生」係　「大塚真一郎先生」係